KB234338

춘하추동 대행자

새벽의 사수

illustration 스오우

아카츠키 카나

종 장 천사만전(千射万箭) 355

제8장 새벽에서 황혼으로 341

제7장 북쪽 대지에서 301

제6장 물에 타오르는 반딧불이 277

제5장 쾌도난마의 늑대 257

제4장 신들의 회의 219

제3장 조각별, 찾았다 191

제2장 새벽의 사수 후게키 카야 121

제1장 새벽의 사수 사수지기 후게키 유즈루 013

춘하추동 대행자

새벽의 사수

세계가 태어났을 무렵, 아침과 밤은 함께 바다를 보고 있었다.

자신들이 하늘의 장막을 가르면 바다는 타오른다.
그들은 아침노을과 저녁노을에 물드는 바다의 모습을 좋아했다.
아무것도 없는 이 세계도, 밀려왔다가 물러나는 파도처럼 언젠가
변화가 일어나기를 기대하고 있었다.

그렇게 마음과 몸이 석화되어 버릴 듯한 지루한 시간이 흘러.

이윽고 바다와 대지에 생물이 흘러넘치기 시작했다.
아침과 밤은 바다 구경을 그만뒀다.
단풍이 드는 산과 나무들을 보았다. 벌레를 보았다. 새를 보았다.
말을 보았다. 사람을 보았다.
정신없이 바뀌는 세계는 급속도로 진화했다.
특히 사람의 삶과 생활은 두 신을 매우 즐겁게 했다.
푹 빠져 구경하느라 아침과 밤의 장막을 가르는 것을 잊어버릴 만큼.

아침이 오지 않는 날과 밤이 오지 않는 날이 이어지자 사람도 동
식물도 곤란해졌다.
하루의 경계가 없으면 잠을 언제 자면 좋을지 알 수 없다.
하지만 아침과 밤은 구경을 멈출 수 없었다.
이제 단둘이 외롭게 바다를 보는 시간은 끝났으니까.

그럼 제자를 들이는 건 어떨까, 라고 속삭인 것은 대체 어떤 신이었을까.

사계는 사람을 사계의 대리로 맞이했다고 한다.

아침과 밤도 사람에게 빛과 어둠의 활을 하사하기로 했다. 사람이라면 이게 가장 쓰기 쉬울 거라면서.

두 신은 많은 제자들을 경쟁시키며 육성했다. 좌절하지 않고 매일 화살을 쏜 자들을 후계자로 삼았다.

제자들은 전 세계로 흩어져 모두의 힘으로 신의 조화를 대행하기로 했다.

이리하여 대지도 생물도 올바르게 잠들 수 있는 세계를 되찾았다.

두 신은 지금도, 육성한 제자의 후손이 하늘에 화살을 쏘는 모습을 바라보고 있다.

제 1 장
새벽의 사수 사수지기
후게키 유즈루

선대 사수지기였던 아버지가 소개하고 싶은 사람이 있다고 했다.

당시 나는 열일곱이나 열여덟 살이었다. 일 때문에 떨어져 사는 아버지와 오랜만에 만났다.
『아빠가 허리가 너무 아파서 말이야. 젊은이에게 일을 넘기고 싶은데 후계자를 못 찾았어. 다른 후보자는 있지만, 주인은 너를 보고 싶어 해. 만나줄래?』
재회를 기뻐하는 말을 나누고서, 아버지는 곧바로 용건을 말했다. 아버지가 하는 일이 무엇인지는 알고 있었다. 그리고 언젠가 나에게 그 역할이 돌아올지도 모른다는 생각도 했었다.
그렇게 되지 않을까, 라는 막연한 예감을 품고 있었기에 알겠다고 대답했다.
아버지는 깜짝 놀랐다. 내가 거절하리라고 생각한 것 같았다.
『네가 말을 너무 잘 들어서 아빠는 오히려 걱정되는데.』
그런 말을 중얼거렸지만, 일주일 후에는 나를 신에게 데려갔다.
아침을 가져오는 현인신이 사는 토지는 전원 풍경이 펼쳐진 소박한 시골이었다.
미로 같은 샛길, 잉어가 헤엄치는 연못, 나무들이 바람에 흔들리는 돌길을 지나자 마침내 저택이 보였다. 지금은 익숙해졌지만, 처음에는 이 호화로운 저택을 제 집처럼 들어가는 아버지를 보고 깜짝 놀랐었다.
아버지는 저택에 들어가자마자 나에게 정원에 가라고 했다.
『네가 아들이야?』

저택의 정원에 만들어진 훌륭한 등나무 시렁 옆에서 신이 나를 기다리고 있었다.

그 아이의 이름은 카야. 그때는 분명 열세 살이었다. 목소리는 소녀인데 소년 같은 말투로 말하는 아이였다.

함께 있었던 시간은 짧았던 것 같다. 이런저런 질문을 받았다. 담배를 피우는가, 차는 운전할 수 있는가. 보통 뭘 하며 지내는가. 시험을 받는 것 같은 기분이었다.

돌아가려고 할 때, 신이 등나무 가지를 하나 꺾고서 말했다.

『너, 이걸 받으면 끝이야.』

신이 직접 꺾은 꽃나무의 가지를 받는 것은『사수지기』가 되는 증거라고 했다.

『저로 결정하신 겁니까.』

『응. 하지만 자유 의지 시대에 젊은 청년을 멋대로 속박하는 것도 좀 그렇잖아? 선택지를 줄게.』

『저는 상관없습니다. 반대로 여쭙겠는데, 저로 괜찮겠습니까?』

『……너랑은 어떻게든 잘 지낼 수 있을 것 같아. 하지만 억지로 강요하고 싶진 않아.』

거만하고 괴팍해 보이는 신이었다. 분명 자신의 세계에 많은 사람을 들이지 않을 것이다.

신뢰하던 사수지기가 떠나는 것이 걱정스러울 터였다. 그런 와중에 나를 택하고, 그리고 받아 줄지 불안해하며 대답을 기다리고 있었다. 나는 이 신이 불쌍하다고 생각하고 말았다.

이렇게 어린데, 역할과 책임을 짊어지게 된 것이 불쌍했다.

『카야 님, 저여도 괜찮다면 지켜 드리겠습니다.』
그래, 처음에는 분명 동정심이었다.

『카야 님, 저여도 괜찮다면 지켜 드리겠습니다.』
그래, 처음에는 분명 동정심이었다.

　그리고 시간이 지나, 그녀를 더 잘 알게 된 나는 보는 것이다. 푸른 산에서 새벽이 밝아오는 것을.

　밤이 끝난다. 전부, 무사히 끝났다.
　빛이 바다를, 산을, 마을을, 세계를 비추어 나간다.
　살을 에는 듯한 공기가 부드럽게 감싸는 온도로 바뀌어 가는 것을 몸 전체로 느꼈다.
　눈에 담기는 것은 어둠에 물들었던 하늘이 조금씩 옷을 벗듯 바뀌는 모습.
　밤은 매일 밤 죽고, 그리고 매일 밤 되살아난다.
　방금 찢긴 밤의 장막도 오늘 되살아나 다시 하늘을 별하늘로 덮는다.
　반복되며 이어지는 하루하루가 큰 기적과 희생으로 이루어지고 있음을 다들 모른다.
　이 경치를 볼 때마다 그 사실이 조금 아쉽다.

　“아침은, 왔어?”

　언제 일어났는지, 새벽의 사수가 잠긴 목소리로 물었다.

　“네, 왔습니다.”

　그래, 하고 안심한 듯 중얼거렸다.
　사실은 그렇게 생각하지 않을 터다.

아침도 밤도 그녀를 고통스럽게 할 뿐이다.
타인을 위해 아침을 가져오는 것. 그것에 보람을 느낄 분은 아니다.
그런데도 매번 묻는다.
제발 그렇기를 바라는 것처럼.
아침은, 왔냐고.

"다행이야."

나는 당신이 좀 더 이기적이었으면 좋겠다.

아직 봄의 흔적이 남아있는 초여름.

청년이 소녀의 모습을 한 아침의 신을 마중 나가고 있었다.

파란 자동차가 어느 지방 도시의 중심가를 달리고 있다.

차내에는 라디오 뉴스가 흘러나온다.

운전사인 청년이 이리저리 채널을 돌렸다.

『봄을 거쳐 여름이라는 올바른 사계의 형태가…….』

『개혁파 역적 조직의 구성원이 어젯밤 도내 모처에서…….』

『올해는 벚꽃 모양 상품이 아주 잘 팔렸죠. 다양한 전통 공예로…….』

비교적 마음이 편해지는 정보를 전하는 지방 라디오국 방송에 채널을 고정했다.

청년은 핸들을 돌리며 바깥 풍경을 보았다.

차창 밖의 거리에는 겨울에 비해 사람이 훨씬 많이 늘었다. 눈이 녹고, 봄이 오고, 여름이 오며, 세계는 신록의 계절을 맞이했다. 사람들은 외출을 만끽하고 있었다.

시야에 들어오는 것은 대부분 콘크리트 건물이었지만, 이따금 연보라색 꽃나무가 보였다.

리라꽃이라고 불리는 꽃이었다. 라일락, 혹은 자정향이라고도 한다. 보기 드문 꽃은 아니지만, 내한성이 높아 한랭지에서 선호되었다. 청년이 차를 몰고 있는 땅이 바로 한랭지였다.

라디오의 사회를 보는 여성이 마침 그 얘기를 하고 있었다.

『야마토에서 류구, 츠쿠시, 이요는 이미 따뜻한 것 같지만, 최북단인 이곳 에니시는 아직 일교차가 큰 날도 있습니다. 리라샘추위의 계절이 돌아왔습니다. 따뜻한 것 같아서 방심하시면 안 됩니다. 가디건이나 조금 두꺼운 겉옷을 챙기세요.』

야마토라고 불리는 동양 열도의 나라. 그 최북단에 있는 큰 섬의 이름이『에니시』다.

초여름이어도 에니시는 아직 기온이 낮다.

게다가 라일락이 필 무렵에는 리라샘추위라고 해서 다시 쌀쌀해지기도 했다.

벚꽃이 피는 시기의 꽃샘추위와 비슷했다.

지금도 하늘은 맑고 푸르지만. 거리는 추위에 휩싸여 있었다. 몸이 시린 추위지만, 찬 공기 속에서 한층 농후하게 향기를 내는 가련한 보라색 꽃은 훌륭했다.

아마 그래서 선호되는 것이리라. 추위 속에서 즐거움을 찾아야 하는 에니시에서, 이 아름다운 꽃나무는 사랑받고 있었다.

청년이 향한 곳에도 라일락이 만발해 있었다. 그가 향한 곳은 유서 깊은 여학교. 소녀의 화원을 지키듯이 라일락 나무가 심겨 있었다.

정장 차림의 그는 평소처럼 가로수 근처의 길옆에 차를 세우고, 자신이 총을 가지고 있는지 확인한 다음 밖으로 나갔다.

추위가 단숨에 엄습했으나 그의 표정은 변함없었다.

몸에 실을 달고 누가 잡고 있기라도 한 것처럼 바른 자세로 서서 대기했다.

머리카락이 바람에 날려 얼굴에 닿는 모습이 산뜻했다.

긴 머리를 하나로 묶어서 그런지 뺨과 턱, 골격의 단정함이 한층 두드러졌다.

청년은 고요했다. 휴대전화를 꺼내 조작하지도 않고, 바른 자세로 그저 기다렸다.

성실한 자세로 대기하는 것은 그에게 중요한 일일 것이다. 곧 나올 상대에게 보여주고 싶은 모습이라는 것도 알 수 있었다. 라일락과 서 있는 모습이 아름다운 남자. 그림 같은 풍경이었다.

기다리는 사람이 신경 쓰이는지, 그가 손목시계를 힐끔 보았다.

상대는 아직 교문을 지나지도 않았다. 완벽한 마중인데도 실수했을까 걱정되는지 몇 번씩 확인했다.

그가 기다리는 상대는 걱정을 끼치면 안 되는 사람이다.

모습이 보이지 않으면 그분은 분명 동요할 거라고 청년은 속으로 생각했다.

만약 그 마음의 소리를 타인이 들었다면 고작 마중에 늦은 것에 유난이라고 할 만한 걱정이었지만, 청년에게는 있어서는 안 되는 일이었다.

이상한 이야기지만, 청년은 어떤 귀인을 모시고 있고.

그 사람은 이 섬나라 사람들의 안녕을 책임지는 중요한 인물이라서.

그녀의 마음을 지키는 일은 타인의 생활을 지키는 일이다.

북쪽 섬에 사는 청년 종자는 그런 책임을 짊어지고 있다.

사람들은, 그 사실을 모른다.

하지만 파란만장한 생활은 아니었다.

귀인을 모시는 종자라고 하면 엄중한 호위 임무를 상상하게 되지만, 존재 자체가 비밀이기에 치고 베는 난투극과는 무관했다. 주인의 생활 전반을 지원하고, 주인이 어딜 가든 늘 수행한다. 그쪽이 주된 임무였다.

학교 관계자도, 사정을 아는 상층부 사람을 제외하면 교문 앞에 항상 나타나는 그를 아가씨를 데리러 오는 젊은 청년 정도로만 인식했다. 생활은 지극히 한가롭고 평화로웠다.

너무 평화로워서, 그 안에 숨어있는 아픔을 간과하게 될 만큼.

"……."

그가 밖에 서 있은 지 몇 분이 지났지만, 기다리는 사람은 아직도 나타나지 않았다. 얼굴에 드러내지는 않았으나 청년의 마음은 술렁거리기 시작했다. 이미 하교 시간이 되어서 여학생들이 차례차례 교문으로 나오고 있었다.

청년이 대기하고 있는 이 여학교는 에니시에서도 유명한 고등학교다.

멀리서 일부러 찾아오는 학생도 많았다. 그래서 그 말고도 다른 학생을 마중나온 차가 도로 옆에 쭉 늘어서 있었다.

한 명, 또 한 명, 보호자에게 손을 흔들며 달려오는 아가씨들.

자신이 기다리는 사람은 어디 있나, 청년은 인파를 바라보았다. 그런 그를 다른 여학생이 열띤 눈으로 바라보고 있는 나날도 있었지만, 청년은 눈치채지 못한 척했다.

남자의 출입이 금지된 학교. 매일 교문 앞에 나타나는 남자. 대화한 적도 없는데 사랑에 빠지는 아가씨가 나오기 좋은 환경이다. 아직 어린 소녀들이 그를 연모의 대상으로 삼는 것도 어쩔 수 없는 일이었다.

이런 뜨거운 시선을 받으면 상대를 잘 몰라도 그 호의를 받아들이는 자도 있긴 하지만, 청년은 아니었다. 알기 쉽게 거절하는 자세를 보이고 있었다. 눈길조차 주지 않았다.

과거에도 용기있는 아가씨가 그에게 말을 건 적이 있었으나 그 사랑이 이루어진 적은 없다.

차갑다, 혹은 쌀쌀맞다는 말을 들을 만한 방식으로 차여서 격침되었다.

그 모습을 멋있게 보는 자도 있지만.

그 모습에서 뭔가 비틀림을 발견하는 자도 있었다.

후자의 느낌을 받은 자는 날카로운 편이라고 할 수 있을 것이다.

신을 모시는 인간은 사랑하는 자를 위해 다들 어딘가 상냥하게 비틀려 있다.

그러지 않으면 해낼 수 없다.

"……님……."

한눈팔지 않고, 당신만을. 그런 말을 망설이지 않고 할 수 있는 것이 신의 종복이었다.

이윽고 그의 『주인』이 왔다.

어두운 밤 홀로 켜진 가로등처럼, 눈길을 끄는 소녀가 그곳에 있었다.

그녀는.

봄에는 벚꽃 꽃비를 맞으며.

여름에는 푸른 나무들이 연주하는 나뭇잎 소리에 휩싸여서.

가을에는 단풍잎과 은행잎을 나르는 바람에 흔들리며.

겨울에는 어깨를 살짝 움츠리고 추위에 떨며 다가온다.

청년은 계절 속에 있는 주인을 바라보는 것을 좋아했다.

검은 바탕에 포도색 리본이 달린 세일러복 차림.

달그림자 같은 머리카락. 새하얀 눈 같은 피부. 모란 같은 입술. 타고난 모든 색채가 선명했다.

머리를 장식한 홍색 머리끈이 천천히 흔들리는 모습은 단아하면서 아름다웠다.

새벽녘에 아침이 완성되기를 기다리는 산봉우리처럼, 볼수록 포로가 된다.

그의 주인은 그런 여성이었다.

이제 조금 있으면 별의 반짝임을 담은 커다란 도화안(桃花眼)이 이쪽을 볼 것이다.

"카야 님."

청년은 이번에는 그녀에게 들리도록 주인의 이름을 불렀다.

그러자 그녀는 응답하듯 시선을 보냈다.

그리고 그의 이름을 불렀다.

"유즈루."

　친구와 작별 인사를 하고서 자신을 향해 곧장 걸어오는 주인을 보니 차갑게 식었던 몸이 자연스럽게 따뜻해지는 느낌이 들었다.
　―항상 이때 되살아나는 느낌이 들어.
　기한이 정해져 있는 청춘을 즐기는 주인과 떨어져 있는 시간은 그에게 아무런 색채도 없는 인생에 가까웠다.

"많이 기다렸어?"
"아니요. 다녀오셨습니까, 카야 님."

　유즈루라고 불린 청년은 상냥하게 그녀를 맞이했다.

　청년 종자와 소녀신의 하루는 여기서부터 시작된다.

　카야는 자동차 뒷좌석에 타고 한숨을 쉬었다.

　자신의 신분에 걸맞은 행동 따위는 내던지고 좌석에 드러누웠다.
"……피곤해."
　겸사겸사 쉰 목소리로 그렇게 중얼거렸다. 세일러복에 주름이 질 자세였다. 이제 차가 발진할 텐데, 그대로 어린 아이처럼 몸을 말았다.
　운전석에 앉은 유즈루는 갑자기 쓰러진 여고생을 보고 놀라지도 않고 익숙한 모습으로 말했다.

"피곤하실 텐데 죄송합니다. 카야 님, 안전벨트를 매주세요."

잠시 후 사람의 언어가 아닌 낮은 신음이 돌아왔다. 유즈루는 자동차의 내장 단말을 조작하여 오디오를 틀었다. 자동적으로 아까 맞춰뒀던 지방 라디오국의 뉴스가 흘러나왔다.

"음악으로 바꿔줘, 유즈루."

카야가 곧장 퇴짜를 놓았다.

그 말에 유즈루도 즉시 라디오를 껐다. 그리고 카야가 곡을 지정하기 전에, 자주 듣는 서양 음악을 틀었다. 선택이 정답이었는지 카야는 더 이상 아무 말도 하지 않았다.

눈을 감고 음악으로 피로를 풀었다.

그의 주인은 이 세상 어딘가에 있는 누군가가 만든 멋진 곡을 듣는 걸 좋아했다.

또한 다른 또래 소녀들처럼 먼 이국을 동경했다. 음악으로 기분 전환이 된다면 이 피폐한 여고생도 부활할 것이다. 청년 종자는 그렇게 생각했지만, 오늘 카야는 피로의 색이 짙었다.

여전히 어린 아이 같은 모습이었다.

—가엾게도.

유즈루는 지친 주인을 보고 그렇게 생각했다. 그녀가 기진맥진한 것에는 제대로 이유가 있기에, 피곤한 게 당연하다며 유즈루도 카야의 나태한 행동을 받아들였다.

주인의 하루하루는 동정심이 들 만큼 도망칠 곳이 없고 쉴 틈도 없었다.

"카야 님, 금방 저택에 돌아갈 수 있습니다."

“응.”

「응」이라고 하실 거면 안전벨트를 매주세요.”

“응.”

“……카야 님.”

소년 같은 늠름함과 소녀의 가련함을 갖춘 카야가 문득 운전석을
보았다.

“유즈루가 채워줘.”

카야의 말에 유즈루는 당황했다.

“왜 제가.”

유즈루는 너무 깍듯할 정도로 종자다운 종자였지만, 전부 시키는
대로 하는 남자는 아니었다.

마음에 안 드는 명령에는 제대로 『왜』냐고 물었다.

“유즈루한테 부탁하면 안 돼?”

아직 어린 주인을 가르치고 이끌려면 필요한 일이었다.

하지만 유즈루가 받아들이지 않으려고 해도, 성공한 적은 없었다.

“직접 하실 수 있는 일은 직접 하셔야죠.”

“바보야. 여고생이 지쳐서 돌아왔다고.”

“……”

“손 하나 까딱 못 할 만큼 지쳤어.”

“……”

“보살펴. 그러고도 『사수지기』야?”

“카야 님.”

“치이. 그렇게 화낼 필요는 없잖아……. 쪼잔한 유즈루…….”

"화내는 게 아닙니다. 꼴사나운 모습에 어이없어하긴 했지만요."

"뭐?"

"지금 그쪽으로 가겠습니다."

결국 복종하고 마는 것은 종자의 습성인가.

너무 귀여운 말투로『치이』하고 따졌기 때문일까. 유즈루는 한숨을 쉬었지만, 싫어하는 기색 없이 밖으로 나갔다. 그리고 굳이 뒷좌석에 들어와 카야에게 다가갔다.

"오오, 진짜 해주는 거야?"

"농담이었습니까?"

"반쯤은. 조금 있다가 움직일 생각이었어."

"장난치지 말아 주세요……. 이미 와버렸으니 제가 하겠습니다."

"응."

제멋대로인 주인이 고개를 끄덕였다. 유즈루는 손을 뻗었다. 주름 없이 깔끔한 그의 정장이 소녀를 일으키느라 흐트러졌다.

"이건 풀까요?"

안아 들자 종아리에 찬 가터 링이 눈에 들어왔다. 카야를 좌석에 앉힌 유즈루는 밴드 부분을 보며 말했다.

"풀고 싶어."

"알겠습니다."

유즈루는 주저 없이 카야의 종아리를 만져 구속구라고도 할 수 있는 그것을 풀어줬다.

"이건?"

이번에는 하얀 목에 채워진 초커를 가리키며 말했다.

“그냥 둬.”

“알겠습니다.”

유즈루는 지그시 카야를 보고, 몸을 편하게 할 다른 것이 더 없는지 찾았다.

“괜찮은 것 같군요. 안전벨트 매겠습니다, 카야 님.”

“응.”

최종적으로 안전벨트까지 유즈루가 손수 채웠다.

카야와 유즈루. 서로 접촉하는 것에 아무런 의문도 없는 것 같지만 묘한 긴장감이 있었다.

“너, 이런 명령을 받는데 싫지 않아?”

그 말을 듣고 유즈루는 음성을 낮췄다.

“그런 배려심이 있다면 직접 하셔야 하지 않겠습니까?”

카야는 그것도 그렇다며 살짝 웃었다. 웃고서 유즈루의 얼굴을 가만히 보았다.

지금 유즈루 안에서 발생하고 있을 감정을 살피려고 했다.

“…….”

유즈루는 아무런 감정도 내비치지 않도록 노력했다.

—내가 이런 일로 싫어할 거라고 생각하는 걸까.

두 사람은 어느 정도 신뢰 관계를 구축한 듯하지만, 속마음을 드러낼 정도의 사이는 아닌 것 같았다. 거리감이 있다기보다는 둘 다 서로에게 깊이 발을 들이지 못하고 있다고 하는 게 옳을지도 모르겠다. 그래서 유즈루는 침묵을 선택했다.

카야를 앞히고 안전벨트를 장착시킨 유즈루는 겨우 입을 열어 상냥하게 쓴소리를 했다.

"카야 님. 종복이 아니라 연장자로서 잔소리하겠는데, 이런 어린애 같은 행동은 카야 님을 위해서도 좋지 않습니다."

잔소리할 만한. 지극히 타당한 꾸중이었다.

"……."

카야는 조금 생각하는 바가 있었는지 입을 다물었다. 하지만 그것도 몇 초뿐이었다.

"확실히 내가 잘못했어. 하지만 나는 아직 비호받아야 할 나이야. 즉, 누가 날 어린애처럼 보살펴 주더라도 부끄러운 일은 아니잖아?"

금세 뻔뻔해졌다.

"고등학교 2학년이잖습니까. 이제 자발적으로 행동할 수 있을 텐데요."

"종자가 할 일을 뺏을 만큼 못난 주인은 아니야."

"해마다 말솜씨가 느시는군요……. 제가 곤란해하는 게 즐거우십니까?"

"즐기고 있진 않아. 하지만 세상에 불평불만을 말할 수 없으니 유즈루한테 말할 수밖에."

카야는 그렇게 말하고 나서 눈을 피했다.

"역시 쪼잔해. 네가 푸념을 안 들어줄 거라면 앞으로 너한테 푸념 안 해."

"……그럼 저 말고 다른 사람한테 하실 겁니까?"

"아니, 속에 담아둘 거야. 자발적으로 행동할 수 있는 나이니까."

유즈루는 다시 한숨을 쉬었다.

"귀찮은 주인이라고 생각했어? 괜찮아. 언제든 그만둬도 돼."

흘러나온 말을 듣고, 유즈루는 마음속으로도 탄식했다.

—내가 그 말에 상처받는다는 생각은 안 하는 걸까.

카야의 행동은 마치 상대를 시험하고 있는 것 같았다. 일부러 장난치거나 불량하게 행동하고 상대가 그걸 용서해 주는지 시험한다. 그렇게 타인이 자신을 인식하고 있는지, 긍정하고 있는지 확인한다. 소위 말하는 『떠보는 행동』으로 보였다.

—하지만 실제로는 달라.

"……그만두고 싶어지면 제대로 말해. 참지 마, 유즈루."

유즈루는 알고 있었다. 카야가 진심으로 말하고 있음을.

떠보는 행동 같은 게 아니었다. 그만두고 싶다고 한마디라도 한다면 그렇게 만들 것이다.

심지어 순수한 선의로 하는 말이었다. 카야는 종자를 속박하지 않는 주인이었다.

평범한 회사원이라면 좋은 상사겠지만, 인생을 함께할 주인으로서는 이바지하는 보람이 없었다.

"……."

유즈루는 말없이 카야의 표정을 살폈다. 그녀의 얼굴은 굳어 있었다.

종자로서 바람직하지 않은 감정이지만, 이 일에 관해서만큼은 그녀가 괴로워하는 얼굴을 보고 기뻐졌다.

정말로 놓아주고 싶은 게 아니라는 것을, 그 표정을 보면 알 수 있었다.

그녀는 언제나 그에게 선택지를 주고 싶은 것이다.

—자신에게는 없는 선택지를, 나에게는 줘.

유즈루는 대답하는 대신, 주인의 입술에 붙은 머리카락을 떼어 귀에 걸어줬다.

카야는 몸을 움찔했다. 친밀한 사이여야만 허락되는 접촉이었다.

유즈루는 평소보다 상냥한 목소리로 말했다.

"……푸념은 부디 제게 하시길. 그렇게 힘든 수업이었습니까?"

그만두느니 마느니 하는 이야기는 못 들은 것으로 쳤다.

그보다도, 당신이 어이없어해도 떨어지지 않을 거다. 당신이 거부해도 떨어지지 않을 거다. 그 마음이 전해지길 바라며 접촉했다.

"……."

카야의 입술에서 숨이 흘러나왔다. 안도의 감정도 담겨 있었다.

"카야 님, 오늘은 어떤 하루를 보내셨습니까? 제게 들려주세요."

유즈루가 거듭 묻자, 카야는 겨우 대답했다.

"……응. 있잖아, 체육 시간에…… 중거리 달리기였는데……."

살짝 조심스러운 대답이었다. 다시 유즈루의 얼굴을 보고, 그런 다음 토라진 것처럼 말했다.

"농땡이 친 녀석이 있어서 반 전체가 많이 뛰어야 했어……. 연대 책임이라면서……. 너무하지 않아?"

유즈루는 쓴웃음을 지었다. 귀여운 푸념이었다.

"그건 재난이었네요."

"재난이었어."

"수고하셨습니다."

"피곤해……. 난 이제부터 산을 오른다고……. 백성들아~."

말투가 역시 귀여워서 유즈루의 눈은 둥글게 휘었다.

"……카야 님, 만약 학교에 다니는 게 힘들어지면…… 언제든 그만두셔도 됩니다."

그리고 제안해 보았다. 그게 자신의 바람임을 알지 못할 표정으로.

—가지 않았으면 좋겠어.

"카야 님은 민초의 틈에 섞여서 고생하지 않으셔도 됩니다."

사실은 그저 단순히 유즈루가 학교에 가지 않길 바랄 뿐이었다.

"당신은 이 나라의 아침을 가져오는 자……."

"새벽의 사수님이니까?"

주인이 유즈루의 말을 도중에 가로챘다.

"시답잖아……."

"시답잖다니요."

카야가 말한 고유명사는 그녀가 귀인임을 나타내고 있었다.

그것도 원래 같으면 한정된 자만이 보고 말을 걸 수 있는 입장이었다.

"그럼 엿 같아."

그런 인물이 평범한 사람들 틈에 섞여 학교에 다니고 있었다.

어떻게든 평범한 여고생처럼 지내고 있었다.

"카야 님……."

그『이상성』을, 사람들은 모른다.

"제 앞에서라면 역할을 가볍게 여기는 듯한 말을 하셔도 됩니다. 하지만 다른 데서는 절대 그러시면 안 됩니다."

유즈루도 원래는 민초의 앞에 모습을 드러낼 일이 없는 자였다.

주인을 항상 수행하고, 지키고, 모시는 것이 그의 역할이다.

유즈루가 헌신적으로 카야에게 이바지하는 것도 그녀의 입장에서 기인한 것이었다.

"당신을 지키고 싶기에 말씀드리는 겁니다. 부디 조심해 주십시오."

유즈루는 카야가 자각심을 가졌으면 했다.

그녀 자신은 그 권위에 회의적인 것 같지만.

"카야 님. 당신은 이 나라의 『아침』이니까요."

눈앞의 현인신은 역시 엿이나 먹으라는 듯 비웃었다.

계절은 어떻게 찾아오는가.

그 물음에 사람들은 이렇게 답한다.

사계의 대행자가 각지에서 춘하추동을 현현하여 계절을 순환시킨다고.

봄의 대행자, 여름의 대행자, 가을의 대행자, 겨울의 대행자.

계절을 맡은 현인신이 노래와 춤을 통해 신에게 받은 권능을 행사함으로써 대지는 색을 얻는다.

신화시대에 사람과 사계가 맹약을 맺으며 정해진 약속이다.

그러면 아침과 밤은 어떻게 찾아오는가.

마찬가지로 사람들은 이렇게 답한다.

무의 사수가 하늘에 화살을 쏘고, 그 화살이 전 세계를 날아 아침과 밤의 장막을 가르기 때문이라고.

아침을 가져오는 자를 『새벽의 사수』.
밤을 가져오는 자를 『황혼의 사수』.

두 사수를 통틀어 『무의 사수』라고 부른다.

아침과 밤은 사수가 수호 장막이라고 불리는 하늘의 장막을 찢음으로써 찾아온다.
세계 각지에 있는 사수들이 정해진 시간, 정해진 장소에서 화살을 쏜다.
수많은 사수의 힘으로 밤의 장막이 찢어져 아침의 장막이 나타나고, 또 몇 시간 뒤에는 아침의 장막이 찢어져 밤의 장막이 모습을 드러낸다. 아침과 밤의 장막을 물리적으로 만질 수는 없다. 그냥 통과해 버린다. 사수가 장막을 찢지 않으면 아침과 밤은 지상에 찾아오지 않는다.
신으로부터 일을 맡은 현인신에게는 그들을 보좌하는 인간이 반드시 존재한다.
무의 사수의 수호자는 『사수지기』라고 하며, 충성을 맹세하고 사수를 곁에서 모신다.
사수도 사수지기도, 모두에게 가혹한 일이다.

꽃구경 철에 날이 흐려도 비탈을 오르고.

여름 땡볕에 몸이 타도 화살로 하늘을 뚫는다.

가을 단풍에 시선을 빼앗겨도 결코 걸음을 멈추지 않고.

시리게 맑은 겨울날에 외로움을 느껴도, 사람들과 똑같은 삶을 추구하지 않는다.

세계에 편안한 아침과 밤을 하사하기 위해 365일 하늘에 화살을 쏘는 자.

그것이 무의 사수라고 불리는 존재였다.

드넓은 바다에 떠 있는 야마토라는 섬나라에서, 사수의 주거지는 남북으로 나뉘어 있다.

북쪽에서 아침을 가져오는 자, 세상을 아침노을로 물들이는 현인신 『새벽의 사수』.

남쪽에서 밤을 가져오는 자, 세상을 별하늘로 물들이는 현인신 『황혼의 사수』.

두 무의 사수는 『후게키(巫覡) 일족』이라는 무의 사수의 후손들이 관리하고 있다.

무격(巫覡)이란 신을 모시며 기도하거나 신내림을 받은 자들을 가리키는데, 일족은 모두 『후게키』라는 성을 썼다. 성이라기보다는 직함이라고 인식하는 것이 타당하리라.

『무당(巫)』은 신을 모시는 여성, 『박수(覡)』는 신을 모시는 남성. 즉, 후게키는 남녀에게 붙은 신직의 통칭이었다.

후게키 일족 중에서 선출된 무의 사수는 정해진 땅에서 평생 움직이지 않고 책무를 위해 몸을 바쳐야 하는 운명이다.

그리고 무의 사수는 신의 일을 할 때 신통력을 쓰는데, 풍부한 영맥이 흐르는 영산에서 신통력을 보조받지 않으면 권능을 계속 행사하기 어렵다는 사정이 있다.

그래서 무의 사수는 특정한 토지에 정착한다.

사수는 사수인 한, 영산 근처의 거처에서 벗어날 수 없다.

어디로도 갈 수 없는 신은 예로부터 온갖 힘으로 보호받아 숨겨졌다.

"신이니 뭐니 해도, 나는 강제로 노동하고 있는 애처로운 아가씨에 불과하잖아."

운전석으로 돌아간 유즈루에게 카야는 계속 푸념했다.

"심지어 나는 새벽의 사수라서 심야에 일해. 미성년자인데도 말이야. 야마토의 법률은 어떻게 되어먹은 거야?"

"그건 타당한 말씀이네요."

"그치?"

"카야 님, 하지만…… 새벽의 사수라서 생활의 시간대가 남들과 다른 건 어쩔 수 없습니다. 어쨌든 아침의 신이니까요. 아침을 가져오려면 그 전인 심야에 일해야 합니다."

"……."

어떻게도 할 수 없는 사실을 지적당하고, 카야는 입을 다물어 버렸다.

"힘든 입장입니다. 하지만 현인신의 대우도 옛날보다 훨씬 좋아지고 있습니다. 카야 님이 가족과 함께 살며 학교에 다닐 수 있는 건 먼젓번 현인신이 처우 개선을 계속 요구하신 결과입니다. 앞으로도 이상한 부분은 높으신 분들과 협의를 거듭하여 바꿔 나가기로 하죠. 저도 진력하겠습니다."

카야가 고되게 생활하고 있는 것을 어쩔 수 없다는 말로 잘라내고 싶지는 않지만, 그렇게 말해야만 하는 것이 사수지기인 유즈루의 괴로운 부분이었다. 다행히 카야도 『알고는 있지만 푸념하고 싶은』 정도의 마음인 것 같았다. 유즈루에게 화를 내지는 않았다.

"힘든 건 너도 마찬가지잖아. 너도 화내면 될 텐데……."

"저는 힘들지 않습니다."

"거짓말."

"거짓말이 아닙니다. 카야 님, 저는 평범하게 수면 시간을 확보하고 있고, 여가 시간도 있습니다. 카야 님이 고생하시는 주된 원인은 역시 통학입니다. 새벽의 사수이신 카야 님이 학교에 다니는 건 생활 시간대를 고려하면 힘든 일이에요……. 원래는 학교에 있을 시간에 푹 자고 남은 시간에 여가를 보내셔야 하니까요."

"……."

"그러니 꼭 공부를 하고 싶으시다면 수면 시간을 확보할 수 있도록 온라인 교육으로 바꾸어 주십사 누누이 말씀드리는 겁니다."

솔직히 말하면 유즈루 자신이 그걸 원했다. 단순히 공부를 하고 싶은 거라면 학교를 고집할 필요는 없다. 의욕만 있다면 외국의 학교에도 다닐 수 있다. 지금은 그런 시대다.

"바보 유즈루. 틀렸어. 그런 게 아니야. 다른 애들처럼…… 또래 아이들처럼 학교에 다니는 게 중요한 거잖아."

하지만 그 제안은 카야의 마음을 울리지 못한 듯했다.

"교복을 입고, 학교에서 배가 고프면 빵을 먹고, 내 정체를 모르는 친구들이랑…… 밖에서 놀지는 못하지만, 쉬는 시간에 수다를 떠는…… 그런 게 중요한 거야."

"……"

"이건 저항이야. 현인신이라는 운명에 휘말려버린 나의 소소한 반역이야. 사명에 굴복하여 인생을 포기하면 지는 거잖아?"

"……"

이번에는 유즈루가 입을 다물고 말았다. 카야가 바라는 것은 신이 아니었다면 이루기 쉬웠을 평범한 소원이었다.

젊은 아가씨가 당연히 바랄만한 것. 학교는 공부하는 곳이지만, 그저 그뿐만 아니라 사교의 장이기도 했고, 그곳에서만 얻을 수 있는 청춘의 한 페이지를 쓸 수 있는 장소이기도 했다.

"모처럼 높으신 분을 설득해서 신분을 숨기고 고등학교에 다니고 있잖아. 나는 신이 아니라『사람』으로 있을 수 있는 최후의 보루를 포기할 생각이 없어."

그것조차 노력해야만 얻을 수 있는 것이『신이 되어버린 소녀』였다.

하지만, 하고 유즈루는 역시 속으로 말했다.

─그건 당신이 늘 잠이 부족해 피곤해하면서까지 해야만 하는 일인가요.

학교에 보내주고 싶다. 친구와 놀게 하고 싶다. 좋아하는 일을 하며 웃었으면 좋겠다.

유즈루도 그렇게 생각한다. 하지만 무엇보다 바라는 것은 주인의 건강이다. 쓴소리하는 것도 카야를 생각하기 때문이었다.

하지만 정작 주인은 자신의 건강보다도 인생의 열기에 몸을 맡기고 있었다.

이 이상 말해도 소용없겠다 싶어서, 유즈루는 자동차에 시동을 걸었다.

"유즈루, 너야말로 화나지 않아? 내 사수지기로 있는 탓에 인생을 구속당하고 있잖아."

유즈루는 진행 방향을 확인하며 태연하게 답했다.

"아까도 말씀드렸지만 저는 지금 하는 일이 고되지 않아서요."

실제로 그랬다. 유즈루는 카야를 모시는 것을 힘들다고 여기지 않았다.

"거짓말하지 마."

"거짓말이 아닙니다."

"자유가 없잖아. 어디로도 놀러 갈 수 없어."

"저는 에니시가 좋습니다."

"소중한 사람의 임종을 지킬 수도 없잖아."

"부모님은 다 알고서 사수지기가 되라고 하셨습니다."

"나 같은 귀찮은 여자애랑 온종일 같이 있는 건 고통스러울 거야."

"카야 님은 학교에 가시니까 온종일 같이 있지는 않죠."

"……매일 산에 올라갔다가 내려오는 일에 무슨 보람이 있어?"

"카야 님이 모르실 뿐, 저는 매일 보람을 느끼고 있습니다."

"……고집불통 유즈루. 넌 이딴 일을 할 사람이 아니야."

두 사람 사이에는 골이라고 할까, 얕은 강이 흐르고 있는 것 같았다. 대립하고 싶은 건 아니었다. 화해하고 싶었다. 이 강을 건너 상대방이 있는 건너편으로 가고 싶었다. 용기를 내 물에 들어가면 건널 수 있다. 당신을 싫어하는 건 아니고, 굳이 따지자면 좋아한다.

하지만 한 발짝도 물러나지 않았다. 그렇게 줄곧 평행선을 달리고 있었다. 종자인 유즈루가 의견을 양보해도 좋겠지만, 그는 이 일에 관해서는 고집스럽게 양보하지 않았다.

"고집불통은 카야 님 아닙니까?"

—당신과의 시간을 괴로운 시간이라고 하는 건 슬프다.

그런 본심을 말하면 될지도 모르지만, 지금은 다른 말이 나왔다.

"거듭 말씀드리지만, 저는 불행하지 않습니다. 어째서 불행하다고 단정 지으십니까? 그리고 저를 배제하셔도 새로운 사수지기가 올 뿐입니다. 다음 사수지기에게도 똑같은 말씀을 하실 겁니까……?"

"……유즈루, 나는 너를 배제하고 싶은 게……."

"그럼 아무 말씀 마시고 저를 곁에 두시면 됩니다."

"……."

"직접 고르시고서 이제 와 잘못된 결단이었다고 하시면 저는 어쩌라는 겁니까. 제게 뭔가 부족한 점이 있다면 지적해 주십시오. 고치겠습니다."

"유즈루…… 아니야, 그런 게 아니야. 너는 몰라…….”

요령 없는 신과 요령 없는 종자. 두 사람을 태운 차는 웅대한 대지를 시원하게 달려 나갔다.

카야와 유즈루가 향한 곳은 카야가 다니는 여학교가 있는 거리에서 떨어진 곳.

광대한 에니시의 대지, 그중 한 곳인 『시라누이』에 새벽의 사수가 살고 있었다.

명봉 시라누이다케에 빙 둘러싸여 있는 탓에 마치 숨겨진 것처럼 존재하는 마을이었다.

겨울에는 눈이 많이 내리고 여름에는 더운 분지지만, 자연환경은 훌륭했다.

계절마다 화초를 즐길 수 있는 토지라고 할 수 있다.

한적한 풍경의 시골에서 느긋하게 지내고 싶어 하는 자에게는 어느 정도 이상적인 마을이었다.

의료와 학업 관련 시설은 얼추 갖춰져 있고, 로컬 푸드를 사용하는 식당이 충실했다.

흘러가는 차창 밖 풍경은 논밭뿐이지만, 그게 좋다고 하는 자도 많다.

젊은이에게는 조금 지루하겠으나, 자립해 떠났다가 꿈이 깨져도 돌아와서 살 수 있는 곳.

마지막 거처로 삼기에는 좋아 보이는 장소.

그게 바로 시라누이라는 마을이었다.

관광지로 주목받는 곳은 여름철이라면 시라누이다케의 기슭에 있는 라벤더 꽃밭 지대가 있다.

영화나 소설의 무대로 많이 등장하는 곳이다. 관련 작품이 많아서, 여름이 되면 어느 한 작품의 팬이 성지 순례를 하러 온다.

겨울철이라면 시라누이다케에 있는 시라누이 스키장이다. 초보자 코스부터 상급자 코스까지 충실하고, 매년 질 좋은 가루눈이 내려서 국내외의 방문객들에게 사랑받고 있다.

이렇게 말하면 산악 지대는 소란스러운 곳이라는 생각이 들겠지만, 꼭 그렇지만은 않다. 정상이 뾰족하거나 원기둥 형태인 산들과 달리 봉우리가 두 개인 쌍봉 형상이면서 산의 생김새가 가파르지 않았다. 세로로 높은 게 아니라 가로로 긴 산이었다.

웅대한 산맥 일부가 관광지가 되었을 뿐, 대부분은 고요함에 휩싸여 있는 동식물의 왕국이었다.

카야의 집은 산기슭에 있긴 하지만, 관광지가 있는 산악 지대와는 다른 곳에 숨겨져 있었다.

이 주변은 지역 주민도 찾아오는 일이 거의 없다.

주위에는 자작나무가 줄지어 있어서 미궁 같은 숲을 이루고 있다.

자작나무 숲속의 좁은 길을 빠져나가면 삼엄한 경비문이 있고, 거길 지나면 전통 건축 양식으로 지은 대저택이 나타난다.

　처음 찾아온 사람은 다들 놀란다. 신비로운 삼림 풍경 속에 녹아
든 대저택은 주변의 모습과는 이질적이라서, 현대적인 풍경이라고
는 할 수 없었다.
　이 세상과는 조금 떨어져 있는 집. 현실이 아닌 어딘가에 있는 듯
한 기분이 드는 곳.
　새벽의 사수가 사는 저택은 그런 비현실적인 거처였다.
　카야의 사수로서의 하루는 귀가한 뒤부터 본격적으로 시작된다.

　우선 목욕재계.

　바깥세상에서 묻혀온 먼지와 더러움을 씻어낸다.
　그동안 유즈루는 카야가 가져온 과제를 정리한다.
　여가 시간이 거의 없는 카야를 대신하여, 본인이 하지 않아도 될
듯한 과제는 멋대로 끝내 버린다. 다른 학생의 입장에서 보면 반칙
이지만, 시험공부는 카야가 수면 시간을 줄여서 하고 있으니 전도
유망한 신에게 이 정도는 허락되어야 한다고 유즈루는 생각했다.
　다행히 카야는 학교에 계속 다니기 위해서 공부를 게을리하지 않
기에 학기말마다 있는 시험 결과가 비참한 적은 없었다.

　목욕재계를 끝내고 실내복을 입은 카야가 나오면 주인의 방에서
주인이 잠들 때까지 시중을 든다.

　평소에는 드라이어로 머리를 말리고 빗질까지 돕지만, 오늘은 돌

아오는 차에서 말다툼을 벌인 탓인지 카야가 『안 도와줘도 돼』라고 했기에 그대로 취침 준비까지 진행해 버렸다. 덜 마른 머리를 보게 된 유즈루는 마음이 복잡했다.

조금 어색한 분위기에서 취침 인사를 하게 되었다.

—오늘은 줄곧 화해하지 못했어.

유즈루는 한숨을 쉬고 싶어졌다.

하지만 사과할 마음은 없었다. 다른 일이라면 얼마든지 양보할 수 있지만, 곁에 있을 수 있는 권리를 잃는 것에는 수긍할 수 없었다. 카야도 사과할 것 같지 않았다. 양쪽 모두 물러나지 않으니 이런 분위기가 되는 건 어쩔 수 없었다. 유즈루는 애써 업무적으로 말했다.

"카야 님, 자명종은 세팅해 뒀습니다. 여러 단말로 알람도 설정해 뒀습니다."

"……응. 내가 안 일어나겠다고 칭얼거릴 때는?"

"발을 간지럽힙니다."

"좋아. 그럼 전부 빈틈없지?"

"네. 안녕히 주무십시오, 카야 님."

"……."

카야는 입을 다물어 버렸다. 취침 인사도 하기 싫은 걸까 싶어서 유즈루는 한층 슬퍼졌지만, 다음 순간 카야가 입을 열었다.

"잘 자, 유즈루……."

그리고 생각한 것처럼 덧붙였다.

"……엄마나 아빠가 아니라 네가 꼭 깨워줘."

그리고서 바로 이불을 뒤집어써 버렸다.

—정말로, 이분은.

유즈루는 기습 공격에 짜증이 났다.

—일어나면 내가 없을지도 모른다는 생각에 불안해져서 못을 박았구나.

거절한 사람은 당신 아니냐고 말하고 싶어졌다.

—이래서야 누가 매달리고 있는 건지.

"……."

하지만 타산적이게도, 유즈루는 주인에게 휘둘리고 있는데도 기뻐하고 말았다.

아침의 소녀신은 주인에게 사랑받고 싶은 종자의 마음을 아주 간단히 어지럽힌다.

"……유즈루……?"

약간의 두려움이 담긴 목소리가 조용한 침실에 울렸다.

늘 평정심을 유지하고 싶은데, 그녀 앞에서는 잘되지 않았다.

그녀의 두려움이 기뻤다. 아, 성실한 종자로서의 얼굴이 또 무너진다.

—그렇다면 솔직하게 같이 있고 싶다고 말해줘.

유즈루는 그렇게 바라고 있지만 현실은 어려웠다.

카야는 항상 유즈루에게 말한다.

이런 일은 힘들다고. 아주 고통스럽다고.

한 번뿐인 인생인데 이딴 일에 목숨을 바치는 건 손해라고.

너는 다른 세계에서 날아오를 수 있는 남자라며 독려했다. 종자를 슬프게 하는 일에는 천재였다.

하지만 그렇게 주장하는 것이 사실 유즈루를 위한 것임을 그도 알고 있었다.

힘든 역할. 그걸 도와야 하는 종자. 카야는 유즈루에게 큰 죄책감을 느끼고 있었다.

사이 나쁜 주종이었다면 그런 생각은 안 했을 것이다.

그만둬도 된다는 말도 안 하고 담담히 서로의 직무를 수행했으리라.

유즈루가 카야를 현인신으로서 경애하고 좋은 종자로 있어 주기에, 카야는 유즈루의 존재로 마음의 안녕을 찾고, 밉지 않게 여기고, 그리고 후회하고 있었다.

『아아, 유즈루가 불쌍해』라고.

그래서 모순되는 일을 한다.

매달리고 싶지만, 유즈루에게 선택지를 주고 싶어서 밀어낸다.

너는 도망쳐도 된다고. 그러고 싶어지면 그래도 된다고.

둘 다 허심탄회하게 마음을 털어놓고 확인하면 해결될 일일지도 모르지만 불가능했다.

겁쟁이들의 술래잡기. 그게 두 사람의 관계였다.

"제가 깨워도 됩니까? 저는…… 카야 님이 사직시키고 싶어 하는 종자인데요."

유즈루는 일부러 시험하듯 중얼거렸다.

"그런……."

이불을 뒤집어쓴 카야는 그 상태 그대로 어색하게 말했다.

"그런 말은 안 했어. 너를……'사직시키고 싶은 건 아니야. 네가 만약 그만두고 싶어지면 그래도 된다고 말하고 있을 뿐이잖아."

카야는 변명을 거듭했다.

"그리고…… 만약 그렇게 되더라도, 지금 당장 그만두진 않을 거잖아……? 너는 성실한 남자야. 그런 짓 안 해. 제대로 인수인계를 마치고서 그만두겠지. 즉, 너는 아직 내 곁에 있어. 그러니까 유즈루가 깨웠으면 좋겠다는 거야."

역시 잘못했다고 생각했는지 빠르게 정정에 정정을 거듭했다.

"말씀을 들어보니 딱히 제가 아니어도 된다고 해석할 수도……."

"유즈루였으면 좋겠어!"

호통치는 목소리를 듣고 유즈루는 미소 지었다. 원했던 말을 들을 수 있었다.

하지만 미소는 금세 사라졌다. 마음은 여전히 애달팠다.

카야가 유즈루도 역할도 받아들여 준다면 만사 해결될 텐데.

―질풍노도의 시기에 있는 소녀에게 그걸 강요하는 건 가혹한 일일까.

유즈루는 카야가 알 수 없게 살짝 이불을 건드렸다. 이 이불 한 장 정도의 거리를 언제나 좁힐 수 없다. 유즈루도 아직 젊은 청년이라서 망설이는 일이 많았다. 당신이 받아들여 준다면 우리는 아무런 불안도 없는 주종이 될 수 있는데, 하고 미숙하게도 주인을 책망하고 싶어진다.

―하지만 카야 님은 더 어려.

고등학생인 주인은 지금이 인생에서 가장 마음이 불안정한 시기일 것이다.

그녀는 유즈루가 모시는 주인이자 신이지만, 사춘기의 여성이기도 했다. 내보이는 감정이 고통스러워도 유즈루는 어른으로서 참고 이끌어야 한다.

"……유즈루였으면 좋겠어……."

침묵을 지우듯, 카야가 이불 속에서 다시 말했다.

─오늘은 이걸로 참자.

유즈루는 스스로가 부끄러워질 만큼 금세 환희에 휩싸였다. 이불을 들춰서 카야가 어떤 얼굴을 하고 있는지 확인하고 싶은 기분이 들었지만, 역시 참았다.

─나였으면 좋겠다고 말해 주셨어.

오늘은 카야가『양보해준』것이다.

이런 말까지 하게 했으니, 유즈루도 카야를 위한 말을 건네야 했다.

"……감사합니다, 카야 님. 반드시 제가 깨우러 오겠습니다."

취침 전에는 살짝 화해하는 분위기가 만들어졌다.

고등학생으로서의 학교생활과 무의 사수로서의 현인신 생활.

카야의 하루는 이 두 가지 생활을 소화하기 위해 전부 조정되어 있었다. 자유 시간은 거의 없다.

동아리 활동을 하거나, 뭔가를 배우거나, 친구와 노는 건 당치도 않았다.

자는 것도 먹는 것도 역할을 다하기 위한 과정일 뿐이다. 거기에 안식은 없었다.

물론 모든 행위는 365일 계속된다. 아침은 매일 찾아오기 때문이다.

현대의 젊은이가 아침의 현인신으로 지내는 건 상당히 힘들고, 그 생활을 지원하는 것도 똑같이 힘들다. 카야가 자는 동안에는 유즈루도 조금은 개인적인 생활을 즐길 수 있었다.

그는 카야를 학교에 보내고 저택에 돌아와 잠을 자기에 이 시간은 취침 시간에 해당되지 않는다. 카야의 마중을 나갈 때쯤에 깨어난다. 그렇기에 현재는 활동 시간이지만, 카야의 곁을 함부로 떠날 수는 없기에 기본적으로 저택을 나가지 않았다.

유즈루가 여가 시간을 보내는 방식은 본인의 자질과 마찬가지로 조용했다. 차를 닦거나 방에서 근력 운동을 했다. 아니면 카야를 위해 할 수 있는 일을 했다. 오늘은 차를 닦고 있었다.

"유즈루."

차를 닦고 있으면 한가하다고 여기는지, 높은 확률로 저택에 사는 사람이 말을 걸어온다.

"슈리 님, 무슨 일입니까? 후게키 일족의 회합에 가시지 않았나요?"

말을 걸어온 사람은 기모노 차림의 여성. 30대 후반이나 40대 초반일 것이다. 뭔가 꾸러미를 들고 있었다.

"응, 갔다가 이제 막 돌아온 참이야. 있잖아, 상담할 게 있는데……."

"카야 님과 관련된 일인가요?"

여성은 카야의 엄마다. 늘 어딘가 범접하기 어려운 분위기를 풍기는 딸과는 달리 살가운 느낌을 줬다.

"말씀하시지요."

동거 중인 주인의 모친. 사수지기인 유즈루에게 슈리는 공경해야 할 상대였다.

설령 세차 중이라 손을 멈추고 싶지 않아도 함부로 대할 수는 없었다.

유즈루가 듣겠다는 자세를 보이자, 슈리는 기다렸다는 듯 물었다.

"오늘 도시락, 늘 만드는 고기완자 말고 채소는 뭐가 좋을까?"

유즈루는 맥이 빠졌지만, 슈리가 물어본 것은 오늘 있을 신의 의식과 관련 있는 얘기였다.

무의 사수의 책무는 산을 오르는 것부터 시작된다. 산꼭대기 근처에 있는 성역까지 올라가 그곳에서 하늘을 향해 화살을 쏜다. 사수가 화살을 쏘지 않으면 아침도 밤도 찾아오지 않는다.

그리고 성역에 가지 않으면 사수의 신통력을 보조하는 영맥이 없어서 신통력이 고갈된다.

매일 화살을 쏘려면 성역에 가는 것은 필수 조건이었다.

시라누이다케는 비교적 오르기 쉬운 산이긴 하지만, 등산을 하면 피로해지고 피로를 보완하려는 것처럼 몸이 음식을 요구한다. 슈리는 금방 배가 꺼지는 젊은이를 위해 카야의 도시락만이 아니라 유즈루의 도시락도 만들어 주고 있었다.

원래는 유즈루가 하거나 저택에 파견된 가사도우미에게 맡길 일이지만, 딸을 위해 도시락을 만들고 싶다고 본인이 원하기도 해서 슈리가 담당하고 있었다.

"채소요."

유즈루는 요리를 못하지는 않지만, 슈리와 저택의 가사도우미 덕분에 요리할 일이 없어서 당장 머릿속에 떠오르는 레시피는 시금치나물뿐이었다.

슈리는 말이 없는 유즈루의 대답을 기다리지 않고 조금 화난 어조로 말했다.

"남편이 있지, 내가 만드는 걸 보더니 그러더라. 전체적으로 갈색이라고. 고기가 너무 많다고."

"……그런가요?"

유즈루는 매일 받는 도시락을 떠올렸다. 듣고 보니 확실히 고기가 많다는 인상이긴 했다. 햄버그스테이크, 닭튀김, 비엔나소시지 같은 게 많았다. 젊은 친구들이 좋아할만한 음식을 넣었다는 인상이 강했다. 생선은 최근에 못 봤다.

그렇다고 해도 불만은 전혀 없었다.

"저는 고기를 좋아하는데요."

뭐가 문제냐는 의문도 담아서 말하자, 슈리는 내 말이 그 말이라는 듯 주먹을 움켜쥐었다.

"그치~?! 유즈루도 카야도 젊잖아! 젊은 친구들은 고기가 많은 걸 더 좋아하잖아! 나는 제대로 취향을 생각해서 만들고 있는데…… 그 사람은 내가 만든 도시락을 보더니…… 영양이 어쨌다는 둥, 가사도우미에게 맡기는 게 두 사람을 위한 일이라는 둥…… 쫑알쫑 알…… 자기는 만들지도 않으면서……!"

슈리의 말에는 분노가 담겨 있었다.

유즈루는 감정을 겉으로 드러내지 않고 부드럽게 미소 지었다.

"그래서 화가 나셨군요……."

또 부부 싸움인가, 어이없어하면서도.

"그렇게 말할 거면 직접 요리해서 도시락을 만들어 보라지! 하지도 못하면서 그런 말을 한다니까? 그리고 도시락은 의무가 아니야! 내가 만들고 싶어서 만들고 있는 거라고! 딸을 위해 할 수 있는 유일한 일인데…… 그걸 도우미한테 시키라니…… 그건 아니야. 그건 아니잖아……."

"……."

"너무하지 않아?!"

"……어어, 네."

카야의 부모는 이혼할 위기에 처해 있다.

그래서 이런 다툼이 일상적으로 벌어졌고, 슈리도 남편도 유즈루를 발견하면 하소연했다. 부부 싸움은 늘 평행선이다. 날마다 승자가 달랐다. 유즈루는 하소연을 들을 때마다 자신이 불필요한 감정을 버리는 쓰레기통이 된 것 같다는 기분이 들었지만, 매정하게 대할 수는 없었다.

"에이센 님은 그냥 말을 붙이려고 그런 얘기를 하신 게 아닐까요……."

부모가 이혼하면 카야는 슬퍼할 것이다.

최종적인 결단은 부부가 내리겠지만, 유즈루가 보기에는 위태롭긴 해도 아직 이혼을 피할 수 있는 상태인 것 같았다. 정말로 글러먹은 상태는 서로에게 관심조차 없어져서 혐오만 남게 됐을 때다.

그래서 유즈루는 이 가족 사이에서 잘 처신해야 했다.

카야의 마음이 어지러워지는 일이 생겨서는 안 된다.

"나도 알아. 그 사람은 그런 사람이지. 보나 마나 별생각 없이 말했을 거야. 하지만 그런 말을 들으니까 왠지 신경 쓰여서……. 내 취향을 너희에게 강요했나 싶고……."

"슈리 님……."

이번 싸움은 슈리에게 동정심이 들었다.

열심히 하는 일을 폄하당해서 슬퍼졌을 것이다.

슈리는 조금 귀찮은 구석이 있지만 사람이 나쁘진 않았다. 신을 딸로 둔 부모로서 이런저런 복잡한 감정이 들 텐데도 애정을 잃지 않고 카야를 키우고 있었다.

매일 도시락을 만들어 줄 정도였다. 좋은 엄마라고, 유즈루도 생각했다.

ㅡ문제는 남편분을 대하는 태도야.

유즈루는 카야의 아빠를 머릿속에 떠올렸다.

이쪽도 결코 나쁜 사람은 아니었다.

다만 유즈루가 보기에도 조금 빈정거리는 경향이 있다. 상대를 놀리고 농담을 섞어 부정하여 대화하는 타입이라고 하면 좋을까.

그런 모습이 매력적으로 보일 때도 있지만, 사람에 따라서는 불쾌하게 느껴질 때가 있을지도 모른다.

특히 뭐든 곧이곧대로 받아들이는 슈리와는 상성이 나빴다. 카야의 아빠가 별 의도 없이 꺼낸 말에 번번이 상처받고 있었다.

원래부터 상성이 안 좋은 부부는 그래도 젊었을 때는 어떻게든 잘 지냈지만, 딸도 많이 커서 손이 안 가게 되자 균열이 생겼다.

당장 이혼을 단행하지 않는 것은 서로에게 정이 남아있기 때문일까, 아니면 역시 유즈루와 마찬가지로 외동딸 카야를 걱정해서일까.

"슈리 님, 솔직히 말씀드리면…… 카야 님은 본인이 평하시길 배가 채워진다면 뭐든 잘 먹는 분이라서…… 도시락 메뉴를 그렇게 고민하지 않으셔도 될 것 같습니다. 물론 좋은 걸 먹이고 싶다는 엄마로서의 마음은 이해하지만……."

유즈루가 그렇게 말하자, 슈리는 잠시 침묵하다가 고개를 끄덕였다.

"그러게. 카야가 혀는 평범하게 태어났지……."

제 자식에게 할 말은 아니었으나 슈리는 납득했다.

"저도 도시락에 불만을 가진 적은 없습니다."

"유즈루는 그렇게 말해줄 줄 알았어. 고마워……."

"천만에요."

"응……. 너무 심각하게 생각했을지도 모르겠다. 두 사람의 음식 취향도 잘 모르는 사람이 한 말을 진지하게 받아들였어."

말하다 보니 기분이 풀렸는지 슈리의 표정이 조금씩 본래의 온화한 얼굴로 돌아왔다.

"기분은 풀리셨나요."

"응. 하지만 되게 화가 났었고, 그런 말을 들었는데 그대로 있는 건 싫으니까…… 오늘부터 이런저런 시도는 해보려고."

"그것참."

"봐, 오랜만에 서점에 가서 책도 샀어."

아무래도 그걸 보여주는 게 말을 건 진정한 목적이었던 모양이다.

줄곧 팔 사이에 끼우고 있던 책을 유즈루에게 보여줬다.

상당히 귀여운 도시락을 만드는 법이 기재된 레시피북이다.

아이들에게 인기 있는 애니 캐릭터의 얼굴을 요리로 표현하는 방법이 자세히 적혀 있었다.

"……."

카야는 고등학생이므로 이런 어린애 같은 도시락은 안 좋아할 것 같지만, 의욕을 보이는 사람의 기세를 꺾어서는 안 될 것이다. 그렇게 유즈루는 속으로 결론지었다.

"기대되네요. 슈리 님은 요리를 잘하시니까요."

유즈루는 슈리에게 책을 돌려주며 말했다. 슈리는 그 말에 더욱 기분이 좋아졌는지 미소 지었다.

"힘낼게. 그 사람을 깜짝 놀라게 해줄 거야. 언제까지고 나를 아무것도 못 하는 규중처녀라고 생각한다니까. 다시 보게 해주겠어. 유즈루, 고민 들어줘서 고마워."

슈리의 표정이 밝아진 것을 보고 유즈루도 안도했다.

부부의 권태기에 풍파가 일지 않도록 처신하는 것은 사수지기의 역할이 아니다.

아니지만, 그래야 할 이유가 있었다.

—가뜩이나 마음고생이 많은데 이 이상 늘릴 수는 없어.

그래서 유즈루는 늘 그렇듯 카야를 위해 웃으며 말했다.

"별말씀을. 슈리 님은 제 주인의 소중한 분이시니 스스럼없이 대해 주시길."

주인의 심적 부담을 없애는 것도 사수지기의 본분이다.

사수와 사수지기의 하루는 이렇게 흘러간다.

이윽고 황혼의 사수가 하늘에 화살을 쏘고, 날짜가 바뀔 무렵. 카야의 기상 시간이 찾아왔다.

여가를 즐기던 유즈루도 일할 시간이었다. 그녀를 깨우러 침실로 향했다.

미혼 여성이 자고 있는 방에 젊은 남성이 들어가는 행위는 본래 비난받을 만한 일이지만, 목욕 후 머리 말리기까지 담당하고 있는 유즈루는 거침없었다.

일단 노크는 했으나, 대답이 없을 것은 알고 있기에 바로 방문을 열었다.

어두운 방의 불을 켜고 침대로 향했다. 침대 위에는 무방비한 얼굴로 자고 있는 카야가 있었다. 잠든 얼굴이 험악했다. 형광등 때문에 눈이 부신 듯했다. 이걸로 일어나주면 좋겠지만, 그의 주인은 잠을 아주 좋아했다. 그녀를 깨우려면 매번 교섭이 필요했다.

유즈루는 일단 다정하게 말을 거는 것부터 시작했다.

"카야 님, 일어나실 시간입니다."

하지만 주인은 바로 일어나지 않았다.

"카야 님, 카야 님."

몇 번 불러도 무시했다. 잠시 말없이 기다려 봤지만, 역시 대답이 없었기에 어쩔 수 없이 유즈루는 카야의 어깨를 흔들었다. 그러자 언짢아하는 목소리가 나왔다.

"……5분만 더."

"알겠습니다."

시킨 대로 그 자리에서 5분을 기다리자 자명종이 폭발적인 소리를 냈다.

카야는 못마땅한 얼굴로 자명종을 쳐서 정지시켰다. 그리고 베개에 얼굴을 묻었다. 유즈루는 방금 벌어진 자명종에 대한 만행을 타박하듯 말했다.

"카야 님, 자명종이 망가집니다."

"시끄러워……."

"일어나세요, 카야 님."

"정상적인 인간이 일어날 시간이 아니야……."

"뭐, 지금은 밤이니까요. 사람이 잘 시간이긴 하죠."

창문에는 커튼이 쳐져 있지만, 하늘은 밤을 두르고 있었다.

"황혼의 사수이신 카구야 님이 무사히 책무를 다하셨습니다. 저희도 그래야죠."

"……."

"당신은 누구십니까. 새벽의 사수십니다. 카야 님, 세상에 아침을 가져오죠."

부끄러운 대사지만 사실이기에 유즈루는 매우 진지하게 말했다. 카야는 『내가 무슨 용사냐고……』라며 정말 어찌 되든 좋다는 것처럼 투덜거렸다. 그리고 잠에 취해 잠긴 목소리로 다시 말했다.

"……그분이 부럽네. 내가 밤에 화살을 쏘는 것과 달리 저쪽은 낮에 쏘잖아. 생활에 아무런 지장이 없겠지……."

"저번 통신회의 때는 앞으로 찾아올 여름을 걱정하셨습니다. 여름이 되면 햇볕이 강해지니까요. 무지막지하게 더운 지옥의 나날이라던데요. 황혼의 사수님의 성역은 남쪽의 류구니까요……."

"이쪽은 북쪽의 에니시…… 겨울이면 추워 죽을 것 같은 동토잖아. 여름은 확실히 저쪽보다 낫겠지만…… 힘든 건 이쪽도 똑같아."

"그렇죠. 그럼 일어나실까요."

"싫어. 아침 따위 안 와도 돼."

그렇게 말하고서 카야는 다시 이불을 뒤집어써 버렸다.

"……."

유즈루는 말없이 이불을 뺏었다.

"야."

카야는 저항하는 소리를 내며 침대 위에서 태아처럼 몸을 말았다. 형광등에 노출된 눈을 손바닥으로 가렸다.

"유즈루, 눈부셔……."

그 모습은 조금 해달 같았다.

"눈부시라고 켰습니다."

"악마, 심술쟁이."

"저처럼 당신에게 무른 사람은 없을 겁니다."

"지금은 괴롭히고 있잖아."

"그렇죠. 그럼 카야 님, 세상에 아침을 가져와 주세요."

유즈루는 신의 위엄 같은 건 전혀 없는 주인에게 거듭 말했다.

"싫어."

"카야 님."

"……싫어."

"카야 님, 앞으로 30초 안에 안 일어나시면 발바닥을 간지럽히겠습니다."

카야는 몸을 움찔한 후, 낮은 목소리로 대답했다.

"그런 짓을 하면 난 죽어."

"저도 카야 님에게 그런 짓을 하고 싶진 않습니다. 하지만 정상적으로 사고하실 때의 카야 님이, 자신이 안 일어나겠다고 너무 칭얼거리면 그러라고 하셨습니다. 직접 제게 명령하셨죠?"

"그렇게 말하긴 했지……."

"그럼 간지럽히겠습니다."

유즈루가 카야의 발을 잡는 척했다. 카야는 발을 버둥거렸다.

"싫어."

그 모습은 이불이라는 바닷속에서 도망 다니는 물고기 같았다.

유즈루는 내심 재미있어하면서도 차갑게 말했다.

"뭐든 싫다고 하시는군요."

"뭐든 싫어."

"그냥 떼쟁이입니다, 카야 님."

"……."

유즈루는 잠시 침묵하다가 이번에는 시험하듯 속삭였다.

"알겠습니다. 그럼 그만두죠. 아침 따위 안 와도 됩니다."

카야는 그 말에 물고기에서 인간이 되어 허를 찔린 듯한 얼굴을 했다.

—거봐, 역시나.

유즈루는 거듭 말했다.

"아침 따위, 안 와도 됩니다."

"……너, 무슨 소리야. 그러고도 사수지기야?"

카야가 너무 놀란 모습이라서 유즈루는 살짝 웃고 말았다.

—결국 자신을 죽이는 쪽을 택하잖아.

웃고 싶어지는 심경이었다.

—그리고 내 말을 절대 안 믿지.

"카야 님도 말씀하지 않으셨습니까. 제가 말하는 건 이상합니까?"

"너처럼 직무에 충실한 자가 그런 생각을 한다고……?"

아하, 심술부린 거구나, 하고 카야는 이어서 말했다. 전혀 그렇지 않다고 유즈루는 생각했다.

유즈루는 카야가 생각하는 것보다도 훨씬 자신은 차갑고 모진 생물이라는 자각이 있었다.

주인에게 미움받고 싶지 않아서 그런 면을 보이지 않을 뿐이다. 유즈루가 입을 다물자, 역시 떼를 쓴 게 미안해졌는지 카야가 느릿느릿 일어났다.

"……옷 갈아입을래."

"새벽의 사수가 되어 주시는 겁니까? 카야 님."

"너, 역시 놀리고 있는 거지? 될게…… 제기랄. 영원히 밤이어도 좋지만……. 내가 안 하면 백성이 곤란하잖아."

“물론이죠.”

“……정말 곤란해질지 의문이지만.”

유즈루는 그 말을 이해할 수 없어서 바로 대답하지 못했다.

아침이 오지 않으면 세계는 정체된다. 그건 당연한 사실이었다. 왜 그런 당연한 것을 의문으로 여기는가.

카야는 반응하지 못하는 유즈루를 보고 고개를 가로저었다.

“아무것도 아니야. 유즈루, 옷 꺼내줘. 갈아입을래.”

마침내 새벽의 사수가 나설 차례다.

의식은 카야와 유즈루가 등산에 좋은 옷으로 갈아입는 것부터 준비가 시작된다.

일출 시각에 맞춰서 나가기에 출발 시각은 계절에 따라 달랐다.

시라누이다케의 등산로 입구까지는 차로 이동한다. 넓은 대지의 시골구석에 있는 산기슭. 평상시에도 교통량이 적어서 기본적으로 다른 차를 만나는 일도 없었다. 밖은 캄캄했다.

―옛날에는 이 길을 걸어서 산에 올랐겠지.

심야에 차를 몰게 되면서 과거의 사수와 사수지기를 종종 생각하게 됐다.

차로 십여 분쯤 이동하자 목적지에 도착했다.

시라누이다케는 크게 세 구획으로 나뉜다. 관광객에게 인기있는 스키장 구획, 거기서 도보 권내에 있는 시라누이 신사, 신사를 둘러싼 서낭숲 구획, 그리고 일반 등산로가 있는 하이킹 코스 구획이다. 유즈루는 그 세 구획 모두와 떨어진 사수 전용 등산로 입구 근처에 차를 세웠다. 예로부터 새벽의 사수는 이 비밀 등산로를 올랐다.

"카야 님, 도착했습니다."

"응."

이제 등산로를 오르기만 하면 되는 상태가 되자, 침대에서 떼를 썼던 카야도 완전히 사수의 얼굴이 되었다.

"유즈루, 가자."

목소리에도 늠름함이 돌아와 있었다. 에니시의 초여름은 초겨울처럼 춥다. 산은 특히나 쌀쌀했다. 방한복은 입었지만, 목도리도 하는 편이 좋았을지도 모르겠다.

"카야 님, 차에 목도리가 있습니다. 꺼낼까요."

"됐어. 쌀쌀한 쪽이 정신이 들어."

"감기 걸리실 겁니다."

"너도 알잖아. 무의 사수는 병에 안 걸려. 상처도 금방 나아."

"……그렇긴 하지만, 컨디션이 안 좋아지긴 하잖습니까."

"자면 바로 회복돼. 그런 몸이 되어 버렸어. 안 그러면 매일 산을 못 오르니까."

훌륭한 권능이긴 하지만, 본인은 마음이 복잡할 것이다.

"가자, 유즈루."

카야는 그렇게 말하고서 유즈루를 두고 먼저 산길을 오르기 시작했다. 유즈루는 황급히 그 뒤를 따랐다. 한밤중에 하는 등산은 시야가 좋지 않다. 길을 잃을 법도 한데, 두 사람은 매일 오르는 길이기도 해서 헤매지 않았다. 오늘은 달이 매우 아름다웠고, 달빛만 있어도 걸을 수 있을 만큼 밝았다.

하지만 발밑을 확인하기 위해 손전등은 빼놓을 수 없었다. 두 사람은 대화를 나누며 걸었다.

"여기 말이야, 옛날부터 생각했는데 인체 감지 센서가 달린 전등 같은 걸 설치하는 게 좋을 것 같아."

매일 함께 있기에 새로운 화제는 없었다. 대부분 일과 일상 이야기였다.

"그건 편리하겠지만, 만에 하나 백성이 길을 알게 될 경우, 성역까지 인도하게 될 겁니다."

"……뭐, 그렇긴 한데 백성이 성역에 가봤자 그저 낭떠러지일 뿐이잖아?"

"모르는 일이죠. 보기 좋은 거라면 뭐든 유행하니까요. 그곳에서 보는 시라누이의 경치는 아름답습니다."

"유즈루는 자연을 좋아하더라."

"네. 이쪽 생활이 잘 맞습니다."

이렇게 보면 두 사람의 사이가 결코 나쁘지 않음을 알 수 있었다.

"그러고 보니 슈리 님이 도시락 싸는 법에 관한 책을 사셨습니다. 곧 연습을 하실 테니, 다음 달부터 카야 님의 도시락은 아주 화려해질 겁니다."

"왜 그런 책을 샀지?"

"어른도 이런저런 사정이 있습니다. 지금은 아무것도 묻지 마시고, 만약 그런 도시락을 받게 되면 슈리 님을 치하해 주십시오.”

“나는 딱히 화려하지 않아도 괜찮은데. 공들인 도시락을 만드는 건 엄마한테 부담이 될 거 아니야. 취미라면 괜찮지만…….”

“반쯤 취미가 되었다고 생각합니다. 처음엔 주먹밥이었던 도시락이 점점 호화로워졌으니까요.”

“그건 그래. 맨 처음엔 커다란 주먹밥이었지.”

“아주 커다랬죠. 여러 가지 반찬이 들어가 있어서……. 저는 그거 좋아했어요.”

사이가 나쁘지 않기에 상대를 좀 더 가까이 부르려 하고, 지키기 위해서 멀리하려고도 하는 것이다. 한동안 다시 말 없는 시간이 이어졌다. 유즈루는 손전등으로 길을 비추며 가끔 카야를 보는 동작을 반복했다. 반대로 카야는 똑바로 앞만을 보고 있었다.

─신과 가장 가까운 인간과 신은 좋든 싫든 서로에게 끌린다고 높으신 분에게 들었는데.

유즈루는 자신들은 전해 들은 관계에 별로 해당되지 않는다고 생각했다.

카야는 유즈루를 다소 좋아하긴 해도 놓아줄 결단을 하고 있으니까.

─황혼의 사수님은 어떨까.

유즈루는 먼 남쪽 섬『류구』에 있는 황혼의 주종의 얼굴을 떠올렸다.

황혼의 사수 후게키 카구야는 품격이 있는 남자였다. 나이는 30대 중반. 친해지면 아주 상냥한 신이지만, 처음 보면 주눅이 들 만큼 엄숙한 분위기를 가지고 있었다.

그리고 사수지기는 카야와 나이가 비슷한 소년이었다. 어른스러운 성격에 아이다운 부분이 남아있는 카야와 비교해도 어려 보이는 아이였다. 딱 그 나이 때 같다고 할까, 아직『아이』라는 인상이 강했다. 나쁜 쪽으로 어리다기보다는, 연장자가 보기에 장난꾸러기 강아지 같아서 절로 미소가 지어지는 사랑스러움이 있었다. 그런 현인신과 사수지기인데, 유즈루가 생각하기에 황혼의 주종은 부자 관계에 가까운 것 같았다.

유즈루와 카야도 함께 살고는 있지만, 황혼의 주종 쪽이 더『가족』에 가까웠다.

적어도 유즈루는 그렇게 생각했다.

—처음에는 잠정적인 사수지기라고 했지만.

두 사람의 사이를 보건대 분명 이대로 평생을 함께할 것이다.

사수지기 소년은 딱 보면 알 수 있을 만큼 주인을 매우 잘 따르고, 주인인 카구야도 이래저래 사수지기를 귀여워하고 있다. 최종적으로 카구야 쪽이 놓지 못하게 될 것이 눈에 보였다.

그렇게나 잘 따르면 누구든 정이 들고 곁에 두고 싶어진다.

—그에 비해, 우리는.

가족과는 조금 다르다고 생각한다. 역시 봉사받는 사람과 봉사하는 사람이라는 관계성이 전제로 깔려있고, 선도 그어져 있었다. 주종 관계가 확실하다고 말할 수도 있을 것이다. 황혼의 주종처럼『사랑해서 놓지 못하는』방향성은 전혀 아니었다.

『불쌍해서 놓아주고 싶다』며 사직시키려 드는 건 매일 있는 일인데.

바라보고 있으니 시선이 따가웠는지, 카야가 고개를 돌려 쳐다봤다.

"너, 아직도 하굣길 일로 화났어?"

생뚱맞은 말을 듣고 유즈루는 곤란한 듯 눈썹을 내렸다.

"저희, 화해한 거 아니었습니까?"

"……했, 다……고 생각해. 아니, 한 건가?"

"저보고 깨우라고 하셨잖습니까."

"……."

"저는 그걸 『화해하자』라는 말로 받아들였는데요."

카야는 확연하게 쑥스러워하는 표정을 지었다.

"……나는 네가 무서워. 진지한 얼굴로 창피한 말을 하잖아……."

유즈루는 대수롭지 않다는 듯 고개를 갸웃했다.

"저는 창피하지 않아서요."

"나는 창피해."

"그럼 그 창피함을 스스로 어떻게든 해 주십시오."

"야."

"카야 님은 부끄러움이 많아요."

"네가 수치를 모르는 거야. 그리고 그렇게 보지 마. 할 말 있다는 것처럼."

"저는 사수지기라서 당신을 보는 게 일입니다. 넘어지진 않을지 걱정되어서 보고 있을 뿐입니다."

"바보야. 너보다 등산 경력은 길어. 그리고 오늘 네가 날 보는 시선은 그런 걱정하는 시선이 아니잖아? 분명 뭔가 하고 싶은 말이 있는 시선이야."

―예리하네.

입술을 삐죽이며 말하는 카야의 감이 예리해서 유즈루는 쓴웃음을 지었다.

"알겠습니다. 시선이 너무 느껴지지 않도록 하겠습니다."

그 후로는 그녀의 얼굴에서 시선을 떼고 어깨 부근을 보기로 했다.

—카야 님에게 나는 대하기 어려운 사수지기겠지.

좀 더 거리가 있고 업무적인 관계가 더 좋았을지도 모른다.

—하지만 당신이 서로 마음이 통할 수 있는 사람을 원했어.

유즈루는 카야의 작은 어깨를 바라보며 처음 만났을 때를 떠올렸다.

다양한 아픔을 동반하는 과거를 거쳐, 두 사람은 만났다.

유즈루가 카야의 사수지기가 되기 전에 당연히 일어난 일이 있다.

카야의 새벽의 사수 취임. 그리고 유즈루의 아빠의 사수지기 취임과 은퇴다.

처음부터 살펴보면, 먼저 선대 사수지기가 은퇴를 선언했다.

몸을 무리하게 혹사한 것이 화가 되어 산을 오르기 어려워졌다는 지극히 타당한 이유에서였다.

이전까지 건강했던 사람이 나이를 먹으면서 단숨에 몸이 안 좋아지는 일은 그럭저럭 흔하다.

그때까지의 고생을 위로하고, 흔쾌히 노후 생활을 보낼 수 있게 해줘야 했다.

하지만 사람들을 위해 이바지한 노병이 칭찬받으며 떠나는 한편, 어떤 문제가 부상했다.

바로 다음 사수지기 선정이었다.

사수지기의 은퇴는 당사자만의 문제가 아니었다. 후게키 일족 전체와 관련이 있었다.

사계와 마찬가지로, 현인신과 가장 친밀한 존재는 혈족 안에서 뽑도록 되어 있었다.

선정 기준은 다양하지만, 일족 사람이라는 것은 확정 사항이다. 무의 사수와 사수지기 이외의 후게키 일족은 기본적으로 각지의 천문대에 배속되어 하늘의 장막을 관측하고 연구했다.

눈으로 볼 수 없고, 만질 수도 없으나 사수가 화살을 쏘지 않으면 아침의 장막도 밤의 장막도 걷히지 않는 이 세계의 구조를 밤낮으로 해명했다.

그것과는 별개로 『본산』이라고 불리는 일족의 운영 관리 기관도 존재했다. 관측소에서 근무하든 본산에서 근무하든, 선정 기간 중 현지의 사수를 보조할 요원이 필요했다.

유즈루의 아빠는 본산에서 일하는 관리였고, 보조 요원으로 뽑혔다.

『듣자 하니 현 사수지기님도 한계인 것 같아. 이 일은 길어질지도 몰라. 미안하지만 집안과 엄마를 부탁하마. 형들과도 잘 지내고.』

유즈루의 아빠는 그렇게 말하고서 가족 곁을 떠났다.

사수지기가 사수를 보좌하지 못하는 동안 사수의 시중을 들고, 영산에 동행하고, 다음 사수지기가 결정되면 현지에 안내하는 등 할 일이 태산이었다. 하지만 유즈루의 아빠에게만 주어진 임무는 아니었다. 그 외에도 파견된 자는 있었다.

유즈루의 아빠가 선대 사수지기와 사촌이라서 채용된 경위는 있었지만, 어디까지나 팀원 중 한 사람이었다. 특별한 존재는 아니었다.

유즈루의 가족은 아빠를 훌륭하게 여기며 에니시로 보냈다.

—분명 길어도 반년, 아니, 석 달쯤이겠지.

어린 유즈루는 그렇게 생각했으나, 사태는 비극 쪽으로 나아가기 시작했다.

사수지기뿐만 아니라 새벽의 사수에게도 은퇴의 징후가 나타났기 때문이다.

무의 사수의 세대교체는 사계의 대행자와 달리【생전 퇴위】가 많다.

이에 명확한 조건은 없었다. 어느 날 갑자기 사수의 힘이 급속도로 쇠퇴하기 시작하며 아침이나 밤이 불안정해진다.

사수는 쉽게 의식을 잃게 되고, 자주 꿈을 꾸게 된다.

무슨 꿈인가 하면, 다음 사수의 모습을 보는 꿈이었다.

본인의 의지와 상관없이 미래를 보는 것은 신의 일족이기에 가능한 것이리라.

『신탁』이라고 불리는 꿈에 다음 담당자의 모습이 나타남으로써, 사람들은 사수의 은퇴 시기가 다가오고 있음을 자연스럽게 알게 된다. 그것이 무의 사수의 시스템이었다.

그렇게 찾아낸 자가 성역에 가면 자연스럽게 신내림을 받게 된다.

신탁이 내려오면 당연히 일족 사람들은 혈안이 되어 다음 사수를 찾는다.

사수는 반드시 무의 일족에서 태어나기에, 특징만 파악하면 찾는 것은 그렇게 어렵지 않았다. 이번 꿈은 아주 알기 쉬웠고, 특징을 포착하고 있어서 우수했다.

【긴 흑발이 아름다운 10대 초반, 혹은 그보다도 어린 소녀.】

이 신탁만으로 우선 남성은 배제되었고, 나이의 범위도 좁혀졌다.

과거에는 마치 시야에 안개가 낀 것처럼 보이지 않는다고 말하는 사수도 있었다.

사수의 꿈이 어렴풋하여 정확한 정보를 전하지 못하면, 그사이에 사수의 권능을 쓸 수 없게 되어 정상적으로 밤낮이 찾아오지 않게 될 가능성도 있다. 계시몽은 책임이 중대한 임무였다.

세계의 명운이 걸린 신탁이 일족에 공지되면 해당되는 자는 영산으로 연행된다. 과거의 예를 통해, 황급히 특징을 지우는 자에 대한 대책도 세워져 있었다. 이번에는 후게키 일족의 어린 여자아이가 닥치는 대로 에니시의 산을 오르게 되었다. 신을 모시는 일족이긴 하지만, 신이 되고 싶어 하는 자는 거의 없었다. 분명 다들 도망치고 싶었을 것이다. 부디 자신만큼은 뽑히지 않기를, 가족이 기다리고 있는 집으로 돌아갈 수 있기를 기도하며 성역에 발을 들였을 터다.

카야도 그랬다. 신이 아니라고 증명하여 빨리 부모님이 기다리는 집으로 돌아가고 싶었다.

하지만 운명은 잔혹하게도 한 소녀를 택했다.

아름다운 흑발을 가진 소녀는 성역에 들어간 순간 무의 사수가 되어 하늘에 화살을 쐈다.

세계에 바칠 공물은 올바르게 발견되었다.

불쌍한 사수는 차치하고, 여기까지는 통상적인 세대교체와 똑같았다.

이번에는 새벽의 사수의 세대교체와 병행하여 사수지기의 은퇴도 이루어졌기에 현장은 매우 혼란스러웠다. 본산에서 파견된 자들은 연일 허둥지둥했다.

여러 일에 대처하느라 당연히 유즈루의 아빠의 에니시 체재는 길어졌다.

유즈루의 아빠는 본산에서도 우수한 직원이었는데, 에니시에서 특히나 평판이 올라갔다. 사수지기의 친척이라서 선대 사수도 신임했고, 정신을 차리고 보니 현지에 도우미로 온 다른 지원 인원을 아우르는 입장이 되어 있었다.

카야와도 가장 사이가 양호했다. 자식을 둔 부모의 마음이 영향을 끼쳤을 것이다. 자발적으로 카야에게 말을 걸며 걱정했다. 카야도 그에게는 빨리 마음을 열었다.

주위에 좋은 영향을 주는 사람은 있을 것 같지만 없다.

유능한 사람이라고 다들 그를 칭찬했다.

그 『좋은 일』이 이윽고 그에게 있어 『나쁜 일』이 되지만, 그때는 누군가가 간계를 꾸미고 있을 줄은 당사자도 예상하지 못했다.

청천벽력.

어느 날, 유즈루의 아빠는 사수지기가 되지 않겠느냐는 제안을 받았다.

─어째서 아빠가?

그 소문을 멀리 떨어진 곳에 있는 유즈루가 듣게 되었을 즈음에는 이미 전부 늦은 뒤였다.

높으신 분이 적임자라고 판단했다면 그 제안을 거절할 수 있는 자는 없다.

이번 배역은 사수지기의 역사를 살펴봐도 특이한 사례였다.

사수지기의 역할은 처자식이 있는 남성이 할 직무가 아니기 때문이다. 관례를 따른다면 사수지기는 젊은 독신자가 뽑힌다. 사수가 사수지기를 시샘하지 않도록, 모시는 신이 가정을 꾸릴 때까지 사수지기도 가족과는 소원해진다. 현지에 뼈를 묻을 각오로 임해야 한다는 것이 암묵적인 규칙이기도 했다.

그렇기에 유즈루의 아빠가 설령 적임자여도 후보에서 제외되어야 했지만, 이번에는 버젓이 통과되어 버렸다. 일을 잘하는 유즈루의 아빠를 고깝게 여기던 누군가가 그를 실각시키려고 윗사람에게 암약했다는 소문이 당시 부상했으나, 진상은 불명이었다.

어쨌든 유즈루의 아빠는 『세계의 공물』을 위한 『제물』이 되었다.

─어째서.

유즈루를 포함한 유즈루의 아빠를 소중히 여기는 자들은 모두 안타까운 의문을 품었다.

비애의 정도를 따지자면 열 살에 사수로 뽑힌 카야도 만만치 않았다.

신으로 뽑힌 차기 사수는 가족과 떨어뜨려 의도적으로 고립시킨다.

세상을 위해, 사람을 위해, 세계 구조를 유지하기 위해 신명을 바쳐야 했다.

사수를 도구로 기능시키려면 다른 대체제가 없다는 사명감과 폐쇄적인 공간을 통한 정보 배제, 고립이 필요했다.

비교적 어린 자가 사수로 뽑히기에, 어린 시절에 주변 사람들이 타이르고 가르치면 어린 사수도 이윽고 자신의 운명을 받아들인다. 어른이 되면 부모와 만날 수도 있고, 결혼도 본산에서 지원하므로 완전히 버려지는 것은 아니었다.

예로부터 이어진 사수에 대한 이러한 취급은 도제식 교육과 비슷했다.

어느 날 갑자기 부모님과 만날 수 없게 되고, 주어진 일에 힘쓴다.

옛날에는 문제시되지 않았지만, 현대에 이걸 받아들일 수 있는 자는 별로 없을 것이다.

신의 손에 붙들리지 않고 도망친 자는 다행이었다. 그러한 배경도 있어서, 유즈루는 카야에게 부정적인 감정을 가지지 않았다. 만약 신탁의 내용이 【10대 소년】이었다면 유즈루도 후보자였다. 이번에는 우연히 그녀가 신이 된 것이다.

아니, **되어줬다.**

그래서 원망하진 않았다. 다만 유즈루의 엄마는 남편이 사수지기가 된다는 소식을 듣고 눈물을 흘렸기에, 어린 유즈루는 『크면 내가 아빠의 일을 대신해주자』라고 생각했다.

옛날부터 조금 자기희생적인 소년이었다.

그 후 몇 년간, 본산 근무자였던 유즈루의 아빠는 사수지기로서 카야에게 봉사했다.

이 사이에 사수를 둘러싼 환경은 크게 달라졌다.

현 황혼의 사수, 후게키 카구야가 사수 제도의 개혁을 제안했다.

어린 사수와 사수의 가족의 동거 허가. 사수의 학교 교육 선택. 이 두 가지였다.

카구야는 어릴 때 부모와 떨어진 이후로 줄곧 류구에 갇혀 있었다.

자신이 유년기에 느꼈던 외로움과 슬픔을 새로운 사수가 똑같이 겪지 않기를 바랐을 것이다.

새 사수지기인 유즈루의 아빠가 원래 본산 근무자였고 애기가 통하는 남자임을 알자, 윗사람들을 설득하기 위해 아군이 되어 달라고 부탁했다. 유즈루의 아빠도 기회가 생겼을 때 현인신을 위해 할 수 있는 일을 하자고 결심했을 것이다. 그는 카구야의 생각을 받아들여 현인신을 위해 바쁘게 움직였다.

카구야의 탄원을 현장의 목소리로서 본산에 호소하며, 전임 새벽의 사수에게도 후게키 일족의 윗사람들에게 사수를 위한 행동을 취해 달라고 의뢰했다.

전 새벽의 사수도 그 부탁을 흔쾌히 수락하여 직접 본산에 가서 높으신 분들에게 처우 개선을 제안했다.

그렇게 최종적으로 카야가 현재 지내고 있는 형태가 허락된 것이다.

그녀가 보기에 유즈루의 아빠의 등은 분명 크고 눈부셨을 터다.

소녀신과 사수지기의 관계는 해가 갈수록 끈끈해졌다. 이렇게 간다면 사수지기가 늙을 때까지 둘이서 잘 지낼 수 있을 것 같았다.

마침내 무의 사수 분야도 진정되었다. 전부 잘 수습되었다. 그렇게 여겨졌지만, 파란은 다시 일어나고 말았다.

3년째에 유즈루의 아빠는 전임 사수지기와 마찬가지로 몸이 안 좋아졌고, 의사에게『일을 그만해야 한다』라는 말을 들었다.

유즈루의 아빠는 사수지기에 적합하지 않았다. 큰 병은 없으나, 근력도 없었다.

굳이 따지자면 선이 가늘었다. 애초에 본산에서 사무 업무를 맡았기에 육체노동을 경험하지 않은 사람이 갑자기 등산을 시작하고, 어린아이를 돌보며 각 기관 사이를 동분서주했으니 당연하다면 당연한 결과였다. 어쨌든 그는 3년 만에 고장나게 되었다.

남겨진 유즈루의 가족에게는 낭보였다. 이로써 아빠는 돌아올 수 있다.

하지만 카야에게는 비보였다. 그녀의 탄식이 얼마나 깊었을지는 상상하기 어렵지 않다.

어른들 사이에서 농락당하던 카야는 그래도 사수지기가 있었기에 버틸 수 있었다.

본산으로부터 허락은 얻었으나 여전히 구제도로 돌아가야 한다고 말하는 자들도 일정 수 존재했다.

다음 사수지기가 똑같이 사수를 위해 싸워줄 사람일지 알 수 없었다.

분명 불안이 몸을 지배했을 것이다. 그래서 어린 소녀신은 사수지기에게 매달렸다.

당신의 아들을 원한다고.

카야는 예전부터 그의 아들 이야기를 들었었다.

사수지기는 단순히 가족의 이야기를 공유하고 싶었을 뿐이었지만, 카야에게는 구원의 정보가 되었다.

막내아들은 그와 닮았다고 했다. 유즈루의 아빠는 평소처럼 곤란한 듯 웃었지만, 카야가 바란 대로 아들을 데려와줬다. 그리고 유즈루가 사수지기로 취임했다.

―만남이 좋지 않았다.

유즈루는 과거를 돌아보고 역시 그렇게 생각했다. 안도를 위해 타인을 추구하고, 그 업이 얼마나 깊은지 이해하지 못한 채 사수지기를 잃는 슬픔을 메꿀 생각만 하며 카야는 도망쳐 버렸다.

『처음 신이 됐을 때가 열 살이었나? 처음에는 전혀 산을 오르지 못해서 그 사람이 업어줬어. 지금 생각해보면 그것 때문에 허리가 안 좋아진 것 같아.』

『너는 무슨 일이 있어도 나를 업을 필요는 없어. 그보다 도움을 요청해.』

『너희 아빠는 저 열매를 먹는 걸 좋아했어. 너는 어때?』

『돌아가는 길에 저 가게에 들르자. 너희 아빠가 너한테 보냈던 과자를 팔아.』

『역시 부자지간이야. 얼굴은 엄마를 닮았다고 들었는데, 재채기하는 모습은 똑같아.』

모질게 말하자면『모조품』을 추구했다고도 할 수 있었다.

자신을 통해 타인을 떠올리는 것에 기뻐할 사람은 별로 없다. 어린 카야는 유즈루의 표정과 아빠와 비슷하게 곤란한 듯 웃는 얼굴을 보고 자신의 과오를 이해하기 시작했다.

어른이 유년기의 잔학성을 나중에 인식하고서 정신을 차리는 듯한, 그런 깨달음이었다.

비교하는 것도, 흔적을 찾는 것도 해서는 안 되는 일이다.

카야는 자신의 행동을 돌아보고, 반성하고, 바뀌려고 노력했다.

『유즈루는 자동차를 좋아해?』

『있잖아, 도시에서 살았지? 이런 잠옷이 진짜로 유행하고 있어?』

『카구야 오빠랑 통신회의를 하는데, 너도 동석해. 소개할게. 내 사수지기라고.』

지금 눈앞에 있는 것은 이 청년이니까, 그를 더 자세히 알아야 한다.

『유즈루, 경비문에 같이 가자. 인터넷으로 산 과자가 도착했대.』

분명 친해질 수 있을 거다.

『유즈루, 유즈루, 아빠랑 엄마가 외출한대. 우리 뭐 하고 놀까?』

부친에게서 맡았다고도 할 수 있는 그를 소중히 여기고 싶다.

『유즈루는 그걸로 좋아? 남한테 양보하기만 하고. 손해보고 있
어…….』

그러는 것이 그의 주인인 자신의 책무다.
당시 13세였던 것을 고려하면 너무 조숙한 생각이었다.
처음에는 깍듯하게 굴던 유즈루도 점점 주종의 장벽을 넘어 동세
대 청소년으로서 친밀하게 대했다. 이로써 아무런 문제도 없다.
카야의 평온은 지켜졌다. 화살을 쏘는 일상도 참을 수 있다.
평화가 돌아왔다. 정말 다행이다.
내일은 그와 뭘 할까. 모레는 어떻게 지낼까.
봄도 여름도 가을도 겨울도, 둘이서 작은 행복을 찾으며 조촐하게
살아가자.
다행이다. 정말 다행이다. 기뻐하다가 문득 카야는 깨닫고 말았다.

어라? 자신은 『모방품』을 얻고 안도를 얻었지만, 그는 무엇을 얻
었을까?

깨닫고 소름이 돋았다.

그리고 현기증이 날 정도의 후회가 그녀를 덮쳤다.

어린 카야는 몰랐다.

생각을 하지 않았던 것은 아니다. 유즈루에게 선택지도 줬다.
거절해도 된다고. 하지만 제안한 시점에 이미 큰 죄를 범했다.
받아들이게 만들었다면 자신에게 죄가 있다는 것을 진정으로 이해하진 못했었다.
전 사수지기의 가족을 맞이하여 안도할 수 있는 하루하루.
상대방도 자신에게 진력해준다.
믿을 수 있는 상대가 생겨서, 전 사수지기가 없어도 어떻게든 힘낼 수 있을 것 같았다.
그렇게 평온한 나날에 행복을 느끼게 되었을 때, 자신이 바란 것이 얼마나 깊은 죄인지 깨달았다.
카야가 보기에 유즈루는 잃기만 하고 있었다.
젊고, 뭐든 수월하게 잘할 것 같은 청년.
자신에게 무척 상냥한 사람. 카야가 바랬던 이상향인 사람.
하지만 카야가 원한다고 하지 않았다면, 후게키 일족의 어떤 기관에 배속되어 평온한 나날을 보냈을지도 모르는 사람.

점점 카야의 마음이 듣기 싫은 소리를 내기 시작했다.

유즈루를 사수지기로 만든 건 후게키 일족의 기관에도 손실일지도 모른다.
이런 산골에서 매일 등산할 게 아니라 기관에 있는 편이 좋지 않았을까.

그래, 그랬다면 도시 근처에서 지낼 수 있었을지도 모른다.

이곳은 오락도 적다. 젊은 그에게는 고통스러울 터다.

원래 있던 곳에 있었다면 많은 만남이 있었을 것이다. 가족과 떨어질 필요도 없었다.

어째서 유즈루는 쉬어도 된다고 하는데 아무 데도 안 가는 걸까.

그의 아버지도 그랬다. 줄곧 가족과 떨어져 있었고, 새해 첫날에도 돌아가지 않았다. 아아, 자신 때문이다.

카야가 어디로도 갈 수 없으니까, 사수지기도 어디로도 갈 수 없는 것이다.

몰랐다.

자신의 슬픔을 우선했다. 비호해주는 자의 사정까지 보이지 않았다.

아니, 보려고 하지 않았다.

그러고 보니, 그러고 보니, 그러고 보니.

그러고 보니, 자신이 그의 장래를 망쳤다.

무수한 잘못이 화살이 되어 카야의 가슴에 꽂히고 아픔을 줬다.

다양한 죄가 눈앞에 나타나서 카야는 유즈루를 직시할 수 없었다.

유즈루를 봐버리면, 어떻게든 힘내서 신으로 지내고 있는 마음이 무너져 버린다.

못쓰게 된다.

차라리 자신이 고생하더라도 놓아주는 것이 편하지 않을까, 라는 생각이 들기 시작했다.

유즈루는 부모와 자신을 배려해서『도망치고 싶다』라고 말하지 못하는 걸지도 모른다.

그래. 그러면 말할 수 있게 해줘야 한다.

자신에게는 그밖에 없지만, 그는 자신이 아니어도 된다.

오히려 멀어져야 한다.

외롭고 고통스럽고, 몹시 힘들어도 그러자.

『자유가 없잖아. 어디로도 놀러 갈 수 없어.』

『소중한 사람의 임종을 지킬 수도 없잖아.』

『나 같은 귀찮은 여자애랑 온종일 같이 있는 건 고통스러울 거야.』

『……매일 산에 올라갔다가 내려오는 일에 무슨 보람이 있어?』

『……고집불통 유즈루. 넌 이딴 일을 할 사람이 아니야.』

『그런 말은 안 했어. 너를…… 사직시키고 싶은 건 아니야. 네가 만약 그만두고 싶어지면 그래도 된다고 말하고 있을 뿐이잖아.』

『그리고…… 만약 그렇게 되더라도, 지금 당장 그만두진 않을 거잖아……? 너는 성실한 남자야. 그런 짓 안 해. 제대로 인수인계를 마치고서 그만두겠지. 즉, 너는 아직 내 곁에 있어. 그러니까 유즈루가 깨워주면 좋겠다는 거야.』

외롭고, 고통스럽고.
그대를 놓아주는 것이 속절없이 힘들어도 그러자.

『유즈루였으면 좋겠어!』

그러자.

『……유즈루였으면 좋겠어…….』

그러는 것이, 그대를 위한 일이라면.

—어리석은 사람이야.

과거에서 현실로 의식을 되돌린 유즈루는 비탈길을 걷는 주인을 바라보며 생각했다.

유즈루는 카야가 무슨 생각을 하고 있는지 훤히 보였다. 알기 쉬운 사람이기 때문이다. 생각이 행동에서 보였다. 나쁘게 말하면 단순하고. 좋게 말하면 순수하며 청렴했다. 희생양에 적합했다.

—카야 님은 정말로 나를 안 보고 있어.

어쩌다 보니 시작된 관계지만, 유즈루는 처음부터 카야에게서 운명적인 무언가를 느꼈다.

아버지의 일을 잇는 것에도 긍지와 의의를 느끼고 있었다. 자신에게 아버지의 모습을 겹쳐 보는 것은 확실히 싫었지만, 모시는 신과 금방 친해지는 좋은 수단이 되기도 했다.

카야가 생각하는 것보다도, 유즈루는 억셌다.

그리고 그녀와의 생활은 힘든 것도 있으나 상상한 것보다 훨씬 평온하고 행복한 생활이었다.

원래 살던 곳은 도시지만, 시골 쪽이 더 맞았다.

남이 자신의 시중을 드는 것보다도 자신이 남의 시중을 드는 게 더 좋았다. 주인도 이바지할 만한 존재였다. 보람이 있었다.

자신이 세상을 지탱하고 있다는 자부심도 있었다. 유즈루는 그러한 다양한 생각을 카야에게 전했다.

하지만 그의 말은 카야의 마음에 닿지 못했다.

그건 거짓말이라고, 자신을 위해 그렇게 말해주는 거라고 여겼다.

―아닌데.

큰 역할과 책임, 도망칠 수 없는 환경을 그녀에게 떠맡겼다.

―그렇지 않아요, 카야 님.

대체『불쌍한』것은 누구인가.

소녀 한 명에게 중책을 짊어지우고서 상냥하게 죽이고 있는 것은 누구인가. 그녀가 아침을 하사하고 있는 모든 사람이 그렇게 만들고 있음을 모르고 있다.

다들 누군가를 희생시켜 자신의 안녕을 얻고 있었다.

대부분의 사람은 현인신을 신경 쓰지 않는다. 유즈루도 예전에는 그랬다.

정작 신은 자신에게 바쳐진 새로운 제물에게 책임을 느끼고『내 잘못』이라고 자신을 나무라고 있었다.

공물이 된 신만큼은 제물에게 매우 다정했다. 그리고 제물이 된 청년은 생각하는 것이다.

아아, 어리석은 사람이라고.

―그렇기에 나는 당신을 곁에서 모시고 싶어.

"카야 님, 조금만 더 가면 쉴 수 있습니다."

"응, 힘내자."

유즈루는 이 다정하면서도 슬픈 신을 사랑하고 있었다.

유즈루와 카야가 산길을 걸은 지 두 시간.

마침내 시라누이다케의 성역에 도착했다.

역대 사수들이 남긴 자취를 확실히 따라오지 않으면 찾을 수 없는 곳이었다.

얼핏 보면 평범한 낭떠러지일 뿐이지만, 경관은 훌륭했다. 공간이 탁 트여 있어서 산기슭이 내려다보였다. 낮에 왔다면 분명 아름답고 웅대한 대지가 보였을 것이다. 하지만 아쉽게도 지금은 심야였다.

시골이기도 해서 마을의 불빛도 적었다. 여기서 땅을 갈고 농사를 지으며 조용히 살고 있는 사람들은 대부분 잠에서 깨지 않았다.

"카야 님, 물 드시겠습니까?"

"마실래."

두 사람은 젊지만, 산을 두 시간이나 오르면 역시 숨이 찬다.

유즈루는 카야가 역할에서 물러날 때까지 함께할 생각이긴 하지만, 그것도 건강해야 가능한 이야기였다. 그의 아버지처럼 몸이 안 따라주면 어려워진다.

―지금도 이런데 나이를 먹으면 어떻게 될까.

늙었을 때는 별로 생각하고 싶지 않다고 여기면서도 문득 생각하는 일이 많아졌다.

언제까지 확실하게 지켜 드릴 수 있을까, 라고.

"피곤하다……."

"그러게요."

사람의 목숨은 예측할 수 없다.

새장 안에서 소중하게 사육당하고 있는 카야와 유즈루도 내일 어떻게 될지 알 수 없다.

"힘들어."

인생은 알 수 없는 것 투성이다.

그렇기에 최대한 후회하고 싶지 않다고 생각했다.

—인생을 어떻게 쓸지는 이미 결정했으니까.

결정했다면 몸을 던질 뿐이다.

언젠가 아버지처럼 자신의 후임을 찾아야 할 때가 온다.

그때, 자신은 할 수 있는 만큼 했다고 말하고 싶었다.

"있잖아, 잡담하는 김에 뭐 좀 물어봐도 돼?"

카야가 살짝 정색하며 물었다.

"네."

유즈루는 물이 묻은 입가를 닦고 카야를 마주 보았다.

"……."

카야는 말해도 되냐고 물어봐 놓고서 얘기를 꺼내지 않았다.

유즈루는 의아한 얼굴을 하고 기다렸다.

장난치는 건가, 라는 의문이 들기 시작했을 무렵, 마침내 카야가 입을 열었다.

"……유즈루, 정말로 내가 아침을 가져오고 있다고 생각해?"

나온 말은 예상치 못한 것이었다.

"허……?"

유즈루는 눈을 깜빡였다. 진짜로 놀라고 말았다.

좀 더 다른 얘기일 거라고 생각했다.

"……그러니까, 내가 신이 아닐 가능성은 없냐고 묻는 거야."

오늘은 주인의 발언에 내내 휘둘리기만 한다.

"무슨 말씀을 하시는 겁니까."

주인의 저의를 알 수 없었다.

오늘은 달빛이 아름다워서 카야의 표정도 잘 보였다.

농담하고 있는 것처럼 보이지는 않았다.

"……나는 정말 신일까? 내가 일하지 않아도 아침은 오지 않을까?"

입에서 나온 말도 음성도 진지했다.

"카야 님, 그런 말씀은."

"절대 하면 안 된다고?"

"……."

"너니까 말하는 거야."

카야는 마침내 유즈루에게 시선을 줬다.

평소와 같은 당찬 눈이 아니라, 길 잃은 아이 같은 불안함이 스며 있었다.

"나는 많은 어른에게 속아서 바보 같은 짓을 하고 있는 게 아닐까?"

그 말은 『많은 어른』에 포함된 유즈루에게 묵직한 일격이었다.

"카야 님……."

"……."

"그건 말도 안 됩니다."

"모르는 일이잖아."

“아뇨, 말도 안 됩니다.”

어른을 원망해도 좋다. 카야는 그래도 되는 입장이었다.

“대체 저희가 뭐 하러 그러겠습니까?”

카야는 어릴 때 신이 되었다.

그때 유즈루는 곁에 없었지만, 유즈루의 아버지를 포함해 많은 어른이 타일렀을 터다.

『너는 신이 되었다. 그러니 온갖 것들을 전부 참고 봉사해라』라고.

유즈루도 비슷한 말을 매일 하고 있었다.

“저희가 당신을 속이고 있다니, 너무 황당무계합니다.”

그렇지만 속고 있다고 생각하지는 않았으면 했다.

카야에게 신으로 있으라고 강요하고 있다.

그게 가슴 아파도, 그녀에게 부탁할 수밖에 없다. 이 나라의 『아침』은 한 명뿐이다.

유즈루는 신을 동정하여 함께 고통받는 쪽을 택했다.

그렇게 슬픔을 위로하는 사람도 있다.

“후게키 일족은 신화시대부터 이어진 의식을 지키고 있는 조직입니다. 당신 한 명을 속이기 위해 거짓말하는 일은 없습니다.”

유즈루는 딱 잘라 말했다. 그걸 카야가 불만스럽게 여기는 것 같지는 않았다.

하지만 여전히 미아 같은 눈을 하고 있었다.

“……유즈루.”

유즈루는 이 소녀가 무엇을 두려워하고 있는지 알 수 없었다.

"카야 님이 아침을 가져오시고 있습니다."

의심할 수가 없는 일인데.

"제가 목격하고 있습니다. 당신께서 하늘에 화살을 쏘고 있습니다."

"……."

"당신께서 하늘에 화살을 쏘시면, 이윽고 밤이 녹아내리고 아침이 됩니다."

"……."

"그토록 아름다운 광경은 또 없습니다."

"화살을 안 쏴도 아침이 될지도 모르잖아."

"그럼 그 화살은 뭡니까? 당신의 손에서 만들어지는 빛의 활은?"

"제대로 빛의 활과 화살이 만들어지고 있어?"

"정말로 무슨 말씀을 하시는 겁니까? 매일 직접 보시지 않습니까."

카야는 이어서 뭔가 말하려는 듯 입을 벌렸다가 다시 다물었다.

그리고 입술을 깨물었다.

"……카야 님."

유즈루는 그제야 깨달았다.

"카야 님, 혹시……."

저도 모르게 카야에게 다가가 얼굴을 들여다보았다. 카야는 고개를 돌렸다.

이렇게나 연약한 그녀를 보는 것은 오랜만이었다.

"신의 일을 하실 때 의식이 없으신 겁니까?"

몇 초간 침묵이 흐른 후, 카야는 고개를 끄덕였다.

“……응.”

유즈루가 어떻게 생각하나 반응을 보고 싶었는지 흘낏 시선을 줬다가, 견디지 못하고 땅을 보았다.

그 후로는 줄곧 고개를 숙인 채였다.

단죄당하기를 기다리는 죄인처럼.

―아아.

유즈루의 입에서 한숨이 흘러나왔다.

카야가 사수로서 미숙하다고 생각하진 않았다.

하지만 현인신이라는 자각은 희미하다고 늘 느꼈었다.

“유즈루, 미안…….”

시키니까 하고 있을 뿐.

야단맞은 아이가 어른이 시켜서 하는 수 없이 그러는 것 같다고.

―아니었어.

별 대단한 건 아니었다. 카야는 정말로 실감이 없었던 거다.

“……나는 내가 성역에서 뭘 하고 있는지 기억하지 못해.”

그걸 줄곧 말하지 못했다.

유즈루와 파트너가 된 지 벌써 몇 년이나 지났는데 털어놓지 못했던 이유는 지금의 태도를 보면 명백했다. 질풍노도의 시기인 소녀 신은 종자가 부정적인 감정을 드러낼까 봐 무서웠다.

“……너한테, 한심하게 여겨지기 싫어서…… 말할 수 없었어…….”

그래서 말하지 않았다.

“……웃.”

아니, 말하지 못했다.

유즈루는 자신도 모르게 언성을 높일 뻔했다.

왜 내가 당신을 비난하는 악당이 될 거라 생각했느냐고.

당신에게 있어 나는 중요한 순간에 비난하는 존재냐고.

하지만 직전에 말을 삼켰다. 카야는 『한심하게 여겨지기 싫어서』 말할 수 없었다고 했다.

즉, 말하고 싶은 마음이 있었지만 말하지 못했다는 뜻이다.

도출되는 답은 하나였다.

카야에게 유즈루는 뭐든 얘기할 수 있는 상대가 아니다.

“……카야 님.”

그저, 그뿐.

종자인 유즈루가 말하지 못한 주인을 책망할 수는 없다.

그렇게 이해하자 일순 생겨났던 분노는 금세 사라졌고, 남은 것은 후회였다. 지금까지 줄곧 곁에서 그녀가 하는 의식을 봤는데, 왜 그녀의 불안함을 눈치채고 구해주지 못한 걸까.

“카야 님.”

다시 나온 목소리는 슬픈 울림을 띠고 있었다.

유즈루는 카야에게 손을 뻗었다. 그러자 카야가 한 발짝 뒤로 물러났다.

“카야 님, 카야 님.”

그걸 본 유즈루는 카야의 양쪽 어깨를 잡았다.

도망치지 않았으면 했다.

―나에게서 도망치지 말아줘.

그녀에게 그런 대상이 되는 것만큼은 싫었다.

"……화낼 거야?"

카야는 체념한 듯 중얼거렸다. 유즈루는 애달파졌다.

"화낼 리가 없잖습니까……. 저는 그렇게 다혈질 같습니까……?"

"아니……. 유즈루는 굳이 따지자면 참을성이 많아. 나를 잘 따라와주고 있어."

"……."

"하지만 역시 너도 이 일에는 화를 낼 거라고 내가 판단했을 뿐이야. 너한테 하자는 없어. 내가, 혼나는 게 싫어서 그렇지."

"……하자 있습니다. 있지 않습니까. 말씀해 주시지 않은 시점에 저는 사수지기 실격입니다."

카야는 고개를 가로저었다.

"아니야. 너는…… 정말로 잘해주고 있어. 내가, 네가 모실 만한 인간이 아닐지도 모른다는 얘기야. 논점을 바꾸지 말아줘."

"바꾸지 않았습니다. ……카야 님, 부디 고개를 들어주세요."

카야는 다시 고개를 저었다. 유즈루는 그녀가 안심하고 고개를 들 수 있도록 최대한 다정하게 말했다.

"카야 님, 괜찮습니다. 카야 님의 문제는 고민할 거리가 아닙니다."

"……안 괜찮아. 나는 결함품이야."

"아뇨. 당신은 새벽의 사수, 후게키 카야 님입니다. 들어주세요.

화살을 쏠 때 자아를 유지하지 못하더라도 사수로서 미숙한 건 아닙니다.”

움찔, 카야의 몸이 흔들렸다.

“……거짓말.”

“거짓말이 아닙니다. 개인차가 있다고 들었습니다. 쭉 그러는 사람도 있다고 합니다.”

“……거짓말이야.”

“정말입니다. 트랜스 상태가 되기 전까지는 기억이 있으시죠?”

카야는 얼굴을 들지 않은 채 고개를 끄덕였다.

“그 이후로는 없고. 그리고 어느새 기절해 있고. 카야 님의 몸에 일어나고 있는 일이 이게 맞습니까?”

“…….”

“카야 님, 대답해 주세요.”

“……맞아.”

“그거야말로 당신께서 신이라는 증거입니다.”

그제야 마침내 카야는 커다란 눈으로 유즈루를 보았다.

가장 신뢰하는 자의 말에 마침내 귀를 기울이려고 했다.

유즈루는 카야의 어깨를 잡은 손에 한층 더 힘을 줬다.

“우리 후게키 일족은 아침과 밤의 신에게 힘을 받았습니다. 무의 사수인 카야 님이 권능을 사용하실 때는 일시적으로 신이 깃든다고 여겨집니다. 신이 직접 들어온다기보다는 위대한 힘의 일부가 몸에 깃든다고 하죠. 후게키 일족은 신내림 일족. 카야 님은 위대한 힘을 내려받아 쓰시고 있습니다. 사람의 몸에는 너무 버거운 역할입니다. 그래서 기억이 애매해지는 겁니다.”

“하지만······.”

“하지만?”

“카구야 오빠는 기억이 있다고 했어······.”

유즈루는 눈을 깜빡였다.

—그게 문제였나.

왜 이렇게 고집스러운지 납득했다. 그리고 힘이 쭉 빠지려고 했다.

—카야 님에게는 자신의 고민을 유일하게 공유할 수 있는 선배야.

그렇기에 『카구야 오빠』와 다른 것이 당혹스러웠다.

그리고 남몰래 고뇌하고 있었으리라.

—나한테 말해주지.

유즈루는 머리를 부여잡고 싶어졌다. 자신이 사수지기로서 전혀 기능하고 있지 않아 슬퍼졌다.

하지만 지금 가장 괴로운 사람은 카야다. 눈앞에 있는 이는 유즈루가 거부할까 봐 무서워하면서도 용기를 내 고민을 토로하고 있었다. 예전에 유즈루에게 사수지기가 되어 달라고 부탁했을 때처럼.

이럴 때 주인의 마음을 지키지 않는다면 언제 지키겠는가.

유즈루는 자신의 고통을 방치하고 카야에게 말했다.

“카야 님, 정말 괜찮습니다. 저를······ 저를 믿어주세요.”

“······아냐, 유즈루를 안 믿는 게 아니라.”

“네, 알고 있습니다. 지금 제가 하는 말을 믿어주세요. 의식의 유무는 개인차가 있습니다. 그리고 카구야 님은 약 20년간 황혼의 사수로 군림하고 계시는 숙련된 사수님입니다. 권능을 쓰는 방식도

격이 다르겠죠. 말씀드리기 송구하지만, 아직 젊은 카야 님이 비교
할 상대는 아닙니다. 아뇨, 비교하지 않으셔도 됩니다.”

“……”

카야는 이제 입술을 깨물지 않았지만 여전히 침울한 표정이었다.
유즈루의 말을 못 믿는 것은 아니나, 오랜 의문의 답을 당장 소화하
지는 못할 것이다.

“저…… 카야 님, 말을 잘라서 죄송하지만…….”

“……뭔데?”

“제 아버지는 이 얘기를 알고 있습니까?”

“알고 있어. 초창기에 상담했었어…….”

“아버지는 뭐라고 하시던가요?”

“너랑 비슷한 말을 했어. 그때는 나도 그런가 보다 하고 납득했
어. 하지만 그로부터 몇 년이 지났는데도 똑같아…….”

“……그랬군요.”

유즈루는 아버지가 인수인계를 제대로 해주지 않은 것에 조용히
분개했다.

“……유즈루, 정말로 진짜 괜찮은 거야? 내 상태는…….”

입을 다물어버린 유즈루에게 카야가 물었다. 유즈루는 아버지를
머릿속에서 쫓아내고 카야에게 집중했다.

“카야 님, 괜찮습니다. 당장 본산에 의뢰하겠습니다. 사수의 신내
림에 관한 자료를 보내달라고 하죠.”

“역대 사수님의 기록……?”

“네. 사수지기는 정기적으로 보고서를 보내고 있으니까요. 그걸

본산에서 정리하여 보관하고 있습니다. 지금은 데이터로 관리되고 있으니까, 오늘 메일을 보내면 내일 담당자한테서 답장이 올 겁니다. 그런 자료는 안 보셨죠?"

"응……. 너희 아버지의 말이라면 맞을 거라고 생각했으니까……."

"그 사람을 그렇게 좋게 여기지 말아 주세요. 그래 보여도 꽤 멍청한 구석이 있습니다."

"야, 욕하지 마. 나의 전 사수지기야."

"제 아버지입니다. 말할 권리가 있습니다."

아무래도 카야는 의지하는 인물의 말에 크게 영향을 받는 것 같았다.

유즈루의 아버지도 처음으로 자신을 모셔줬던 사람으로서 그녀의 마음속에 큰 위치를 차지하고 있었다. 그 사람이 그만두게 되어서, 그럼 조금이라도 비슷한 사람이었으면 좋겠다며 그의 아들을 원했을 정도다.

"카야 님, 말로만 괜찮다고 해도 믿지 못하시는 건 이해가 가지만…… 단언합니다. 걱정이 기우였다는 걸 바로 알게 되실 겁니다. 다른 사수님도 그랬다는 것을요."

"정말……?"

"정말입니다."

"하지만…… 내가 무의 사수가 아니라면…… 우리 둘 다 도망칠 수 있어."

소원처럼 들리기도 하는 그 말에 유즈루는 건조한 목소리로 답했다.

"어디로 말입니까."

"……어딘가로, 둘이서."

각자 갈 길을 가는 게 아니라 둘이서 도망치자고, 카야는 말했다. 그 말이 또 유즈루의 마음을 애틋하게 만들었다.

"사실은, 평범하게 학교에 가거나, 에니시에서 벗어나 여행을 하거나, 집에 친구를 초대하거나, 그런 일을 해도 되는 거지……."

애잔한 어조로 말하는 카야를 보니 참을 수가 없어졌다.

"다들 당연하게 하는 일을, 유즈루랑 나도 해도 되는 거야. 그렇지 않을까?"

눈앞에 있는 것은 유즈루가 경애하는 현인신이 아니었다.

"나는, 아무리 시간이 지나도 내가 신이라는 생각이 안 들어."

어디서나 볼 수 있는 평범한 여자아이였다.

"……카야 님."

유즈루는 지금 당장 카야를 안아주고 싶다고 생각했다.

생각했지만, 그러지 않았다. 사수지기로서 할 일은 아니었다.

사실은 안아주고 싶다. 안고 싶다. 하지만 그럴 수 없다.

―나는 이분의 고통을 제대로 모르고 있었어.

아침은 희생으로 성립되고 있다.

카야뿐만이 아니다. 전 세계의 무의 사수는 인생을 빼앗기고 있다.

그렇기에 사수는 사수지기에게 의존한다.

가지 말라고 매달린다.

사수지기는 그런 사수를 지키고, 일으켜 세우고, 말해야 한다.

"아뇨, 당신은 신입니다. 제가 목격하고 있습니다. 당신이 야마토에 아침을 가져오고 있습니다."

—당신이 화살을 쏠 때, 사람들은 자고 있다.

역대 새벽의 사수도 분명 불안했을 것이다.

자신들이 하는 일에 의미가 없다면?

이 전통은?

선조가 희생해온 다양한 것들은?

"내가 하는 일에…… 의미 따위……."

"그렇지 않다고, 저희 사수지기는 말합니다."

사수지기는 힘 있게 긍정해야 한다.

자신들이 하고 있는 일은 의미가 있다고.

사수가 일하지 않으면 아침은 오지 않는다고.

"아침이 오는 것은 당신께서 밤을 찢고 있기 때문입니다."

마지막에는 고무하는 마음을 담아 강한 어조로 말했다.

"……나는 필요해?"

"필요합니다."

타이르듯 속삭였다.

"당신은 세계에 필요한 존재입니다. 아시겠죠?"

"유즈루."

"네."

"한 번 더 말해줘."

"당신은 필요한 존재입니다."

"……너한테도?"

"물론입니다. 카야 님."

흑진주 같은 눈에 얇게 작은 바다가 생겨났다.

“제 목숨을 걸어도 좋습니다.”

유즈루의 말에 바다가 출렁였다.

“그럼 믿을게……. 나는 모두에게 속고 있는 게 아닌 거지?”

“당연히 아니죠. 카야 님이 바로 이 나라의『아침』입니다.”

“……응.”

“그리고 제 주인입니다.”

“…….”

“당신뿐입니다.”

“……응.”

유즈루는 잡고 있던 어깨를 놓았다. 여린 피부의 감촉이 사라졌다.

“미안, 유즈루.”

그렇게 말하자마자, 카야의 눈에서 눈물방울이 뚝 흘러내렸다.

“카야 님…….”

유즈루는 가져온 짐에서 수건을 꺼내 바로 눈물을 닦아줬다. 하지만 눈물방울은 하나에서 둘이 되어, 진주 같은 눈물이 또 떨어졌다.

울음을 참고 있었을 것이다.

─좀 더 빨리 알아차렸다면.

카야는 어른들의 뜻대로 현인신으로서의 생활을 소화하고 있었다. 그리고 무의 사수로서는 아직 어리다.

자신이 하고 있는 일이 무엇인지 잘 모른다면 불안해질 만도 했다. 심지어 두 번째 사수지기에게 상담할 시기를 계속 놓쳤다면 더더욱. 그렇기에 유즈루는 자신의 무능함이 답답했다.

역시 아직 신뢰가 부족하다는 생각도 했다.

“……고마워. 이제 괜찮아.”

카야는 유즈루의 설명을 듣고 안도했는지, 아니면 울어서 후련해졌는지 진정이 된 것 같았다. 직접 옷소매로 얼굴을 닦았다.

살짝 멋쩍은 분위기가 감돌았다.

“정말로, 고마워.”

카야는 유즈루의 눈을 힐끔 보고서 수줍어했다.

그 모습이 갸륵해서 유즈루는 역시 또 가슴이 아파졌다.

―평소에 나도 좀 더 솔직하게 행동했다면.

유즈루는 반성했다. 사랑스러워서 무심코 괴롭힐 때가 있는데, 카야는 솔직하게 진심을 전하는 게 좋은 상대일 것이다.

―에이센 님과 똑같은 짓을 하고 있군.

유즈루는 문득 관심받고 싶어서 아내에게 심술궂은 말을 하는 카야의 아빠를 떠올렸다.

반면교사로 삼아야 했다.

“애초에…… 시스템이 불친절해.”

마음이 많이 회복되었는지, 밤의 어둠 속에서 카야는 입을 삐죽였다.

“사계의 대행자님은 자신의 의지로 권능을 사용하기 위해 1년이나 수행한다잖아. 우리는 다음 신이 정해지면 바로 투입인데. 아침과 밤의 신은 무슨 생각을 하는 거야? 영문도 모른 채 신이 되어서 산에 올라야 하는 내 입장이 되어 보라지…….”

아무래도 안도하고 나니 화가 나는 모양이었다.

“그렇죠……. 하지만 계절은 몇 달마다 바뀌지만 아침과 밤은 매일 바뀌니까요. 준비 기간을 두면 세계의 구조가 성립되지 않습니다.”

"……우리 업계만 손해보고 있어."

"그 대신 무의 사수는 사계의 대행자와 달리 생전 퇴위가 많고, 신변의 위험도 적습니다. 나쁘기만 한 건 아니에요."

"응…… 뭐…… 그건 그렇지. 그나저나 우리는 사계의 대행자님보다 장치에 가까운 것 같아."

"그런가요? 저는 더 신에 가깝다고 생각하는데요."

"어디가?"

"당신께서 하늘에 화살을 쏘는 모습을 매일 보고 있기에 그렇게 생각하는 걸지도 모릅니다. 그토록 신성한 광경은 또 없으니까요."

"……그럼 동영상 찍어줘. 정말로 의식이 없어서, 나도 보고 싶어."

"기록 매체 사용은 일절 금지되어 있습니다. 그리고 예전에 일족의 사람이 실험 삼아 촬영한 적이 있다고 하는데 찍히지 않았다고 들었습니다. 새벽의 신의 뜻이겠죠."

카야는 확연하게 불만스러운 얼굴을 했다. 혀까지 찼다.

"신 녀석…… 엄청 쩨쩨하네."

"카야 님, 말조심하세요."

"……."

역시 방금 그 말은 안 좋았다고 생각했는지 카야는 입을 다물었다. 그러더니 천천히 크게 숨을 내쉬었다. 심호흡을 하는 것 같았다.

유즈루에게서 시선을 떼고 밤하늘을 보았다. 그리고 성역에서 내려다보이는 시라누이의 풍경을 보았다.

그녀가 움직이지 않으면 이 풍경에 새벽은 밝혀지지 않는다.

"……할까."

이윽고 카야는 결심한 듯 중얼거렸다.

"네, 부탁드립니다."

유즈루는 고개를 끄덕였다. 이제부터 새벽의 사수가 진가를 발휘할 때다.

"……."

카야는 평소처럼 정해진 위치에 서서 다시 심호흡했다.

거듭하여 깊이 숨을 내쉬고 들이마셨다.

그녀는 지금 아무것도 들고 있지 않았다. 『무의 사수』라고 불리지만, 그들에게 활과 화살은 필요하지 않았다. 사수만 있으면 충분했다.

카야가 심호흡하는 사이에, 새도 벌레도 바람조차 소리를 죽였다.

산 전체가 점점 정적에 휩싸였다. 이 공간 전체가 그녀를 위해 다시 만들어지는 듯한 감각이었다.

어둠 속에서 점차 그녀의 머리카락이 반짝이기 시작했다.

어스름에 녹아든 흑단 같은 머리가 진주 같은 반짝임을 휘감았다.

이 의식에 주문도 무도도 필요 없었다. 필요한 것은 산과 그녀와 맑은 공기.

그리고 그녀가 안심하고 자신을 맡길 수 있는 상대뿐.

"유즈루, 왔어."

—다른 자가 들어왔다.

카야의 목소리 변화로 유즈루는 알아차렸다.

후게키 일족은 신내림을 받는 자.

그녀 안에 지금 다른 자가 개입하려 하고 있었다.

그게 누구인가 하면, 역시 『아침』 그 자체일 것이다.

올바르게 신내림을 받은 무녀의 몸은 더욱 환하게 빛났다.

머리카락에서 발산되던 빛의 입자가 이윽고 전신을 덮고, 똑같은 빛으로 만들어진 활이 점차 형태를 이루었다. 빛의 활, 빛의 시위, 빛의 화살. 가공의 활과 화살이 점점 형상화되었다.

매일 지켜보는 일인데, 유즈루는 이때 늘 긴장하고 만다.

―카야 님.

당신은 이 의식을 끝낸 뒤에도 무사할까.

―카야 님.

일말의 불안이 유즈루를 덮쳤다. 위대한 존재는 곁에서 지켜보는 인간의 의중 따위 생각하지 않는다.

금빛 활을 든 소녀가 어둠의 품에 안긴 하늘을 겨눴다.

"뒷일, 맡길게."

카야의 목소리로, 카야가 아닌 자가 그녀의 입술을 사용해 속삭였다.

맡기겠다는 말을 들은 유즈루가 할 일은 단 하나였다.

"발사!"

유즈루의 한마디에 새벽의 사수가 활시위를 크게 당겼다.

밤을 찢는 일격이 쏘아졌다. 빛의 화살은 그대로 아름다운 나선을 그리며 하늘로 날아갔다.

그와 동시에 카야가 천천히 뒤로 쓰러졌다.

유즈루는 즉시 달려가 카야의 허리를 받치고 그대로 끌어안았다.

그리고 하늘을 보았다.

하늘을 찢는 화살이, 저편으로 사라져갔다.

"……."

　유즈루는 미리 준비해둔 돗자리에 주인을 눕히고 그녀가 추위에 떨지 않도록 담요로 감싼 뒤, 깨어나길 기다리기로 했다.

　무의 사수는 고작 한순간을 위해 신내림을 받고 신통력을 사용한다. 그래서 몸이 버티지 못하고 의식을 잃는다. 그리고 한동안 깨어나지 않는다.

　의식이 끝나면 사수지기의 차례가 온다.

　사수의 수호자가 책임지고 사수의 몸을 외적이나 비바람으로부터 지켜야 했다.

　아침이 올 때마다 한 소녀가 이런 상태가 된다고는 아무도 생각하지 않을 것이다.

　유즈루는 이 시간이 늘 싫었다. 아니, 『무섭다』고 하는 게 맞았다.

　해명할 수 없는 신의 힘으로 기절한 아가씨를 바라보며 태연할 수 있을 만큼 심장이 차갑지는 않았다.

　그 상대가 자신이 아침부터 밤까지 지켜보는 소녀라면 무서움은 더 크다.

　이대로 깨어나지 않으면 어쩌나. 사수지기도 이때는 고독하다.

　만약 당신의 숨이 멎는다면 나는 제정신을 유지할 수 있을까.

　그런 공포를 품고서 시간을 보내야 한다. 사수를 좋아하면 좋아할수록 괴롭다.

　그래서 유즈루는 허락도 얻지 않고서 손을 잡고 말았다. 카야의 맥박을 확인하고 있으면 안심할 수 있었다.

─당신은 모르겠지. 이렇게 기다리는 나를.

유즈루는 자신을 비웃었다.

카야는 유즈루를 뭐든 잘하는 유능한 청년처럼 생각하지만, 카야가 깨어나길 기다리는 유즈루는 그렇지 않았다. 소중히 여기는 소녀가 깨어나지 않아 겁먹고 무서워하는 청년일 뿐이었다.

나이도 그렇게 많이 차이 나지 않았다. 서로 늙어가면 신경 쓰이지 않을 정도의 몇 살 차이였다. 그래서 젊은 청년인 유즈루는 이때 어린아이로 돌아간다.

죽은 듯이 자는 주인을 앞에 두고 두려워하며, 어떻게든 자신을 질타하여 시간을 보낸다.

─깨어나.

아침과 당신.

─눈을 떠줘.

양쪽 모두 깨어나기를, 불안한 마음으로 소원한다.

─당신의 명예를 위해 아침이 왔으면 좋겠어.

당신의 노력이니까. 하지만 사실은 다르다.

─당신이 건강하게 있어 준다면, 아침 따위 안 와도 좋아.

이미 그런 수준까지 마음이 생겨버렸다.

북쪽 에니시에 사는 청년의 기도는 이윽고 이루어졌다.

푸른 산봉우리에 새벽이 밝아오는 것이 보였다.

밤이 끝난다.

전부 무사히 끝났다.

빛이 바다를, 산을, 마을을, 세계를 비추어 나간다.

살을 에는 듯한 공기가 부드럽게 감싸는 온도로 바뀌어 가는 것을 몸 전체로 느꼈다.

눈에 담기는 것은 어둠에 휩싸여 있던 하늘이 조금씩 옷을 벗듯 바뀌는 모습.

밤은 매일 밤 죽고, 그리고 매일 밤 다시 되살아난다.

방금 찢긴 밤의 장막도 오늘 중으로 되살아나 다시 하늘을 별하늘로 덮는다.

반복되며 이어지는 하루하루가 큰 기적과 희생으로 이루어지고 있음을, 다들 모른다.

소녀신의 종복은 그게 조금 아쉬웠다.

"아침은, 왔어?"

언제 일어났는지, 카야가 잠긴 목소리로 물었다.

유즈루는 하얘지도록 꽉 쥐고 있던 그녀의 손을 놓았다.

하지만 카야는 연약한 손짓으로 빠져나간 유즈루의 손을 다시 잡았다.

좀 더 잡고 있으면 좋겠다는 감정이 유즈루에게도 전해졌다.

이번에는 상냥하게 마주 잡았다.

“네, 왔습니다.”

유즈루가 그렇게 말하자 카야는 『그래』하고 안심한 듯 중얼거렸다.

“다행이야.”

사실은 그렇게 생각하지 않을 터다.

아침도 밤도 그녀를 고통스럽게 할 뿐이다.

타인을 위해 아침을 가져오는 것. 그것에 보람을 느낄 사람은 아니다.

그런데도 카야는 유즈루에게 매일 물었다. 제발 그렇기를 바라는 것처럼.

아침은, 왔냐고.

“정말 다행이야.”

이번에는 슬쩍 웃으며 그렇게 말했다.

유즈루는 주인의 신다운 모습을 보게 되어 경애의 마음이 커짐과 함께, 몹시 애달파졌다.

―당신이 하고 있는 일을 세상 사람들은 몰라.

무의 사수가 하는 일은 백성에게 평가받지 못하고, 칭찬받는 일은 없다.

하지만 아침이 오고 밤이 온다.

당연한 것처럼.

사수의 희생으로 성립되는 기적으로.

“……오늘, 맑아서, 많은 사람이 즐겁게 보낼 수 있는 하루가 되면 좋겠다.”

나이에 걸맞은 순진한 목소리로 카야가 중얼거렸다.

늘 늠름한 그녀의 온화한 표정.

사람들에게는 안녕을 주면서 자신은 받지 못한다.

누군가에게 멋진 하루를 주기 위해 카야는 소비된다.

―카야 님, 당신은 세계를 위해 희생되고 있어요.

유즈루는 허락된다면 오늘 카야에게 했던 말과는 정반대인 말을 해주고 싶었다.

『카야 님, 당신은 사람들의 노예예요.』

『현인신이니 뭐니 하지만, 당신은 세계가 올바르게 움직이기 위한 공물일 뿐이에요.』

『그걸 당신도 알고 있을 테죠.』

『이런 건 손해예요. 그만두는 게 좋아.』

『도망쳐 버리죠. 저만큼은 그걸 비난하지 않아요.』

『당신이 바란다면, 나는..』

―당신의 손을 잡고 어딘가로 도망쳐도 좋아.

"유즈루……?"

하지만 카야는 도망치지 않는다.

자신을 소중히 여겨줬던 사수지기의 아들에게 매달려서 어떻게든 해내고 있다.

가지 마.

도망쳐도 돼.

역시 가지 마.

그 반복에 유즈루도 피폐해지지만, 동시에 미치도록 사랑스러웠다.

어째서 사랑하게 됐는지, 무엇이 계기였는지 알 수 없다.

다만 정신 차리고 보니 이 신을 사랑하고 있었다.

왜, 세계가 좀 더 두 사람에게 상냥하지 않았던 걸까.

카야가 대답을 기다리고 있지만, 유즈루는 제대로 말을 할 수 없었다.

오랜만에, 울고 싶어질 만큼 애달파지고 말았다.

―카야 님, 저는 당신이 사랑스러워요.

자신이 언젠가 죽어버려서 다른 사수지기가 새벽의 사수를 모시게 된다면.

그런 공상에 울컥할 정도로 좋아했다.

"……유즈루."

한 번 더 이름을 불러서, 유즈루는 체념하고 대답했다.

"네."

조금 잠겨 있었지만, 생각보다 감정이 흔들리고 있는 음성은 아니었다.

"말씀하신 대로, 좋은 하루가 되면 좋겠네요……."

카야는 그런 유즈루를 조용히 바라보고 있었다. 예리한 사람이니까, 유즈루가 뭔가를 생각하고서 슬퍼하고 있음을 눈치챘을지도 모른다.

유즈루는 침울한 분위기를 스스로 날려 버리듯 밝게 말했다.

"카야 님은 뭔가 하고 싶은 일 없으십니까?"

"오늘?"

"네. 제가 도와드릴 수 있는 일이라면 좋겠는데요."

"응…… 하고 싶은 일이라."

카야는 조금 생각하고서 쑥스러운 듯 웃으며 속삭였다.

"학교 갔다 오는 길에, 살짝 좋은 커피를 마시고 싶어."

"겨우 그 정도로 괜찮으십니까."

너무 사소한 소원이었다.

"……그 정도면 돼. 오늘도 무사히 아침이 왔고, 유즈루가 달아나지 않고 여기에 있어줬어. 그거면 뭐, 충분히 좋은 하루의 시작이지. 사실 커피 같은 건 어찌 되든 좋아."

"……."

"방금 그건…… 제대로 화해의 말이었어."

"네, 카야 님."

유즈루는 전혀 흐트러지지 않았음에도 카야의 머리를 쓰다듬었다. 그녀는 아무 말도 하지 않았다.

─카야 님. 좀 더 화내셔도 됩니다.

카야는 결국 매우 선량하고 아주 외로운 신이다.

"카야 님."

"응……."

"커피, 마시러 갈까요."

그녀가 자유로이 소녀답게 지낼 수 있는 날은 분명 오지 않는다.

"그래도 돼?"

"물론이죠."

좋아하는 사람에게 아무런 망설임 없이 좋아한다고 말할 수 있는 날도 오지 않는다.

"잠이 안 와서 널 곤란하게 할걸."

"카야 님은 잘 주무시니까 괜찮겠죠."

동정으로 시작된 관계인 탓에 계속 거기에 정체된다.

"모르는 일이야. 여차하면 네가 날 업고 가."

"네, 물론입니다."

유즈루가 사랑한다고 말해도 그건 동정심이라고 대답할 것이다.

하지만 유즈루는 언젠가 카야가 알아주기를 바라고 있었다.

유즈루는 정색하고 그녀의 눈을 들여다보았다.

오늘은 자신의 말을 조금 믿어 줬으면 좋겠다.

"카야 님. 아까 하신 말씀 말인데…… 저도 당신이 계셔준다면, 그걸로 좋습니다."

그녀가 바란다면 세상으로부터 아침을 뺏어도 좋다고 유즈루는 생각하고 있었다.

"당신이 신이 아니어도 좋습니다. 정말로…… 제가 원하는 건 그 것뿐입니다."

갑자기 나온 사랑의 말에 카야는 눈을 크게 떴다.

다정하고, 때로는 엄격하고, 그리고 누군가의 모조품인 그.

카야의 죄책감의 상징.

그런 그가 건넨 따뜻한 말이 너무나도 예상외라서 당혹스러웠다.

받으면 안 되는 말일지도 모른다.

하지만 서서히, 참을 수 없는 기쁨이 그녀의 얼굴에 차올랐다.

기쁘지 않을 리가 없었다. 가장 친밀한 인간에게 사랑받고 기쁘지 않을 신은 없다.

요령 없는 신과 인간 사이에는 서로를 격리하는 뭔가가 있어서 정말로 다가가는 것은 불가능하다.

하지만 오늘은 유즈루가 벽 너머에서 손을 흔들었다.

카야에게도 그것이 보였다.

당신을 좋아해도 된다는 작은 징조, 반짝반짝 빛나는 허락으로 보였을 터다.

그래서 카야는 마치 평범한 소녀처럼 미소 지었다.

북쪽 에니시에는 아침을 가져오는 신이 살고 있다.

신의 이름은 새벽의 사수.
빛의 활과 화살을 만들어 하늘의 장막을 찢는 무녀.
그녀의 장래에 전망은 없으니.
영산으로 여겨지는 산에서 벗어날 수 없다.
아마 일생 대부분을 산을 오르며 보내리라.

그녀의 이름은 『카야』라고 한다.

제 2 장
새벽의 사수
후게키 카야

봄이 오고, 여름을 넘기고, 가을을 맞이했을 무렵.

야마토에는 가을 장마전선이 맹위를 떨치고 있었다.

야마토 남부뿐만 아니라 에니시를 포함한 야마토 북부도 장마가 이어져서, 가을의 대행자가 가져온 은행과 단풍 풍경은 이슬방울이 맺혀 있는 일이 많아졌다.

레이메이 20년의 가을은 그렇게 비에 젖는 나날이었지만, 10월 말의 24절기『상강』이 지나자 전국이 맑아지기 시작했다.

그렇게 하루하루가 또 흘러서 현재. 동년 11월 7일, 24절기『입동』.

사람들은 가을장마가 있었던 것을 잊었다.

야마토의 아침의 신, 후게키 카야도 그중 한 사람이었다.

"……."

조금 전까지 늘어져 자던 침대에서 내려와 레이스 커튼을 열고 창밖의 풍경을 바라보았다. 에니시는 11월이 되면 단풍철이 끝나서 앙상한 나무가 많아진다. 월동 준비에 들어간 세계는 추워 보이지만 운치가 있었다. 오늘은 살짝 서리까지 내렸다.

겨울의 대행자가 어딘가에서 계절을 현현했을 것이다. 그 여파가 이 시라누이에도 찾아와 있었다. 카야는 서늘한 공기를 기분 좋게 느끼며 깊이 숨을 쉬었다.

오늘은 휴일. 아침에 깨우러 오는 사람도 없다. 여고생도 휴가다.

휴일의 사수는 평일과는 조금 다르게 움직인다. 심야에 화살을 쏴서 무사히 아침을 가져오고, 새벽에 귀가하여 다시 이불 속에 들어가 자는 것이 관례였다. 학교 수업이 없는 날에만 누릴 수 있는 사치를 잔뜩 누리고서 깨어났다. 이런 날은 유즈루도 깨우러 오지 않았다. 그러니 계속 이 방에서 여가를 보내도 문제없었다.

"……."

문제없지만, 역시 혼자 있는 건 재미없고, 뭔가 먹고 싶다는 생각이 들었기에 방에서 나가기로 했다.

방에 세면대와 욕실이 딸려 있어서 간단한 채비는 전부 마쳤다.

잠옷에서 룸웨어로 갈아입고 계단을 내려갔다. 1층 거실에서 뉴스를 전하는 아나운서의 목소리가 흘러나왔다. 인기척도 났다.

─커피 냄새가 나.

시각은 이미 정오에 가까울 터다. 누군가가 점심을 먹고 있거나 식후 커피를 마시고 있을지도 모른다.

"카야 님."

거실 문으로 손을 뻗기 전에 자동으로 문이 열리더니 목소리가 내려왔다.

카야는 깜짝 놀라서 휘청거렸다. 목소리의 주인이 즉각 카야의 손목을 잡아서 지탱해줬다.

손목을 잡히자 상대의 손이 얼마나 큰지 알 수 있었다.

"죄송합니다. 문을 열어 드리려고 한 건데."

카야는 그렇게 말하는 눈앞의 사람을 올려다보았다.

그녀의 사수지기가 서 있었다. 평소에도 정장을 입고 다니는 남자인데, 오늘은 재킷과 넥타이가 없었다.

"……아냐, 괜찮아. 잘 잤어?"

잠이 덜 깨서 멍하던 의식이 놀란 충격으로 점차 각성했다.

아직 조금 졸린 듯한 카야를 보고 유즈루는 살짝 웃었다.

"안녕히 주무셨습니까. 일찍 일어나셨군요."

"응……."

아침 인사는 끝났다. 카야는 유즈루에게 하고 싶은 말이 있는 듯한 시선을 보냈지만, 유즈루는 반응하지 않았다.

이제 막고 있는 길을 비켜줘도 될 터다.

그리고 잡고 있는 팔도 놔줬으면 좋겠다. 카야는 그렇게 생각했지만.

"머리가 뻗쳤네요."

유즈루는 팔을 잡지 않은 반대쪽 손으로 카야의 머리카락을 만졌다. 정수리 쪽 머리카락이 반원을 그리며 삐죽 올라와 있었다.

놓치지 않고 발견당해서 카야는 창피해졌다.

그리고 자신을 부끄럽게 만드는 유즈루에게 화도 났다. 입을 삐죽이고 말했다.

"가라앉히려고 했어. 했는데…… 물을 묻혀도 안 가라앉아서……."

"고데기가 있지 않습니까."

"뭐 어때. 학교에 가는 것도 아닌데. 오늘은 신의 의식을 하러 갈 때까지 아무 데도 안 나갈 거고……."

"그런가요. 더듬이가 생긴 것 같아서 재미있으니 그냥 둬도 괜찮겠죠."

유즈루는 살짝 짓궂게 웃으며 대답했다.

항상 청결하고 깔끔한 남자에게 이런 말을 들으니 카야는 아무 말도 할 수 없었다.

카야도 학교에 가는 날이라면 의욕을 내지만, 집에서는 쉽게 방심했다.

"……가라앉힐게."

카야는 마지못해 그렇게 말했다. 젊은 남녀가 얼굴을 마주하는데 이건 좀 그렇다는 마음도 적잖이 있었다. 유즈루가 온종일 카야를 더듬이 난 아가씨라고 생각하는 것도 싫었다.

"제가 하겠습니다. 고데기 가져올 테니까 앉아 계세요."

유즈루는 그렇게 말하고서 2층에 있는 카야의 방으로 갔다. 행동이 빨랐다.

카야는 하는 수 없이 시킨 대로 거실의 소파에 앉았다. 스마트 스피커에서 들리는 뉴스 음성이 자연스럽게 귀에 들어왔다.

온통 입동 얘기뿐이었다. 사계의 대행자의 계절 현현은 기본적으로 입춘, 입하, 입추, 입동쯤부터 시작된다.

─올해는 봄의 대행자님이 귀환하셔서 그런지, 이쪽 얘기가 예년보다 많네.

야마토의 봄과 여름은 류구에서, 가을과 겨울은 에니시에서 시작되므로 겨울의 대행자는 지금쯤 같은 대지에서 신의 의식에 힘쓰고 있을 것이다.

얌전히 유즈루를 기다리고 있자 잠시 후 그가 돌아왔다. 고데기를 기동시킬 준비를 하고서 이번에는 주방에 가더니, 커피를 한 손에 들고 돌아왔다.

"드시지요."

"갓 끓인 건데. 이거 네 거잖아."

"아뇨, 카야 님 겁니다."

"……."

본인은 뒷전으로 미루려는 모양이었다. 항의하고 싶지만, 해봤자 의미가 없기에 카야는 포기하며 고맙다고 했다. 카야가 생각하기에 유즈루는 매우 충실하게 시중을 들지만 완고하고 고집이 셌다. 카야는 커피를 마시며 유즈루에게 질문했다.

"아빠랑 엄마는?"

"오늘은 두 분 모두 시라누이 신사에 가셨습니다."

"아아, 입동이라서 준비하나."

"네. 겨울의 대행자님도 들르시는 신사니까요. 무의 사수와도 연이 있는 신사입니다. 곤란할 때는 상부상조하는 사이라서 도와주러 가셨습니다. 이것저것 청소하신다고 합니다."

시라누이 신사는 유서 깊은 신사다.

후게키 일족에게 영산 근처에 있는 신사는 무시할 수 없는 곳이었다.

한쪽은 영산을 올라 세상에 아침과 밤을 가져오는 신내림 집단. 한쪽은 영산을 포함해 토지 전체를 받들며, 지역에서 발언력도 큰 신사 관계자. 유즈루가 말한 것처럼 예로부터 상부상조하는 협력 관계였다.

시라누이 신사가 있는 곳은 관광 지대다. 스키장, 등산객이 묵는 펜션, 호텔에서도 조금 멀지만 걸어갈 수 있는 곳이었다. 그래서 관광 잡지에도 매년 실렸다.

그런 신사가, 잠깐 들를 뿐이어도 1년에 네 번은 현인신의 내방에 대비해 대청소를 해야 하는 것은 상당히 큰일이었다. 통상 업무에 더해 연중행사도 있다.

게다가 사계의 대행자를 노리는 역적 대책으로 발설할 수 없었다. 지역의 유지자에게 부탁하기 어렵다면 한 식구끼리 해결할 수밖에 없다.

그런 상황에 돕겠다고 나선 것이 딸을 위해 이 땅으로 이주한 부부였다. 부부가 도와주러 가는 것도 양호한 관계를 유지하기 위해 본산에서 내린 지시였다.

현인신 딸이 있는 부부는 신의 가족으로서 우대받는 부분도 있지만, 기본적으로는 다른 후게키 일족과 마찬가지로 아침과 밤을 가져오기 위해 파생되는 다양한 일을 맡고 있었다.

"미안한 짓을 했네. 나도 가야 했나."

"쉬셔야 체력이 회복되니 카야 님은 보낼 수 없습니다."

"뭔가 미안해. 언제 돌아오실까."

"친교도 겸하여 신사에서 저녁을 드신다고 했으니, 저녁때가 지나서 오시려나요."

말하면서 유즈루는 카야의 옆에 서서 고데기로 뻗친 머리를 가라앉히기 시작했다.

"그럼 오늘은 너랑 단둘인가."

"네."

"휴일이라 가사도우미도 안 오지?"

"그래서 밥은 배달시켜야 합니다."

카야는 점점 가슴이 설렜다.

“만들자. 주방을 마음대로 쓸 수 있어.”

유즈루는 참지 못하고 쿡쿡 웃었다.

“좋습니다. 뭘 만드실 겁니까?”

“같이 핫케이크 만들자.”

“그건 밥이 아닌데요.”

“하지만 먹고 싶어.”

유즈루는 조금 갈등하는 것 같았지만, 카야가 한 번 더『먹고 싶어』라고 말하자 바로 꺾였다.

“……알겠습니다. 간식으로 먹을까요. 하지만 저녁밥도 제대로 드셔 주세요.”

“물론이지. 나는 한창 잘 먹을 때야. 말 안 해도 먹을 거야.”

유즈루는 그 말을 듣고 또 웃었다.

“카야 님, 살짝 이쪽을 봐주세요. 네…… 감사합니다.”

뻗친 머리만 정리하는 거면 금방 끝날 것 같았지만, 유즈루는 이번엔 카야의 머리끝을 손질하기 시작했다.

“그만해도 돼, 유즈루.”

“아직 덜 끝났습니다. 제가 괜찮다고 할 때까지요.”

아무래도 전부 예쁘게 매만지고 싶은 듯했다. 이렇게 되면 유즈루는 말을 안 듣는다.

카야는 유즈루가 하고 싶은 대로 하게 두기로 하고 계속 떠들었다.

“있잖아, 겨울의 대행자님의 별장이 시라누이에 있다는 거 유즈루는 알고 있었어?”

“……그건 어디서 얻은 정보죠?”

유즈루는 진지하게 머리를 매만지며 의아해하는 목소리를 냈다.

"카구야 오빠한테 들었어. 그 왜, 여름에 카구야 오빠가 엄청난 일에 휘말렸었지만…… 그 인연으로 사계 쪽 분들과 친해졌잖아?"

"아아, 네."

올여름에 현인신 분야를 떠들썩하게 한 류구의 암랑 사건. 그리고 여름의 대행자가 노려진 경질 미수 사건은 후게키 일족에도 잘 알려져 있었다.

소동의 중심에 카야가 말하는 『카구야 오빠』가 있었기 때문이다.

"그 경위로 알았대. 누구한테 들었는지는 말 안 했지만. 아무튼 그렇다더라. 듣자 하니 사계 쪽 분들의 별장은 상질의 영맥이 흐르는 곳에 짓는대. 그 왜, 신통력을 너무 많이 쓰면 피폐해지니까 요양지도 장소를 고른다는 모양이야."

"……."

"시라누이가 겨울의 대행자님도 이용하는 토지라니, 놀라워. 역시 여긴 그런 곳이구나. 백성들이 말하는 영험한 곳인가?"

"……."

"유즈루?"

"그거, 다른 사람한테 경솔하게 말씀하시면 안 됩니다."

"영험한 곳?"

"아니요. 겨울의 대행자님의 별궁이 시라누이에 있다는 것 말입니다. 저쪽은 역적들에게 해를 입기 쉬운 분들이니까요……."

못을 박듯 말해서 카야는 뾰로통해졌다.

"안 해. 신들 간의 잡담을 누구한테 말하겠어?"

"제게 말씀하시고 있지 않습니까."

"너는 괜찮잖아. 내 사수지기니까. 너야말로 다른 데서 말하지 마."

"제가 그런 실언을 할 것 같습니까."

"안 하는 녀석이니까 내가 지금 얘기한 거겠지?"

"……그렇군요."

"엄마나 아빠한테는 말 안 해. 너니까 말했어. 카구야 오빠도 그래. 나니까 말한 거야. 대행자님을 만나는 일은 거의 없겠지만, 절대 없을 거라고 장담할 수도 없어. 뭔가 연을 맺을 일이 생기면 잘 대해 달라고 부탁받았어. 신들끼리 서로 돕자는 거지. 뭔가 하게 되면 나는 제일 먼저 너를 의지할 거야. 신사를 통해 겨울 쪽의 의뢰를 들었을 때도, 협력하겠다는 결단은 내가 했지만 교섭은 네가 했잖아?"

"그러네요……. 이번 건 제가 실언했습니다."

"이해했어?"

"이해했습니다. 그렇게 화내지 말아 주세요."

"……화 안 났어. 하지만 핫케이크에 생크림이랑 벌꿀이랑 바나나랑 딸기를 올려준다면 용서해 줄 수도 있어."

유즈루는 웃었다. 부탁하지 않아도 그 정도는 할 거라고 상냥하게 대꾸했다.

살짝 언쟁을 벌이긴 했지만, 다시 금방 온화한 분위기가 돌아왔다. 카야는 유즈루를 힐끔 보았다.

눈이 마주치자 유즈루는 자연스럽게 입꼬리를 올렸다.

"……."

카야는 왠지 쑥스러워져서 입을 다물었다.

최근 유즈루와 카야는 이전보다 관계가 개선되었다.

―거리감이 가까워진 기분이 들어.

서로의 거리감이 아무런 감정도 없는 남녀보다 가깝다는 건 알지만, 마음의 거리가 가까워졌다고 카야는 생각했다. 이전까지는 어딘가 대립 중인 분위기가 있었기 때문이다.

그건 카야가 유즈루를 사직시키고 싶어 하고 유즈루가 그만두기 싫어하는 문제 때문이었고, 양쪽 모두 서로를 생각하기에 조금도 물러나지 않았었다.

―그 말을 나눈 뒤부터 나아진 걸지도 몰라.

카야는 몇 달 전 산에서 나눴던 대화를 떠올렸다.

『……그 정도면 돼. 오늘도 무사히 아침이 왔고, 유즈루가 달아나지 않고 여기 있어줬어. 그거면 뭐, 충분히 좋은 하루의 시작이지. 사실 커피 같은 건 어찌 되든 좋아.』

『카야 님. 아까 하신 말씀 말인데…… 저도 당신이 계셔준다면 그걸로 좋습니다.』

두 사람은 초여름에 시라누이다케의 성역에서 그런 대화를 나눴다.

카야로서는 용기가 필요한 일이었다. 항상 그만두는 게 낫다고 말하면서 그런 얘기를 꺼내다니, 새삼스러웠다.

하지만 그날은 자신의 본심을 전하고 싶었다.

그에게 비밀을 털어놓을 때까지, 카야는 두려웠었다.

질문에 대한 답이 뭐든 간에 미움받을지도 모른다. 한심하게 여길지도 모른다.

묻는 것 자체가 괴로웠다. 정말로 그런 상태였다.

유즈루는 그런 카야를 눈에 보일 만큼 필사적으로 안심시키려 했고, 할 수 있는 말을 최대한 해줬다. 당신이 나의 신이라고 말해줬다.

카야는 유즈루가 진심을 말해줬다고 느꼈다.

그렇다면 자신도 돌려주고 싶었다. 평소에는 보여주지 않는 호의를 제대로 보여주고 싶었다.

유즈루가 준 호의에 고마움을 표하고 싶었다.

마음을 전하더라도『호들갑스럽다』라고 하거나,『항상 그렇게 솔직하게 행동해 주세요』라며 받아넘기거나 둘 중 하나일 거라고 예상했는데.

『당신이 신이 아니어도 좋습니다. 정말로…… 제가 원하는 건 그것뿐입니다.』

예상과 달리, 유즈루도 자신의 생각을 제대로 말해줬다.

눈을 바라보며 진지하게 말해줬다.

그 말에는 확실하게 애정 같은 감정이 존재했다.

—내가 생각하기에도 단순하고 바보 같아.

그 애정의 종류가 무엇인지는 불명이지만, 카야는 유즈루가 자신을 얼마나 소중히 여기고 있는지 실감했다.

물론 카야가 새벽의 사수로서 분발하도록, 사수지기의 직무로서 다정한 말을 건넨 거겠지만, 그렇더라도 유즈루의 말에는 분명하게 마음이 담겨 있었다. 카야의 고뇌를 날려버리는 강한 힘도 있었다.

어쩌면 자신은 생각보다 더 사수지기에게 주인으로서 사랑받고 있을지도 모른다.

자신도 사수지기를 좋아한다. 그렇다면 이 주종 관계는 정당성이 있다.

일방적인 착취가 아니다. 그렇다면.

—이제 일부러 밀어내는 짓은 안 해도 되지 않을까.

그렇게 생각해버린 것이다.

그 후로 카야는 본산에서 보내준 자료를 읽었고, 유즈루가 말한 것처럼 사수가 트랜스 상태일 때 의식이 있는지 없는지는 개인차가 있음을 이해하게 되었다.

그녀가 안고 있던 문제는 척척 정리되었고, 유즈루와의 미묘한 불화도 본인들 하기 나름이 되었다.

유즈루나 유즈루의 가족에 대한 죄책감이 카야 안에서 사라진 것은 아니다.

하지만 무작정 사수지기를 그만두라고 하는 것은 그날 유즈루가 했던 말을 생각하면 불성실한 태도이지 않을까, 하고 카야는 생각을 고쳤다.

듣기 싫어하는데 계속 말했던 사람은 카야다.

유즈루는 몇 번이나 거부 반응을 보였다.

그리고 그는 어린애가 아니다. 카야보다 연령도 내면도 어른인 청년이다.

유즈루가 정말로 그만두고 싶어 한다면 카야가 재촉하지 않아도 직접 결단하여 행동할 것이다.

그가 작별하고자 할 때 말을 꺼낼 수 있는 분위기는 충분히 만들어 놨으니, 이제 굳이 싸움이 벌어지는 말을 할 필요는 없을 것 같다고 생각했다.

유즈루의 행동은 확실히 카야에게 큰 변화를 줬다.

그 결과, 카야는 유즈루의 사수지기 은퇴에 관해 더 말하지 않기로 했다.

언젠가는 이곳을 떠나는 게 나을 사람.

하지만 적어도 지금은 자신과 함께 있고 싶어 하는 사람.

그렇다면 그의 생각에 자신도 주인으로서 부응해야 한다.

이제 말하지 말자고, 그렇게 정했다.

"카야 님, 움직이지 마세요. 잠시도 가만 있지를 못하시나요."

"……딱히 그렇게 정성 들일 필요 없잖아. 볼 사람도 너밖에 없고……."

"그래서 하는 겁니다. 신경 쓰여요."

"……."

"그리고 카야 님은 제가 이 도구를 잘 구사할 수 있도록 연습시킬 의무가 있습니다."

"없어, 그런 의무……. 그런 것보다도 자신의 권능을 연습하는 게 어때?"

"그건 카야 님이 안 계신 곳에서 제대로 연습하고 있습니다."

"······뭐, 네가 그렇게 말한다면 그렇겠지."

"네. 당신이 모르는 곳에서 저는 이것저것 하고 있습니다."

그랬더니 유즈루는 이렇게 한층 더 일에 힘쓰게 되었다.

아무래도 카야의 심경 변화를 민감하게 알아차린 것 같았다.

이제 귀찮은 말을 안 들을 것 같다고 깨닫자, 전보다 더 일에 적극성을 보이게 되었다.

원래부터 자신의 직무에 긍지를 가진 사람이었다.

이런 사수지기가 되고 싶다는 구상도 그의 안에 있었을 것이다.

하지만 카야가 항상 사수지기 은퇴를 종용하니 좀처럼 실행하지 못했으리라. 굴레가 사라진 유즈루는 감정을 별로 겉에 드러내지 않는 종자라는 점은 변함없으나 어딘가 자유롭고 경쾌했다.

"왜 고데기를 연습하고 싶어 해? 네 머리에 쓰려고?"

"자신의 헤어 어레인지를 위해 주인을 연습도구로 쓰는 종자가 어디 있습니까. 카야 님을 위해서입니다."

"날 위해서······."

"카야 님이 성인식을 맞이하셨을 때, 어떤 헤어스타일을 명령하시든 완벽하게 부응할 수 있는 실력이 되기 위해서요. 지금부터 연습한다면 시간은 충분합니다."

"그런 고등 기술은 요구하지 않을 건데. 네가 생각하는 나는 그렇게 폭군이야······? 그런, 싫은 주인······?"

“아닙니다. 주인의 매무새를 가다듬는 건 예로부터 종자의 일이
므로, 제가 하고 싶을 뿐입니다.”
“유즈루가 하고 싶은 건가…….”
“네.”
“정말로?”
“네. 저의 체면과도 관련된 문제고요. 카야 님의 근사한 모습을
사진에 담아 아버지에게 보내 줄 생각입니다.”
“…….”
“옷은 슈리 님이 매만지실 테니까요. 그러니 머리만이라도 제가.
아버지에게 사진 보내도 되죠?”
“보내도 돼……. 마음대로 해.”

그리고 어째선지 전 사수지기인 부친에 대한 대항 의식이 늘었다.
이렇게 종자 일에 힘쓰고 있는 유즈루에게 『넌 사수지기를 그만두
는 게 나아』라는 말을 꺼낸다면 대체 어떻게 될까.
─엄청나게 화낼 것 같아.
두 사람 사이에 큰 변화가 생일 것은 확실하리라.
─이제 각오해야 하는 걸지도 몰라.
카야는 마음속으로 그렇게 생각했다. 유즈루가 카야를 바꿨고, 카
야가 유즈루를 바꿨다.
질풍노도의 시기에 있는 신도 슬슬 결단할 때가 되었다.

무슨 결단인가 하면, 후게키 유즈루라는 청년을 에니시의 분지에

있는 작은 마을에서 본격적으로 썩히는 것에 관한 거였다.

　유즈루가 사수지기가 되며 결정된 사항이긴 하지만, 카야에게 그 행동은 아무리 시간이 지나도 역시『죄』였고, 뒤집어야 할 일이었다.
　유즈루가 인생을 주고서 받는 대가가 너무 적다.
　카야가 유즈루에게 해줄 수 있는 일이라고 해봤자 현재로서는 아침을 주는 것 정도가 전부다.
　급여도 카야가 주는 게 아니다. 후게키 일족이 주고 있었다.
　카야와 유즈루는 역시 봉사받는 사람과 봉사하는 사람이라 바뀌기 어려웠다. 현재로서는 정말로 할 수 있는 일이 없었다. 하지만 그건 어디까지나 현재의 얘기다.
　이대로 재위 햇수가 길어지면 카야는 일족 내에서 영향력 있는 인물이 될 수 있다.
　후게키 일족은 쌓은 공적이나 재위 기간, 근속 연수가 힘이 되는 부분이 적지 않기 때문이다.
　후게키 카구야나 전 사수지기인 유즈루의 아빠가 좋은 예였다. 큰 강제력이나 지배력은 없어도, 높으신 분을 포함해 일족 전체에게 호소할 수 있다. 그런 영향력이 있는 인물은 될 수 있다.
　물론 혼자서는 될 수 없다.
　아군을 만드는 것도 중요하다. 에니시에서 나갈 수 없는 카야 대신 뭔가를 해줄 수 있는 협력자는 그녀의 인생에 꼭 필요했다.
　거센 바람이 불어도 그 자리에 주저앉지 않고 계속 서있을 수 있는 힘. 그런 지반을 만드는 데 성공한다면 유즈루나 그의 가족이 뭔가 곤경에 처했을 때 도와줄 수 있다.

유력자의 한마디가 필요한 상황이 발생했을 때, 카야가 나설 수 있다.

힘이 되겠다고.

그건 분명 카야가 할 수 있는 얼마 없는 보은이 될 것이다.

—그렇다면 나는 유즈루에게 좋은 주인이 되어야 해.

그가 사수지기로 있고 싶다면 있을 수 있도록.

그가 하고 싶은 일이 생겼다면 할 수 있도록.

현재 카야는 그런 심경이었다.

"……유즈루. 비가 내리기 시작했어."

유즈루가 고데기로 정성스레 머리를 매만지고 있는 탓에 움직일 수 없어서, 카야는 눈에 들어온 것을 말하며 잡담을 이어 갔다.

"정말이네요. 오랜만에 내리는 것 같습니다."

"올가을엔 비만 내렸는데, 최근에는 뚝 멎고 맑았으니 말이지."

"오래 내렸죠. 조금 걱정될 정도였습니다."

"……."

카야는 외출했다는 부모님이 조금 걱정되었다.

"아빠랑 엄마, 밖에서 작업하고 있으려나."

카야의 질문에 유즈루는 어정쩡한 대답을 했다.

"글쎄요. 낙엽 같은 건 업자에게 부탁했을 것 같지만……. 대행자님이 지나시는 뒷길을 점검하는 건 옥외 작업이니, 그걸 하고 있을지도 모릅니다."

"차 타고 가셨어?"

"경비문에서 차를 내줬습니다."

"그럼 돌아오는 길은 괜찮나⋯⋯."

그러고서 카야는 고민하듯 입을 다물었다. 유즈루는 고데기를 끄고 손으로 카야의 머리를 빗어 정리했다. 그렇게 머리 손질을 끝냈을 때, 카야가 입을 열었다.

"작업이 빨리 끝날 수 있도록 나도 도울까⋯⋯? 밤이 되기 전에 돌아오면 문제없고."

유즈루는 어이없어하며 말했다.

"카야 님에게 신의 의식 이외의 작업은 시킬 수 없다고 말씀드렸잖습니까."

"하지만⋯⋯."

"괜찮습니다. 도와주러 온 사람에게 비바람을 맞히진 않을 겁니다. 이대로 기다리죠. 카야 님은 부모님에게 약하시네요."

이에 관해 카야는 솔직하게 인정했다.

"그야⋯⋯ 딸을 위해 시라누이로 이사 오게 했으니까⋯⋯. 우리 부모님은 둘 다 이곳 출신이 아니야. 나는 부모님을 볼 수 있어서 기쁘지만, 부모님은 다른 가족들을 선뜻 만날 수 없으니 괴롭겠지."

이 소녀신은 언제나 누군가를 생각하며 마음 아파한다.

"⋯⋯그렇죠."

유즈루는 고데기를 일단 근처 테이블에 놓고, 카야가 앉아있는 소파에 앉았다.

자연스럽게 이야기를 듣는 자세가 되었다. 카야는 옆에 앉은 유즈루를 보았다.

“유즈루…… 너는 원할 때 집에 가…….”

조금 전까지 온화했는데, 카야의 한마디에 유즈루는 눈에 보일 만큼 험악한 표정이 되어버렸다.

“……카야 님.”

낮은 목소리를 내며 『아직도 그 소리냐』 하고 압력을 가했다. 카야는 허둥지둥 부정했다.

“잠깐, 지레짐작하지 마. 사직시키고 싶은 게 아니라……. 미리 알면 그 기간을 보충할 인원 정도는 본산에서 준비해 주거든. 너희 아버지가 그랬잖아?”

유즈루는 흉흉한 기운을 거뒀으나 여전히 불만스러운 얼굴이었다.

“……카야 님은 성역에서 화살을 쏠 때 의식을 잃습니다.”

“그렇지.”

“그런 상태인 당신을 인품도 모르는 누군가에게 선뜻 맡길 수 있을 리가 없잖습니까.”

“…….”

지극히 타당한 말을 하고 있었다. 종자로서 100점짜리 대답이었다.

카야는 그게 기쁘기도 했지만 안타깝기도 했다.

“……그럼 부모님한테 부탁할게.”

물고 늘어지듯 말했으나 유즈루는 승낙하지 않았다.

“두 분 모두 시라누이다케에 오르신 적이 별로 없지 않습니까. 성역으로 가는 길을 외우기 위해 몇 번 가고, 그 외에는 산나물을 캐러 들어간 게 다죠. 체력이 못 따라갑니다.”

“경비문 사람.”

“안 됩니다. 신원은 분명하지만, 완전히 신용할 수 없습니다.”

“배달 온 물건이라든가 음식을 항상 맡아 주는데?”

“그건 그거고 이건 이겁니다.”

“어떤 조건이면 괜찮은 거야?”

유즈루는 계속 묻는 카야를 함부로 대하지 않았다. 만약 자신에게 무슨 일이 생겼을 때를 대비해 강구해둬야 할 문제이긴 했기 때문이다. 유즈루는 카야의 얼굴을 지그시 바라보며 대답했다.

“백 보 양보해서 멤버는 한 명이 아닌 여러 명. 서로를 감시할 것. 신의 의식 중에는 항시 저와 연락할 수 있는 상태를 유지해줘야 합니다.”

물 흐르듯 그의 입에서 나온 말은 무거웠다.

“꽤 엄중한 경비 체제라는 느낌이네……. 늘 너 혼자 있는데.”

“저는 당신의 사수지기니까요.”

“신분의 차이인가.”

“아뇨, 각오의 차이입니다.”

유즈루는 카야를 타이르듯 말했다.

“당신에게 꽃나무를 받았습니다. 그 전에도 있었지만…… 당신을 『지켜야 한다』라는 강한 마음이 있습니다. 다른 사람에게는 저와 같은 사수지기로서의 사명감이나 각오가 없습니다.”

그렇지 않으냐는 듯 유즈루가 시선을 보내서 카야는 쭈뼛거렸다.

“그건가? 항간에서 말하는 신과 인간 사이에 생겨나는 저주 같은 동반의존?”

“조금 다른 것 같은데요……. 그리고…… 저는 그걸 헛소리라고 여기고 있습니다만……."

"그래? 나는 너에게 의존하고 있어."

그 말을 듣고 유즈루는 눈을 깜빡였다.

"예……?"

이번에 당황한 사람은 유즈루였다.

"……제게, 의존, 하시고 있습니까?"

정말로 놀랐는지 목소리의 음정이 어긋나 있었다.

"하고 있어. 뭐야, 너…… 나한테 뭐든 해주면서 왜 그렇게 놀라? 나는 어떻게 봐도 너한테 의존하고 있잖아?"

카야는 예쁘게 정돈된 머리를 한 뭉텅이 잡아서 보여줬다.

"그건……. 하지만 표면적인 것 아닙니까……. 현인신과 가장 가까운 인간이…… 서로를 아끼게 된다는 것이 카야 님이 말씀하신 항간의 소문인데……."

"나는 유즈루를 아끼고 있어. 내 나름의 방식으로 지키고 싶다고 바라고 있어. 아직 못난 주인이라 너한테 돌려줄 수 있는 게 별로 없어서 미안하지만."

"……."

"너는 그런 느낌이 없다면, 뭐…… 헛소리일지도 모르지."

"아, 아뇨……."

유즈루는 아직 충격을 받은 모습으로 황급히 말했다.

"……저도, 없지는 않습니다. 아뇨, 있습니다…… 매우."

유즈루는 카야 쪽이 그런 유대감을 안 느낀다고 의심했을 정도였기에 반응이 늦어졌을 뿐이지만.

“꾸미지 않아도 돼. 나만 멋대로 그렇게 느끼고 있는 거지.”

카야는 유즈루의 반응을 『얘기를 맞춰줬다』고 받아들였다.

조금 서운하지만, 유즈루가 자신을 소중히 여기지 않는다거나 사랑하지 않는다고 생각하지는 않았다.

그저 마음에 격차가 있을 뿐이라며 어깨를 으쓱이고 가볍게 넘겼다.

“하던 얘기를 마저 하자면, 아무튼 유즈루는 사수지기로서 긍지가 있어서 내 안전을 최우선으로 생각한다고 자부하고. 다른 사람에게는 그런 책임감이 없으니까 맡길 수 없다는 거구나.”

두 사람이 제대로 깊이 얘기를 나눠야 할 화제가 가볍게 넘어가버려서, 유즈루는 드물게도 분한 얼굴을 했다.

“……”

좀 더 이 일에 관해 당신과 얘기하고 싶다.

어째서 바로 납득하는가. 그런 행간이 그에게서 보였다. 하지만 카야가 『왜 그래?』라며 대답을 촉구하듯 물었기에 유즈루는 마지못해 대답했다.

“……맞습니다. 저만큼은 당신을 배신하지 않습니다.”

목소리는 의기소침했다.

“뭐, 무슨 말인지는 이해해. 사수지기는 그런 존재인 거겠지. 카구야 오빠랑 에켄의…… 그 암랑 사건도 배신과는 좀 다르고.”

유즈루의 속마음 따위 모르는 카야는 고개를 끄덕이며 남쪽의 사수지기가 저질렀던 대사건을 떠올렸다.

상세한 내용까지 가르쳐준 건 아니지만, 대체적인 이야기의 흐름은 들었다.

카구야의 사수지기인 후게키 에켄이 사수지기 특유의 권능을 사용하여, 카구야의 전 아내가 크게 다친 사고 현장을 환술로 은폐. 심지어 늑대 환상을 보여줘서 카구야를 습격했다. 비난받아도 별수 없는 짓을 했지만, 진상은 사수지기가 사수를 매우 아꼈기에 벌어진 일이었다.

카야는 에켄과 물론 면식이 있었다. 에켄이 카구야를 매우 경애한다는 것, 그가 있을 곳은 이제 카구야의 곁밖에 없다는 것을 생각하면 비난할 생각은 들지 않았다. 아무튼 다들 살아있어서 다행이라는 마음이 사건의 내용을 들었을 때의 솔직한 감상이었다.

"암랑 사건 때도, 사수지기 부재 시에 사수를 지켰던 건 국가 치안 기구의 요인 경호팀이었습니다. 사수지기가 없다면 경호는 반드시 팀을 짜서 해야 합니다."

카구야를 예로 들자 카야도 납득할 수밖에 없었다.

"예전에 저희 아버지가 저에게 사수지기가 되겠냐고 얘기하러 왔을 때도 여러 명으로 경호팀을 구성했다고 들었습니다. 그 정도는 해줘야 저희 사수지기는 안심할 수 있습니다."

"뭔가 필요 없이 큰일이라는 생각이 드는데…… 뭐, 관례라면 그래야겠지."

"……카야 님. 반대로 제 쪽에서 묻겠는데, 기절해 있는 동안의 안전을 제가 아닌 다른 사람에게 맡기는 게 불안하지 않으십니까?"

"그야…… 불안하지만. 하지만 나는 유즈루가 가족과 못 만나는 게 더 싫어……."

"……."

고집불통 아가씨를 설복할 생각이던 유즈루의 마음은 그 말을 듣고 단숨에 꺾여버렸다. 깜빡깜빡하지만, 애초에 이 상황은 카야가 만들고 싶어서 만든 게 아니었다.

그녀는 새장 속의 새.

똑같이 새장에 넣어진 동포만이라도 바깥세상으로 날아가게 해주고 싶다고 바라고 있을 뿐이다.

유즈루가 말하는 『내가 아니어도 좋은가』라는 물음에, 카야는 『네가 좋으니까, 너만이라도』라는 의견을 가지고 있을 뿐, 악의는 없었다. 카야는 자신에게서 파생되는 온갖 일로 다른 사람이 불이익을 받는 것을 봐왔다.

그래서 싫은 것이다. 어릴 때 죄의식 없이 저지른 잘못을 더는 반복하고 싶지 않았다.

너도 같이 불행해지라고 생각하지 않는 아가씨이기에 세계의 공물에 적합하다고 말할 수도 있었다. 선성을 갖춘 현인신이라서 사람들을 위해 하늘에 화살을 쏜다.

“…….”

카야가 복잡한 얼굴로 침묵하는 것을 보고, 유즈루는 비난하는 것 같았던 어조를 바로 고쳤다.

“카야 님이 절 위해서 말해 주시고 있다는 건 압니다.”

부드러운 음성으로 말하자 카야는 조심조심 유즈루를 보았다.

“…….”

“하지만 부모와는 빈번히는 아니어도 연락하고 있고…… 애초에 제 아버지가 전 사수지기라서 돌아가지 않는 것도 이해해주고 있습니다. 그러니 카야 님이 그렇게 신경 쓰지 않아도 됩니다.”

“……그게 싫은 거야. 너희 가족이 참게 하고 있어. 분명 너희 어머니는 나를 싫어할 거야. 아들을 돌려보내 주지 못하니까…….”

“…….”

이번에는 유즈루가 침묵했다. 모친 이야기가 나온 데다가, 주인이 애달픈 음성으로 후회하니 마음이 흔들렸다. 한동안 말 없는 평행선이 이어진 후, 유즈루가 입을 열었다.

“……알겠습니다.”

유즈루의 대답에 카야는 움찔 반응했다.

“고향에 돌아가진 않겠지만, 좋은 시기를 가늠해서 부모님을 시라누이로 초대하겠습니다. 그럼 어떨까요.”

표정이 점점 밝아진 카야가 이윽고 신난 목소리로 말했다.

“그거 좋다! 우리 저택에 묵으면 돼!”

“아뇨, 그렇게까지 신세 질 순 없습니다. 아버지는 괜찮지만, 어머니가 부담스러워하실 겁니다. 그러면 별로 즐기지도 못하겠죠. 스키장 근처의 호텔이나 펜션을 예약하면 겸사겸사 관광도 할 수 있을 겁니다. 저도 얼굴을 내비칠 수 있고요.”

“……그런가. 응, 네가 그렇게 말한다면야. 목돈을 줄 테니까 좋은 곳으로 잡아줘.”

“그건 사양하겠습니다.”

“유즈루, 주인으로서 당연한 일이야.”

“……카야 님.”

“내가 말을 꺼내 놓고서 아무것도 안 한다면, 나는 하고 싶은 말만 하는 주인이 되어버려."

"딱히 상관없습니다. 효도 정도는 직접 하겠습니다."

"돈 얘기를 하는 게 아니야. 의리와 인정의 문제야."

"……."

"내가 너희 부모님을 위해 뭔가 하고 싶어. ……응, 이건 나 혼자만의 문제가 아니지. 정식으로 결정되면 우리 가족이 너희 가족에게 뭔가 해주고 싶다는 문제가 될 거야."

유즈루는 다시 침묵했다. 카야가 한 말을 머릿속으로 생각하고 있는 것 같았다.

유즈루는 카야의 부모와 동거 중이다. 부부 싸움을 중재할 때도 있지만, 거리가 가깝기에 그렇게 됐다고도 할 수 있었다. 관계성은 좋은지 나쁜지 따지자면 확실하게 『좋은』 쪽으로 분류될 것이다. 유즈루가 카야의 부모 앞에서 괜찮은 청년으로 있어주기에 이 일상이 어떻게든 굴러가고 있는 부분이 많았다. 전임 사수지기, 즉, 유즈루의 아빠 덕분에 카야의 부모는 딸과 함께 살고 있었다. 그리고 지금은 그 제도 개혁을 뒤집지 않을 거라고 단언할 수 있는 전 사수지기의 아들이 딸에게 붙어있다. 카야의 가족은 유즈루의 가족에게 은혜를 입었다. 유즈루에게도 고마운 마음이 있었다.

은인 일가를 대접하지 않는 것은 수치라고 생각하리라. 돈을 안 받는다고 카야가 부모에게 말한다면, 그건 그냥 넘어갈 수 없다면서 개별로 수당을 줄 가능성이 충분했다. 특히 카야의 엄마인 슈리는 의리 없는 짓을 용납하지 않을 것이다. 그런 사람이다.

"카야 님, 하지만……."

그러나 유즈루가 망설일 만도 했다.

카야의 부는 카야의 희생으로 이루어졌다. 어디로도 갈 수 없는 신은 그 대가로 후게키 일족에게서 지원금을 받는다. 공물이 된 사람의 대가를 자기 가족에게 쓰게 하는 것은 사수지기인 유즈루에게 있어서 몹시 죄스럽게 느껴졌다.

과자 선물 세트 정도라면 웬만한 사람은 감사히 받겠지만, 이번에는 그런 것도 아니었다. 그리고 그것과는 별개로 유즈루를 고민에 빠뜨리는 이유가 하나 더 있었다.

"그래도 저는……."

후게키 유즈루는 좋아하는 아가씨에게 돈을 받고 기뻐하는 남자가 아니었다.

그가 조금 더 어른이었다면 카야의 미소를 위해 바로 타협할 수 있었을지도 모르지만.

"유즈루, 안 될까……?"

"……."

젊은 그는 타협하는 데 시간이 걸렸다.

"그렇게 싫어……?"

"……."

"나는, 유즈루를 위해 아무것도 못 하는 건가……."

조심스럽게 묻고, 팔을 잡고, 그리고 흔들기까지 해서 겨우 힘든 결단을 내렸다.

"……그럼 주인의 후의를 감사히 받아들이겠습니다."

고민 끝에, 상당히 싫다는 듯 그렇게 말했다.

"저, 정말?!"

"……네, 뭐."

역시 싫은 기색이었지만, 고개를 끄덕였다.

"그런가, 다행이다! 기뻐……. 나는 정말로 할 수 있는 일이 별로 없으니까……."

"……."

"가족끼리 오붓하게 보낼 수 있게 할 거지만, 나도 잠깐 인사하게 해줘. 특히 어머니에게는 고개를 한번 숙여두고 싶어."

"그러지 않으셔도 됩니다……. 이거, 연례행사로 만들지 말아 주세요……."

카야가 드물게도 들떠서 좋아했기에, 기분이 복잡하긴 했으나 유즈루도 점차 그녀의 속이 풀린다면 괜찮겠다는 마음이 들었다.

그날은 둘이서 거리에 나가 핫케이크 재료를 사왔고, 이러쿵저러쿵하며 핫케이크를 만들어 먹었더니 시간이 금세 흘러갔다.

카야는 늘 잠드는 시간이 되자 체내 시계가 작동했다.

꾸벅꾸벅 조는 카야의 손을 끌어 방에 데려가서 침대에 눕히고 이불을 덮어주자, 카야는 바로 잠들어 버렸다.

시간에 따른 관습적 수면이었는데, 오늘은 많이 자서 그런지 별로 깊이 잠들지 않았다. 몇 시간 지나자 유즈루가 깨우지 않아도 스스로 일어날 수 있었다.

"……."

어두워진 방에서 졸린 눈을 비비며 창밖을 보니, 바깥은 어둠에 푹 잠겨 있었다. 이제부터 새벽의 사수의 시간이다.

ㅡ카구야 오빠가 밤을 가져왔어.

수고했다는 마음을 하늘로 날렸다. 유즈루가 깨우러 올 시간이 아닌데 일어난 건 행운이었다. 그런 자신을 칭찬해주고 싶다고 생각하며 카야는 아래층 거실로 향했다.

유즈루와 카야의 부모가 뭔가 얘기 중인 것 같았다.

거실 문을 열자 대화가 귀에 들어왔다.

"낮에 엽우회가 해결하지 못했대. 어쩌지……."

"어쩌긴 뭘 어째. 방법이 없지."

"왜 그런 심한 소리를 해?! 카야가 걱정되지도 않아?"

"그런 게 아니라, 탄식하고 있어봤자 의미가 없다는 거야."

ㅡ또 부부 싸움인가.

카야는 어이없어하는 얼굴이 되었다. 그리고 그런 부부 사이에 있는 것은 카야의 사수지기인 유즈루였다. 그는 바로 수습에 들어갔다.

"슈리 님, 에이센 님은 구체적인 대책을 강구해야 한다고 말씀하시는 겁니다."

카야의 모친인 슈리는 유즈루의 말을 듣고 에이센이라고 불린 장년의 남성을 보았다. 기모노에 하오리를 걸친 그는 혼자만 소파에 편히 앉아있었다.

"내가 등산로 입구에서 기다리겠어. 유즈루는 비컨을 가져가. 카야 것도. 그리고 무전기도 가져가. 30분마다 내게 보고하는 거야.

그럼 되겠지.”

에이센은 머리 회전이 빠른지, 말투는 느긋한데 적확한 지시를 척척 내렸다.

얼굴도 어딘가 이지적인 생김새였다. 이 시점에서 유즈루는 카야의 존재를 알아차렸지만, 험악해질락 말락 하는 분위기라 딸이 왔다는 말을 꺼내지 못했다.

“저기, 유즈루…… 비컨이 뭐야……?”

슈리가 유즈루에게 쭈뼛쭈뼛 물었다.

“왜 유즈루한테 물어봐?”

에이센이 아내를 향해 가시 돋친 어조로 말했다.

“다, 당신한테 물어보면 바보 취급하잖아!”

“단정 짓지 마. 심지어 본인을 앞에 두고 다른 사람한테 질문하는 건 어느 나라 예의야? 내가 말했으니 나한테 물어보는 게 사리에 맞잖아.”

“유즈루가 더 친절하게 가르쳐준단 말이야…….”

“그럼 친절하게 가르쳐 달라고 나한테 말하면 되잖아.”

“왜 처음부터 친절하지 않은 사람에게 그런 부탁을 해야 해?”

“아아~ 슈리 님, 에이센 님…… 카야 님이 기상하셨습니다.”

대화가 거기까지 전개되고 나서야 부모는 카야 쪽을 보았다.

“카야, 잘 잤어?”

“카야, 잘 잤니? 왜 그런 데 서 있어? 앉아.”

“응…… 다들 좋은 밤이야.”

역시 이 싸움을 방치할 수는 없었다. 카야는 대화에 참여하기로 했다.

"무슨 얘기 하고 있었어? 누가 조난당했어? 비컨은 등산용 수색 장치잖아."

슈리가 『그렇구나』라는 얼굴로 대답했다.

"곰이 나왔어, 시라누이에서. 그래서 카야의 안전을 어떻게 지킬까 얘기하고 있었어."

카야는 그 말을 듣고 납득했다.

에니시는 삼림이 풍부하여 천연자원이 많이 나는 곳이다.

산에는 당연히 다양한 동물이 서식했고, 개중에는 곰도 있었다. 곰이라고 하면 동물원에서 데굴데굴 구르는 사랑스러운 모습을 떠올리는 자도 있겠지만, 그건 사육을 통해 길들여진 모습이다.

야생 곰은 사람을 공격한다. 사람을 죽인다.

그런 생물이 마을 근처로 내려왔다면 작은 동네에서는 큰 사건이었다.

걱정이 많은 모친은 밤에 산을 오르는 딸을 염려했을 것이다.

"언제 어디서 나왔는데?"

카야가 잇따라 질문하자 슈리는 회상하며 말했다.

"……카야가 막 잠들었을 즈음일 거야. 스키장 근처에 있는 카페의 마당에 나타났대. 그 왜, 그쪽은 겨울철을 제외하면 하이킹 코스잖아. 펜션이나 호텔에서도 그리 멀지 않은 곳이고…… 비 때문에 예정이 틀어진 사람들이 카페에 많이 있었대. 가게 사람도 관광객도 난리가 났었다고 해. 곰이 거기까지 내려오는 건 드문 일이야. 몇 년 만인가?"

유즈루가 고개를 끄덕이는 것을 보니 사실인 듯했다.

"카야, 오늘은 아빠가 차를 몰게. 알겠지?"

부친인 에이센이 낮은 목소리로 물었다.

"어? 괜찮아. 스키장이면 사수의 등산로에서 아주 먼 곳이야."

"마을로 내려왔다가 도망쳤어. 어디로 이동했을지 몰라. 혹시 모르니 조심해야지."

"하지만 아빠는 열두 시면 자는 사람이잖아."

"아빠도 노력하면 일어날 수 있어."

"나랑 유즈루는 날짜가 바뀔 즈음 집을 나서고, 의식이 무사히 끝나는 건 아침 해가 뜰 때야."

"차에서 자면 돼."

"여보, 자면 의미 없잖아."

두 사람의 대화에 슈리가 끼어들었다. 에이센은 눈썹을 찌푸렸다.

"선잠 정도라면 알람에 일어나. 30분마다 알람을 설정해 두겠어. 그러면 안부를 확인할 수 있겠지. 연락이 없으면 사람을 부르고 비컨으로 확인하겠어."

"내가 갈게. 당신은 집에 있어."

"넌 한번 잠들면 웬만해선 안 깨잖아."

"안 자면 돼. 밤 정도는 샐 수 있어."

"할 수 있을지 의문이군. 비컨도 설명해줘봤자 못 쓰겠지."

"왜 그렇게 차갑게 말해?"

"너도 그랬잖아. 잠자면 의미 없다고."

"그치만 그렇잖아? 연락책이 선잠을 전제로 임하면 의미가 없잖아."

"그래서 알람으로 바로 일어나겠다고 했잖아."

"알람 말고 다른 연락이 오면 어쩔 건데?"

"벨소리를 듣고 일어나겠지."

"거짓말. 내가 밖에서 전화 걸면 전혀 안 받으면서."

그렇게 부부가 싸우는 와중에 정작 자식은 어쩌고 있었는가 하면, 씁쓸한 얼굴로 침묵하고 있었다.

—내가 보기엔 둘 다 똑같은데.

자신이 논쟁의 씨앗이고, 심지어 쌍방 모두 걱정하기에 말싸움을 벌이고 있는 것이라서 부모의 쟁론에 끼어들기도 어려웠다. 이 부질없는 싸움을 어떻게 말릴까, 하고 개입할 시기를 가늠하고 있으니 카야의 등에 손이 닿았다. 유즈루의 손이었다.

카야는 유즈루를 보았다. 유즈루가 카야에게 보내는 감정에는 연민이 섞여 있었다.

그는 자신에게 맡기라는 듯 고개를 끄덕이고서 입을 열었다.

"두 분 다 그만하시죠. 카야 님을 생각하는 마음은 제게도 충분히 전해졌습니다."

유즈루의 말에 슈리와 에이센의 말싸움이 뚝 멎었다.

"비컨도 가져가고, 산에 도착하는 대로 30분마다 보고하겠습니다. 원래 같으면 사수지기로서 이 제안은 거절해야겠지만, 곰 소동이 일어난 첫날이라 자녀의 안부가 걱정되시겠죠. 등산로 입구까지라면 아무쪼록 동행해 주십시오. 오늘은 에이센 님, 내일은 슈리 님, 모레는 엽우회의 움직임에 달렸지만, 큰 문제가 발생하지 않는다면 동행은 해제하는 게 어떻습니까?"

이야기의 타협점으로는 그럭저럭 괜찮은 제안이었다.

자식을 걱정하는 부모를 배척하지 않으면서 사수지기의 영역에 너무 들이지도 않았다. 카야도 아슬아슬하게 수긍할 수 있는 제안이었다.

"애초에 무슨 일이 생기더라도 제 권능이 있습니다. 『신성 은폐』는 이런 사태에 대응하기 위해 하사받은 힘이고, 아버지에게 지도도 받았습니다. 카야 님을 지킬 준비는 되어 있습니다."

카야는 유즈루가 여전히 등에 올려둔 손에서 강한 애정을 느꼈다.

유즈루는 자신의 몸도 마음도 지켜주려 한다는 것을. 슈리와 에이센은 각각 말했다.

"선대 사수지기가 보여줬었어. 확실히…… 그건 짐승을 쫓을 때 쓰는 능력이라고 했지."

"……그걸 쓰면 몸에 부담이 가진 않나?"

냉정한 의견 덕분에 부부 싸움도 진화되었다. 유즈루는 진정시키듯 말했다.

"『신성 은폐』는 다른 현인신과 달리 공격 수단이 없는 사수를 위해 사수지기가 받는 힘입니다. 평소에 연습하고 있습니다. 너무 많이 쓰면 몸에 영향이 있지만, 잠깐 쓰는 건 문제없습니다. 갑자기 나타난 곰을 어딘가로 쫓아내는 것 정도는 간단히 할 수 있습니다."

유즈루가 말하는 『신성 은폐』는 무의 사수의 사수지기에게 주어지는 특수한 능력이다.

다른 현인신과 달리, 라는 것은 사계의 대행자를 가리킨 것이었다.

봄의 대행자는 『생명 촉진』, 여름의 대행자는 『생명 사역』, 가을의 대행자는 『생명 부패』, 겨울의 대행자는 『생명 동결』이라는 각 계절과 관련된 권능을 가지고 있었다. 그들의 권능은 주로 외적을 요격하는 수단으로 쓰이는 일이 많았다. 사계의 대행자가 가진 힘은 굳이 따지자면 공격인 것이다.

그리고 사수지기의『신성 은폐』는 수비의 의미가 강했다.

현실로 착각할 만한 환상을 만들어서 적을 속이고 쫓아낼 수 있었다.

어떻게 쓰느냐에 따라 적을 다치게 할 수도 있지만, 다행히 무의 사수도 사수지기도 그런 사태에 맞닥뜨리는 일 자체가 드물었다. 이번에 문제 된 것처럼 만약 곰을 만난다면 주변 경치를 왜곡시켜서 토끼를 보여주고 쫓아가게 하면 그걸로 끝이다.

원래는 일족 사람에게도 비밀인 권능이지만, 슈리와 에이센은 카야의 육친이니 유즈루의 아빠가 보호자를 안심시키기 위해 설명을 끝낸 뒤였다.

에이센은 권능 사용이 유즈루에게 큰 부담을 주지 않는다는 것을 알자, 그럼 그걸로 적극적으로 방어해 달라고 부탁하고서 방에 들어가 외출 준비를 시작했다.

남겨진 슈리는 그래도 딸과 사수지기 청년을 걱정하듯 보았다.

"정말로 무서운 일이 일어나면, 아침 따위 내팽개치고 도망쳐."

그리고 좋은 의미로 무책임한 말을 했다. 카야는 엄마의 말을 타박하듯 대답했다.

"엄마, 사수의 모친으로서 그런 말은 좀……."

그러자 슈리는 일부러 팔짱을 끼고서 뾰족하게 말했다.

"알 바 아니야. 나는 사수를 낳지 않았어. 카야를 낳았어."

분노가 향한 곳은 운명일까, 아니면 어딘가에 있을 신일까.

“그것 가지고 화내는 사람이 있다면 엄마가 나설게. 친정도 방패로 쓰겠어.”

“백성이 곤란해져…….”

“아침이 몇 시간, 반나절 늦는 것 가지고 조잘거리는 백성 따위 알 바 아니야. 나는 내 자식이 더 중요해. 시간이 늦어지더라도 안전이 확인되고 나서 다시 의식을 치르면 돼. 유즈루도 절대 무리하지 마. 무슨 일이 생기면 너희 부모님을 뵐 면목이 없어. 아무튼 오늘은 아빠가 따라가겠지만, 곰이 나올 것 같으면 의식을 치르기 전이어도 길을 되돌아와. 목숨이 가장 중요해. 엄마가 오늘 후게키 일족의 높으신 분에게 말해놨어. 만에 하나 위험한 일이 일어나면 어떻게 대응해줄 거냐, 무슨 일을 할 수 있느냐고. 내일이면 뭔가 답변이 올 거야. 알겠지? 위험하다고 느끼면 바로 도망쳐.”

후게키 일족의 일원이라고는 생각할 수 없는 발언이지만, 카야와 유즈루에게는 용기를 주는 말이었다.

아침이 오는 것은 당연한 일이다. 그 당연한 일을 지키기 위해 희생되고 있는 두 사람에게는 다소 자기중심적이어도 이렇게 화내고 지켜 주려고 하는 자가 근처에 있어야 했다.

근본적인 뭔가가 달라지지 않더라도 마음가짐은 달라진다.

슈리가 지켜보는 가운데, 카야와 유즈루는 에이센과 함께 오늘의 의식을 치르러 가게 되었다.

“쌀쌀하네…….”

시라누이는 여전히 비구름에 뒤덮여 단비가 내리고 있었다.

공교로운 날씨 속에서 등산로 입구에 도착하자, 에이센은 아이들을 배웅하기 위해 차 밖으로 나와 중얼거렸다.

산의 추위가 견디기 힘든지 부르르 떨고 있었다. 기모노를 입고 다니는 평소와 달리 그도 등산용 방한복을 입고 있었으나, 이 시기에는 아무리 껴입어도 부족하다.

카야는 걱정스러운 얼굴로 아빠에게 말했다.

"아빠, 추우니까 들어가. 차 안에 있어. 비에 젖겠다."

"그래."

"졸리면 자도 돼."

"엄마가 커피를 타줬으니까 괜찮아. 잠들지 말라면서 말이야."

"에이센 님, 그럼 다녀오겠습니다."

"유즈루, 조심하고. 카야를 부탁한다."

그렇게 말하고 나서야 에이센은 차 안으로 돌아갔다.

카야와 유즈루는 평소처럼 비밀 등산로로 들어갔다. 오늘은 달빛이 흐렸고, 땅은 비 때문에 질퍽거렸다. 한 걸음 한 걸음이 무거운 등산이었다.

"유즈루, 미안."

카야는 걸어가며 유즈루에게 사과했다.

"뭐가 말입니까?"

"우리 부모님. 딱히 널 미덥지 않다고 여기고 있는 건 아니야……."

생각지도 않은 말이었는지 유즈루는 크게 고개를 저었다.

"아닙니다. 딸을 아껴서 그런 거겠죠. 그런 생각은 안 합니다."

"……부끄러울 따름이야. 너는 필시 대처하기 어렵겠지…….”

"카야 님은 신경 쓰지 않으셔도 됩니다.”

"항상 부부 싸움을 중재해주고 있고…….”

"카야 님은 부모님에게 조심스러운 편이니까요. 그리고 제삼자인 제가 뭔가 말하면 대체로 머리를 식혀 주시는 분들이라 그렇게까지 고생하고 있지는 않습니다.”

"…….”

"사과하실 일은 아니니, 뭔가 생각하는 바가 있으시다면 칭찬해 주시면 좋겠습니다.”

"그런 거야?”

"그렇습니다.”

"뭔가 냉소할 것 같은데…….”

"카야 님이 생각하는 저는 얼마나 싫은 녀석인 겁니까…….”

"아니, 그렇지는 않지만.”

카야는 손전등으로 발밑을 비추며 옆에서 걷는 유즈루를 힐끔 보고 말했다.

"유즈루는 일을 잘해.”

"칭찬해 주시는 겁니까.”

"유즈루는 남을 잘 챙겨.”

"성은이 망극합니다.”

"유즈루는 인기가 많아.”

"……허?”

"3반의 얘기한 적 없는 여자애가 널 소개해 달라고 했어.”

유즈루는 카야에게 수당 얘기를 들었을 때보다도 싫다는 얼굴을 했다.

"……절대 그러지 마세요. 설마 승낙하신 건 아니겠죠?"

"안 했어. 네가 싫어할 것 같았으니까."

"만에 하나 접촉을 꾀한다면 적절히 처리하겠습니다."

"처리라고 하지 마."

"정중히 거절하겠습니다."

"그렇게 해줘. 불쌍하잖아."

"3반의 모르는 여자애가 몰상식하게 부탁했는데도 불쌍하게 여기십니까?"

"……."

"당신께서 이 나라의 『아침』이라는 것을 전할 수 없는 게 몹시 아쉽습니다."

"나는 평범한 여고생으로 있는 게 더 좋아."

카야와 유즈루는 평소처럼 잡담하며 산을 올랐다.

그날의 의식과 관련해 불행했던 것은 온종일 내린 비가 더욱 거세져서 강수량이 늘고 상당한 악천후로 바뀌어 갔다는 점이었다.

비구름은 여전히 물러날 기미가 없었다. 두 사람 모두 방수 바지와 비옷은 입고 있지만, 그래도 이런 빗속에서 계속 밖에 있는 것은 힘들었다. 냉기는 몸에 독이다.

"유즈루, 오늘은 텐트를 치자."

"네. 나무 밑에서 기다려 주십시오. 가져오겠습니다."

두 사람은 재빨리 대책을 세웠다. 매일 산에 오르는 사수와 사수지기에게 악천후에 대응하는 혁신적인 방법은 없었다. 그저 참고 견딜 뿐이다. 유즈루는 성역 근처의 수풀에 숨겨둔 도구 상자에서 특별 주문한 팝업 텐트와 소형 등유 난로를 꺼내 바로 설치했다. 사수는 화살을 쏘는 시간을 조정하기에, 날씨에 따라서는 이런 물건도 사용했다.

텐트가 펴지자 두 사람은 도망치듯 안으로 피난했다. 누우면 꽉 찰 만큼 좁지만, 그렇기에 몇 초 만에 펼칠 수 있다는 것이 이 텐트의 좋은 점이었다. 등유 난로도 여름까지는 쓰지 않지만 이제부터는 대활약이다.

"수건으로 얼굴 닦아 주십시오."

"응. 유즈루도."

"에이센 님이 걱정하실 테니, 정기 보고 시간은 아니지만 먼저 연락하겠습니다."

"부탁할게."

카야와 유즈루는 각자 빠릿빠릿하게 행동한 뒤, 텐트 안에서 빛나는 작은 랜턴 불빛을 의지하여 화살을 쏠 시간까지 조용히 대기했다.

"바람이 점점 심해져."

"카야 님, 괜찮으시겠습니까?"

"할 수 있어. 얼른 끝내자."

상정한 시각이 되자 마침내 카야는 하늘에 빛의 화살을 쐈다.

화살을 쏜 순간, 가느다란 몸이 비를 맞으며 휘청거렸다.

유즈루는 쓰러지는 카야를 끌어안고 다시 텐트로 옮겼다. 어째서 그녀가 이렇게 비바람을 맞아야 하는지 어떻게도 할 수 없는 생각을 하며.

사수인 한, 병에 걸리지 않고 상처도 금방 낫는다.

정보로서 알고는 있어도, 이런 추위 속에서 기절해야 하는 일을 시킨 데다가 비를 맞게 하는 것은 마음이 아팠다. 매번 있는 일이지만 유즈루가 카야의 기절 상태에 조마조마하고 있으니 하늘은 점차 아침의 모습을 되찾았다. 그렇다고는 해도 비바람이 거세고 날이 흐린 것은 변함없어서 새벽하늘도 우중충했다. 잠시 후 카야도 눈을 떴다.

"아침은 왔어?"

"네, 카야 님."

그 후로는 다시 허둥지둥 하산을 준비했다.

사용한 물건을 도구 상자에 되돌려 놓고, 동물이 뒤적이지 않도록 확실하게 잠근 뒤, 왔던 길을 돌아갔다.

하늘이 눈물을 쏟는 것처럼 내리는 비 때문인지 카야의 마음은 줄곧 시끄럽게 술렁거렸다. 뭔가가 몰아세우고 있는 것 같은 기분이었다.

—어쩔 수 없는 일이긴 하지만, 오늘은 곰도 그렇고 비도 그렇고, 재난의 연속이네.

체념의 경지에 이를 수밖에 없었다. 대자연 속에서 살아가는 것은 그런 것이다.

환경을 받아들이고, 생활에 어느 정도 타협점을 찾아야 한다.

"카야 님, 땅이 질퍽거립니다. 조심하세요."

"알고 있어……."

"손을 잡을까요?"

신의 의식을 끝낸 뒤에는 신통력 사용의 폐해로 몸에 별로 힘이
안 들어간다.

카야는 조금 휘청거리고 있었다.

"……."

평소 같으면 괜찮다며 거절했겠지만, 끊임없이 내리는 비와 휘몰
아치는 바람이 버거웠기에 얌전히 유즈루의 손을 잡았다.

"잡을래……."

유즈루는 웃었다.

"경사 조심하세요. 천천히 내려가도 되니까요."

"응."

등산 장갑을 끼긴 했지만, 그의 손이 자신의 손을 감싸고 있으니
조금 안심이 됐다.

"아래까지 내려가면 아버님이 기다리고 있습니다."

"응……."

유즈루도 쉬게 해주고 싶었다. 둘이서 얼른 차에 들어가고 싶다고
생각하며 무거운 발을 한 걸음씩 움직였다.

"……."

그때, 불현듯 카야는 어떤 위화감을 알아차렸다.

구구궁, 구구궁.

산속에서 묘한 소리가 났다.

빗소리에 섞여있긴 하지만, 확실히 평상시의 산에서 들리지 않는 소리였다.

"……?"

땅울림과도 비슷하지만 조금 다르게 느껴졌다. 카야는 그 소리를 의심스럽게 여기고 발을 멈췄다.

"카야 님?"

유즈루는 눈치채지 못했는지 의아한 얼굴을 했다.

"유즈루. 잘 모르겠지만, 지진일지도."

이럴 때의 감은 카야가 더 뛰어났다. 자연 속에서 지낸 햇수는 유즈루보다 길었다.

조금 전까지 피곤했는데, 위험 속에 있다는 인식이 카야의 오감을 급속도로 예민하게 했다.

—뭔가가 이상해.

이상하리만큼 심장이 크게 뛰기 시작해서, 카야는 유즈루와 맞잡은 손을 무의식적으로 세게 고쳐 잡았다.

"소리가 나. 모르겠어?"

"빗소리가 심해서 잘 모르겠습니다. 흔들림은 안 느껴지는데, 카야 님은 느껴지십니까?"

"아니, 이제 오려는 걸지도 몰라."

"이제?"

"응, 아마도 이제 곧."

카야는 주위를 경계했다. 그와 동시에 나무들 틈에서 비를 피하던 새들이 일제히 하늘로 날아올랐다.

그 광경에 깜짝 놀란 카야는 뒷걸음질 쳤다. 유즈루도 그 모습에 놀라고 말았다.

"유즈루…… 저기 봐."

카야는 내려가려는 경사면에서 물이 넘치고 있음을 알아차렸다. 빗물이 고여서 그렇게 보이는 게 아니었다. 각각의 현상이 뭔가 특별한 것을 시사하고 있다는 생각이 들었다.

"카야 님, 조금 큰 나무들 밑으로 이동하죠."

지진이 온다면 잡을 것이 있는 게 나았기에 카야도 그 의견에 동의했다. 둘이서 근처에 있는 나무 아래로 이동하려고 움직였다.

"……카야 님!!"

유즈루가 외친 그때, 발밑이 갑자기 무너졌다. 아니, 미끄러졌다.

순식간에 벌어진 일이었다. 가을에 있었던 장마가 시라누이다케에 서서히 영향을 미쳐서 바로 오늘 【산사태】를 일으키리라고는 누구도 예상하지 못했을 것이다.

"유즈루!"

소용돌이 한복판에 있으면 알 수 없는 법이다. 나중에 돌이켜 보면 자신들이 얼마나 위험한 곳에 있었는지, 어떻게 대처하면 좋았을지 이해할 수 있지만, 그 순간에는 알아차리지 못한다.

"……카야 님……!"

다만 이때 카야가 미리 멈춰 서서 불안을 전했던 것이 유즈루에게는 큰 도움이 되었다. 손을 잡고 있었다. 발밑이 무너져 버렸을 때도 손은 한 번도 놓지 않았고, 오히려 카야를 잡아당겨 자신의 품에 안을 수 있었다.

그래서 소중한 것을 제대로 지킬 수 있는 자세로 굴러떨어졌다.

"……윽!"

카야의 비명은 목 안쪽에 틀어막혔다.

두 사람의 몸은 내던져진 인형처럼 흙 위를 튕겼고, 가차 없이 경사면에 떨어지며 계속 낙하했다. 그 행위는 영원히 멈추지 않을 것 같은 기세로 움직이고 있었고, 두 사람에게는 영원처럼 여겨지는 시간이었다. 그 정도로 오랫동안 낙하했다. 넝마 같은 꼴이 된 두 사람이 멈출 수 있었던 것은 무참히도 거목에 부딪혔기 때문인데, 유즈루가 기지를 발휘해 몸을 비틀어 궤도를 튼 것이다.

구구궁, 구구궁.

산사태는 한동안 계속되다가 이윽고 불쾌감을 동반하는 소리가 멎었다.

"……."

두 사람의 의식도 한동안 정지했다.

돌발적으로 일어난 이 재해는 다행히 산의 형상이 바뀔 만큼 큰 붕괴를 초래하지는 않았다. 길은 보수해야겠지만, 산기슭까지 토사가 쏟아져 대참사가 벌어지는 규모에는 이르지 않았다.

문제는 불운하게도 산사태에 휘말린 청년과 소녀였다.

카야는 일찌감치 기절했다. 유즈루가 안아줬다고는 하지만, 둘 다 계속 땅을 굴렀다. 신의 의식을 치르고 기력과 체력을 잃은 상태였던 그녀는 격렬한 낙하를 견딜 수 없었다.

"……카야 님, 카야 님……."

멀리서 유즈루의 목소리가 들렸다.

"……카야 님……!"

자신을 부르는 소리에 카야는 점차 의식이 돌아왔다.

일어나야 한다는 마음이 카야의 의식을 지배했다.

아무리 몸이 비명을 지르고 있어도, 사수지기를 고독하게 해서는 안 된다.

사수에게 사수지기는 일련탁생의 관계. 부르고 있다면 응답해야 한다.

—몸에 힘이 안 들어가.

유즈루를 안심시키고 싶지만, 몸은 그대로 쓰러져 있기를 원했다.

뼈도 살도 비명을 지르고 있었다. 움직이지 말라면서.

하지만 이대로 쓰러져 있으면 이윽고 저체온증으로 죽을 가능성도 있다.

"……카야 님! 일어나 주세요!"

그 순간, 유즈루의 절박한 말과 함께 하늘이 요란한 천둥소리를 냈다.

카야는 순간 벼락을 맞았다고 착각했다.

멀지 않았다. 상당히 가까운 곳에 벼락이 떨어졌을 것이다. 번쩍이는 번갯불이 주변을 채웠다. 무시무시한 뇌명에 카야는 깜짝 놀라서 벌떡 일어났다. 몸은 아픔을 호소했지만, 일어날 수 있었던 것은 행운이었다.

"유즈루!"

구원을 바라듯 사수지기의 모습을 찾으니, 그는 바로 옆에 있었다. 무릎 꿇고서 기절한 카야를 지켜봐준 것 같았다.

곤란한 듯 웃고 있었다. 그 웃는 모습은 전 사수지기와 똑같았다.

"아아, 다행이다……. 일어나셨군요. 아픈 곳은 없으십니까?"

카야를 안심시키듯 유즈루는 일부러 평소보다 침착한 목소리를 내고 있었다. 카야는 그런 유즈루를 보고 더 초조해졌다.

"……나보다도, 네가, 더……"

카야의 입속은 피와 자갈과 흙으로 엉망이라서. 쉰 목소리를 내는 게 고작이었다. 잠시 콜록거렸다. 유즈루가 앞에 있지만, 침을 뱉고서 콜록거리고, 그 행동을 반복했다.

"카야 님……."

유즈루가 등을 쓸어줬다. 카야는 부끄럽다고 여기면서도, 그 손길에 조금 마음이 편해졌다.

"……괜, 찮아……. 유즈루, 는?"

"저는 아무렇지도 않습니다."

유즈루는 확실하게 말했다.

보아하니 확실히 그는 무사한 것 같았다. 큰 외상은 보이지 않았다. 카야보다 먼저 각성하여 상황을 확인하고 있었을 것이다. 지극히 냉정했다.

"카야 님, 먼저 자신의 상처를 확인해 주세요. 걸으실 수 있겠습니까? 손과 발을 천천히 움직여 보세요."

카야는 시키는 대로 자신의 사지가 움직이는지 확인했다.

움직이는 건 문제없었다. 아마 온몸에 멍과 내출혈이 생겼겠지만,

카야의 몸은 저주라고도 할 수 있는 회복력을 가졌기에 흉터가 생길 걱정도 없었다.

"괜찮으신 것 같군요. 일어나 보세요."

전신을 부딪친 탓인지 그야말로 갓 태어난 새끼 사슴 같은 상태였지만, 그 자리에서 제자리걸음을 조금 되풀이하자 점차 평상시의 감각을 되찾을 수 있었다. 사수에게 부여된 신체 강화 덕분이었다. 체력적으로는 힘들지만, 걸을 수는 있었다.

그 외에 지장이 있는 것은 우비도 방수 바지도 곳곳이 찢어져서 몸이 흠뻑 젖었다는 것 정도. 저체온 상태가 길어지면 지금의 약해진 몸으로는 또 기절할지도 모른다. 어서 이곳을 벗어나야 했다. 카야는 추워서 이가 덜덜 떨리기 시작했지만, 유즈루가 눈치채지 못하도록 행동했다.

"괜찮은 것 같아. 네가 지켜줬으니까……. 고마워."

"다행입니다……. 안심했습니다."

"있잖아, 유즈루는 정말 괜찮은 거야?"

"어떻게든. 몸은 굉장히 아프지만요."

"뼈 부러졌어?!"

"아뇨, 타박상 정도입니다."

유즈루는 웃으며 팔을 흔들었다. 카야는 황급히 말렸다.

"하지 마. 지금은 괜찮아도 나중에 영향이 나타날지도 몰라……."

"괜찮습니다. 저는 카야 님보다 몸을 단련했어요."

"그렇겠지만, 너는 나처럼 괴물 같은 몸을 받은 건 아니잖아."

"……카야 님."

유즈루는 자신이 상처받은 것 같은 표정을 지었다.

"다음부터 나는 감싸지 마. 실험한 적은 없지만, 아마 나는 거목에 몸이 깔려도 안 죽어. 그런 식으로 만들어졌어."

카야는 장갑을 벗어서 상처를 보여줬다. 아프다고 생각했던 손등은 역시나 찢어져 있었다. 이런 사고가 일어났어도 가차 없이 내리고 있는 비 때문에 피가 씻겨서 상처가 보였다.

하지만 그 상처들은 카야와 유즈루가 응시하는 동안 점점 아물었다.

"봐, 기분 나쁘지?"

카야가 그렇게 말하자, 유즈루는 카야의 손을 잡아 억지로 다시 장갑을 끼게 했다.

"상처가 덧납니다. 그리고 당신은 그 권능에 감사해야 합니다."

"……."

"솔직히 지금 몸이 아파서 카야 님의 기적의 힘을 나눠주셨으면 좋겠다는 생각이 들 정도입니다."

"미안……."

카야가 순순히 사과하자 유즈루는 카야의 손을 그대로 잡았다.

"손은 이제 안 아프십니까."

"안 아파."

"그럼 이대로 잡고 내려가죠."

두 사람은 본래 걸어야 할 등산로를 우회하여 내려가기로 했다.

다소 시간이 걸리지만, 취할 안전책이 이것뿐이었다. 덤불길은 기진맥진한 그들에게 한층 더한 시련을 줬다. 발을 움직일 때마다 숨이 찼다.

"아래까지 내려가면 에이센 님에게 후게키 일족에 긴급 연락을 보내 달라고 하죠. 사람을 동원해서 여길 어떻게든 하지 않으면 내일 있을 의식에 지장이 생깁니다. 아니, 애초에…… 이제 이 길은 못 쓰겠죠."

"응. 아마 전문가를 불러서 다른 길을 지정받게 되겠지……. 역대 사수도 올랐던 길이 이렇게 되다니……. 유즈루, 아마 본산에서 많은 사람이 올 거야. 다른 사람이랑 같이 산을 오르게 되겠지. 너, 내일은 쉬어."

"……그렇죠. 그렇게 부탁드리는 게 좋을지도 모르겠습니다."

드물게도 그가 휴식을 승낙해서 카야는 깜짝 놀랐다.

"유즈루……."

물론 쉬었으면 해서 그렇게 말했지만, 불안해졌다.

"역시 몸이 안 좋구나……? 내가 업어줄까?"

걱정이 되어 그렇게 말하자 유즈루는 웃었다.

"제가 업는다면 모를까, 카야 님에게는 무리예요. 괜찮습니다."

"하지만 어딘가 아픈 거잖아. 나도 너의 힘이 될 수 있어."

"……괜찮습니다."

괜찮다고, 유즈루는 말했다. 그래도 카야는 불안이 가시지 않았다. 유즈루에게 잇따라 말하고 말았다.

"유즈루, 아빠한테 지금 연락하자. 내가 미덥지 못하다면 아빠한테 부축받자. 당장 병원에 갈 수 있게 준비해 두는 게 나아."

"그게, 짐은 낙하하면서 어딘가로 사라졌습니다. 제 것도…… 카야 님 것도…… 찾을 수가 없어서. 짐을 찾는 것보다 내려가는 게 먼저라고 판단했습니다."

"어?"

듣고 나서야 카야는 자신도 짐을 분실했음을 깨달았다. 카야는 배낭을 메고 있었지만, 굴러떨어질 때 어깨끈 부분이 찢어진 걸지도 모른다.

"……."

카야는 멍해졌다. 전부 유즈루를 의지하고 있다는 걸 새삼 깨달았다. 유즈루가 말하기 전까지 짐이 없다는 것조차 몰랐다. 자신은 손을 끌어주는 상대가 있지만, 그는 그렇지 않다. 카야가 하는 일이라고는 그저 뒤따라가고 있는 것뿐이었다.

"카야 님, 걱정하지 마세요. 만에 하나 에이센 님이 비컨을 들고 찾으러 오시더라도 엇갈릴 일은 아마 없을 겁니다. 우회했지만 지금은 정규 루트를 따라가고 있습니다. 이대로 가면 오히려 마주칠 가능성이 더 커요."

"……."

"카야 님, 왜 그러십니까?"

"유즈루, 힘들면 나한테 기대. 알았지? 내려갈 때도 내 손에 힘을 줘. 자신의 힘을 너무 쓰지 마."

카야는 하산하는 발걸음을 재촉했다. 유즈루보다도 앞서 걸으려고 했다.

"저를 도와주시는 건가요."

"그래, 맞아. 몸에 난 상처도 거의 나았어. 지금은 내가 더 건강해."

"든든하네요. 종자를 아끼는 주인이십니다."

"당연하지. 종자가 아니더라도 널 지킬 거야."

힐끔힐끔 뒤돌아보니, 유즈루는 힘없이 웃고 있었다.

카야가 생각하는 것보다도 유즈루의 상태는 훨씬 안 좋은 걸지도 모른다.

―아아, 신이시여.

카야는 어딘가에 있을 아침의 신에게 기도했다.

그의 상처가 큰 후유증이 남는 것이 아니기를.

그가 비바람을 맞은 탓에 병에 걸리지 않기를.

그가 이런 한심한 자신을 싫어하지 않기를.

카야는 기도할 수밖에 없었다.

평소보다 시간이 흐르는 것이 느리게 느껴졌지만, 이윽고 등산로 입구 근처까지 하산할 수 있었다.

"카야―! 유즈루!"

불현듯 빗소리에 섞여 에이센의 목소리가 들렸다. 정기 보고가 오지 않자 참지 못하고 시라누이다케를 오르기 시작했을 것이다. 카야는 아빠의 목소리를 듣고 얼굴이 환해졌다.

"아빠―!"

큰 목소리로 대답했다.

"카야아아아!"

"아빠!"

주룩주룩 내리는 찬비도 서로를 부르는 부녀의 목소리까지 방해하진 못했다. 계속 부르다 보니 이윽고 서로의 방향을 알 수 있었다. 나무들 사이로 에이센의 모습이 보였다. 카야는 웃으며 돌아보았다.

"유즈루, 이제 괜찮아!"

그도 미소 짓고 있었다.

"아빠한테 도와달라고 하자! 차를 운전할 수 있는 사람이 있어서 다행이야…….."

"네."

"미안해. 여기까지 내려오는 거 힘들었지? 미안…….."

"아뇨……. 저야말로 죄송합니다……. 카야 님에게 사과드려야 할 일이 있습니다."

"……뭔데?"

유즈루는 또 곤란한 듯 웃고 있었다.

—어라?

카야는 조금 이상하다고 생각했다. 유즈루의 목소리가 조금 멀게 들렸기 때문이다.

이렇게나 가까이 있는데, 멀었다. 빗소리 때문에 그런 건 아닐 것이다. 갑자기 그런 생각이 든 것은 잡고 있던 손이 어느새 떨어진 탓일까.

"……정말 죄송합니다. 당신이 소중한 나머지 당신을 속이고 말았습니다."

카야는 말을 할 수가 없었다. 어떻게 된 거지.

그에게 이것저것 묻고 싶은데, 갑작스러운 일에 당혹스러워서 물어볼 수 없었다.

　—그러고 보니, 어째서 유즈루는 옷이 별로 안 더러워진 걸까.

　혼란스러운 가운데 무작정 하산한 탓에 카야는 여러 가지 이상한 점을 놓쳤다.

　"분명 화를 내시겠죠."

　—어라?

　카야의 몸에 오한이 퍼졌다.

　"하지만 당신은 상냥하니까…… 이런 저라도 용서해주실 거라고 믿고 있습니다."

　오싹하게 소름이 돋고, 그리고 숨을 쉴 수 없었다.

　—아닐 거야.

　"정말 죄송합니다……."

　설마, 그런 게 아니었으면 좋겠다.

　"카야 님, 부탁드립니다."

　하지만 곤란한 듯 웃는 이 남자가 다음에 무슨 말을 할지 예상이 가고 말았다.

　"제 몸, 나중에라도 좋으니까 회수해 주시겠습니까?"

　또 천둥이 쳤다.

　카야는 산사태에 휘말렸을 때보다 큰 충격을 받았고, 그러면서 어떻게든 말이 나왔다.

　"……유즈, 루."

어리석은 사수에게 눈을 뜨라고 말하는 것처럼. 우레가 굉음을 뿌렸다.

"유즈루, 지금, 어디 있는 거야……."

카야가 묻자 유즈루는 또 웃었다. 그리고서 눈앞에 있는 유즈루는 확실하게 그 손으로 카야의 머리를 쓰다듬었다. 감촉이 있었다. 평소와 같은 그의 손이었다.

―아아.

그렇지만 이건 그가 아니다. 카야는 마침내 유즈루가 하는 말을 이해할 수 있었다.

"에이센 님, 에이센 님, 이쪽으로."

멍하니 있는 카야를 내버려 두고서, 유즈루는 달려온 에이센에게 말했다.

"하아, 하아…… 유즈루, 어떻게 된 거야!"

유즈루는 에이센의 호흡이 진정되고 나서 말했다.

"에이센 님, 카야 님을 차에 태워서 우선 보호해 주십시오. 그런 다음 구조를 요청해 주십시오. 제 몸은 지금 여기 없습니다."

"……무슨 소리를……."

말문이 막힌 에이센에게 유즈루는 산 위를 가리켰다.

"산사태가 일어났습니다. 그 부근에 있습니다. 곧 있으면 의식이 끊어지겠죠."

그는 아주 담담했다. 제정신이 아니라고 의심하고 싶어질 만큼.

아마 중상을 입었거나 빈사 상태일 것이다.

그런데도 지금 냉정하게 『자신의 몸』의 처리를 부탁하고 있었다.

"매우 위험한 곳입니다. 대응할 수 있는 자만 보내 주십시오. 머리를 부딪쳐서, 피가 입에도 코에도 들어올 만큼 흐르고 있고, 다리도 부러졌습니다. 들것이 있는 게 좋겠지만…… 운반하기 어렵겠죠. 대략적인 신장과 체중을 전달해 주십시오. 그러는 게 구조하는 사람의 선택지가 늘어납니다."

카야는 유즈루에게 손을 뻗었다. 만질 수 있었다. 체온도 있었다.

하지만 유즈루는 이곳에 있는데 없다.

"유즈루…… 어째서……?"

카야가 떨리는 입술로 물었다.

"……어째서, 나한테 환상을 보여준 거야……."

답은 알고 있었다.

"당신을 지키기 위해서입니다."

그리고 유즈루는 당연하다는 듯 대답했다. 자연스럽게 카야는 자신의 입을 틀어막았다.

비명을 지를 뻔했다. 자신이 저지른 과실 때문에.

—현기증이 날 것 같아.

징후는, 확실히 있었다. 카야가 놓쳤을 뿐이다.

창백해져서 기절할 것 같은 주인에게 종복은 말했다.

"카야 님, 『신성 은폐』는 이렇게도 쓸 수 있다는 걸 저는 여름에 알았습니다. 황혼의 주종의 일은 정말 안타까웠지만, 좋은 배움도 얻었다고 생각합니다."

—나는 어째서, 항상.

"저쪽 사수지기의 발상에는 놀랐습니다. 무의식적으로 했다고 들었는데, 정말 대단해요. 분명 저는 묘하게 냉정해져서, 바로 대역을 세운다는 생각은 못 했을 겁니다. 하지만 그렇기에 오늘은 할 수 있었습니다. 당신이 기절해 있는 동안 의도적으로 술식을 짰습니다."

—어째서, 항상.

"매일 자기 전에 조금씩 권능을 연습하길 잘했어요."

누군가를 상처 입히는 쪽에 서게 되는 걸까.

"이렇게나 힘들 줄은 몰랐지만요."

카야는, 이런 건 싫다며 울었다.

카야는 언제나 항상 시야가 좁다.

『……카야 님, 카야 님…….』

그가 괜찮아 보인다는 것 자체가 이상하다는 걸 깨닫지 못했다.
유즈루는 카야를 끌어안아 지켰다. 의복도 피부도 머리카락도 좀
더 엉망이고, 진흙투성이고, 카야가 그 자리에서 평정심을 잃을 만
한 모습을 하고 있어야 했는데.

『아아, 다행이다……. 일어나셨군요. 아픈 곳은 없으십니까?』

유즈루를 봤더니 안심이 돼서, 그래서 사고가 정지했다.
카야에게 유즈루는 그런 존재였다.
그가 있으니 괜찮다. 그가 있으니 괜찮다.
그래서 생각을 그만뒀다.

『저는 아무렇지도 않습니다.』

근처에는 유즈루가, 보여주기도 주저할 만한 그의 모습이 있었을
것이 틀림없다.
그걸 숨긴 것은 그의 상냥함이다.
카야를 위해, 유즈루는 자신의 환영을 만들어 그녀를 대피시켰다.

『솔직히 지금 몸이 아파서 카야 님의 기적의 힘을 나눠주셨으면 좋겠다는 생각이 들 정도입니다.』

　괜찮을 리가 없다. 사수지기라고 해도, 뭐든 할 수 있는 초인인 것은 아니다.
　유즈루는 카야와 몇 살 차이밖에 안 나는 젊은 청년이다. 그런 그가 주인만을 그 자리에서 이탈시키며 사라져 가는 뒷모습을 지켜봤다면, 얼마나 불안했을까.

『손은 이제 안 아프십니까.』

　상처 입은 상태로, 그래도 카야의 마음을 지켰다.

『……그렇죠. 그렇게 부탁드리는 게 좋을지도 모르겠습니다.』

　그는 카야의 사수지기니까.

유즈루는 카야에게 용기를 주듯 미소 지었다.

"하지만 괜찮습니다. 아직 살아있습니다. 살아있기에 이렇게 환상을 만들 수 있었습니다. 당신을 무사히 산에서 내려보낼 수 있었습니다."

카야에게는 잔혹한 일을 구원이라 속삭였다.

"……어째서!!"

강제로 구원받은 카야는 탄식할 수밖에 없었다.

"2차 재해가 어떻게 일어날지 알 수 없는 상황이었습니다. 현장에서 벗어나는 게 급선무였어요."

"하지만 네가 남아있잖아?!"

"그렇죠. 하지만 거듭 말씀드리는데, 저는 아직 죽지 않았습니다. 앞으로 많은 어른이 저를 도와줄 겁니다."

"나는……?"

"카야 님은 부디 무사히, 안전한 곳에 계세요."

"내가 유즈루를 도와야 하잖아!"

카야는 환술로 만들어진 유즈루의 곁을 지나, 왔던 길로 돌아가려고 했다. 하지만 아빠 에이센이 그 팔을 잡아 제지했다.

"카야!!"

아빠의 호통에 카야는 순간 주춤했으나, 곧장 다시 뛰어가려고 했다. 에이센은 그걸 절대 허락하지 않고, 평소보다 더 큰 목소리로 말했다.

"카야! 바보 같은 짓 하지 마! 네가 위에 가봤자 아무런 도움도 안돼!"

엄격한 말은 카야의 가슴을 찔렀다.

"하지만……!"

"잔말 말고. 알겠어? 유즈루가 한 일을 헛되이 만들지 마."

카야의 마음속 연약한 부분이 아픔을 호소했다.

하지만 그건 사랑하는 사람을 잃을 지경이 되어 이성을 잃은 현인신에게는 필요한 말이었다.

"지금은 유즈루를 위해 시간을 할애해야 해. 너의 『하지만』이나 『그치만』을 들을 시간은 없어."

에이센은 이때 카야의 아빠로서, 다른 부모로부터 유즈루라는 청년을 맡은 어른으로서 최선의 행동을 해야 했다.

"유즈루, 내가 지금 구급 세트를 가지고 가마. 괜찮아. 이럴 때를 대비해 강습을 받았어. 실전은 처음이지만, 구조대가 올 때까지 지혈하고 비바람으로부터 지키는 것 정도는 할 수 있어."

에이센의 말에 환영 유즈루는 조금 울 것처럼 웃었다.

"감사합니다."

그도 어서 구조받고 싶은 거다. 그 웃는 얼굴을 보면 알 수 있었다.

"휴대전화로 연락하지 않은 걸 보면 망가진 건가?"

"아뇨…… 분실했습니다. 아마 어딘가에 있긴 할 겁니다. 카야 님의 짐도……. 죄송합니다. 그 심각한 상황에서 카야 님에게 찾아달라고 하는 것보다는 무사히 내려보내서 구조대를 부르는 게 낫다고 판단했습니다. 저는 전문가가 아니라서 모르지만, 그 길은 또 무너질지도 모르니 짐을 찾는 카야 님까지 움직이지 못하게 돼요……."

"……."

"그리고 만약 제가 움직이지 못하니 짐을 찾아달라고 솔직히 말했다면 카야 님은 계속 그 자리에 남았을 겁니다. 그런 상황에서 저를 버리는 분은 아니니까요."

유즈루는 카야를 보았다. 그리고 상냥하게 속삭였다.

"카야 님. 저는 당신이 상냥한 사람이라는 걸 압니다."

사람을 지키는 상냥함이었다.

"그래서 거짓말을 했습니다. 무사히 다시 뵙게 되면, 직접 사과드리고 싶습니다."

이런 청년이라서, 유즈루도 사수지기가 될 수 있었다.

"유즈루…… 미안…… 미안……."

이런 사람이라서, 간단히 자기 자신을 버렸다.

"카야 님, 사과하지 마세요. 제가 돌아오면, 잘했다고 칭찬해 주시면 됩니다."

에이센은 유즈루의 말을 듣고 크게 고개를 끄덕였다. 그리고서 결심한 모습으로 말했다.

"그래. 종적과 비컨을 보며 간다면 장소는 특정할 수 있겠지. 사고 현장 부근에 짐이 있을 테니까. ……카야, 너는 차 안에 있어. 앞으로 상황 설명이네 뭐네 이것저것 복잡한 일을 해야 해. 이번에는 네가 연락책이 되는 거야. 이건 일로서 하는 말이야. 알았지?"

에이센은 카야에게 억지로 자신의 휴대전화와 자동차 키를 쥐여 줬다. 카야와 시선을 맞추고 타이르듯 말했다.

“아빠는 지금부터 유즈루를 도우러 갈 거야. 너는 엄마한테 전화
해서 구급차와 국가 치안 기구를 불러달라고 해. 엄마라면 이런 때
에 제대로 대처할 수 있어. 그리고 엄마도 이쪽으로 오라고 해. 예
비 비컨과 무전기도 몽땅 가져오라고 하고. 그러면 아빠랑 연락할
수 있어. 그리고 경비문 사람을 이쪽으로 보내도록 지시해. 본산보
다 먼저.”

카야는 울면서 고개를 끄덕였다. 그리고 아빠의 말을 되뇌었다.

“엄마한테 전화한다. 구급대와 국가 치안 기구, 경비문에 연락한다.”

자신이 지금 해야할 일을 절대 잊지 않기 위해.

“그래. 그리고 본산은 마지막이야. 사수의 신원과 등산로 은폐에
관해 뭐라 뭐라 말할 게 뻔해. 인명보다 명예를 중시할 가능성이
커. 할 수 있는 일을 다 한 다음에 연락해.”

“……알았어.”

이번에는 카야가 유즈루를 보았다.

“유즈루, 나, 도울게.”

유즈루도 카야를 보고 있었다.

“네, 카야 님.”

“기다리고 있어, 유즈루.”

“네, 당신이라면 할 수 있습니다. 괜찮습니다.”

그렇게 말하고서, 본체가 한계였는지 눈앞의 유즈루는 물거품처
럼 사라져 버렸다.

“유즈루……!”

카야도 에이센도 아연실색했다. 그때까지 확실히 그곳에 있던 사

람이 홀연히 사라졌다.

지금까지 이야기했던 상대가 환상이었다는 현실을 직시하게 되었다.

머리로는 이해해도 『신성 은폐』의 높은 정밀도에 놀라고 말았다.

그와 동시에, 다쳤음에도 불구하고 범상치 않은 집중력으로 멀리 떨어져 있는 카야에게 환상을 계속 보여주며 원격으로 조작한 유즈루의 실력에도 경악했다.

그리고 마지막으로 남은 것은 불안이었다. 그는 분명 지금 의식이 없다.

"카야, 시작하자."

에이센의 말에 카야는 손등으로 눈물을 닦고 고개를 끄덕였다.

이런 날에도 아침은 무사히 찾아왔다.

많은 백성이 그러하듯, 누군가의 수고로 누군가의 생활이 지탱되고, 또 누군가의 삶에 큰 슬픔이 찾아오더라도 그날이 가장 좋은 자도 있다. 사람의 인생은 그러한 순간의 반복이다.

후게키 유즈루의 수색은 신속히 이루어졌고, 국가 치안 기구와 후게키 일족의 요청으로 시라누이다케 주변은 【산사태】의 영향으로 일시 봉쇄되었다. 야마토에 단 한 명뿐인 아침의 현인신을 지킨 사수지기는 달려온 구급대에 의해 병원으로 이송되었다. 환상이 아닌 진짜 유즈루의 모습은, 그 자신이 말했던 대로 머리를 크게 다쳐서 살아있는 게 아니라 단순한 피투성이 시체로 보였다.

의료 기관에 그의 몸이 넘어갔을 때는 이미 늦어서 위독한 상태가 되었다.

유즈루의 가족은 아들의 임종을 지켜보라는 연락을 받고 즉시 에니시로 향했다.

후게키 카야와 카야의 가족도 결단을 내려야 했다.

잔혹한 말을 딸에게 하기로 결단한 사람은 에이센이었다.

"카야. 너, 오늘도 산에 오를 수 있겠어?"

무슨 일이 있어도 아침과 밤의 장막을 찢어야 한다.

폭풍이 일어도 산을 오르고.

천둥이 쩌렁쩌렁 울려도 춤추노니.

벗이 죽어도. 가족이 죽어도. 연인이 죽어도.

노래하고, 춤추며, 화살을 쏘라.

그것이, 신의 대행자라는 존재이므로.

제 3 장
조각별, 찾았다

이 꿈이 백일몽이라는 것은 알고 있었다.

『카야 님.』

그가 멀쩡한 모습으로 달려왔기 때문이다.

『유즈루, 괜찮은 거야?』
『네, 카야 님. 도와주셔서 고맙습니다.』

어디인지도 알 수 없는 새하얀 세계에서 펼쳐지는 그저 좋기만 한 꿈이었다.

『……다행이다. 정말 다행이야. 걱정돼서 가슴이 미어지는 것 같았어…….』
『정말 폐를 끼쳤습니다.』
『폐라니……. 유즈루, 나야말로 폐를 끼쳤어. 이제 그런 짓은 하지 마. 나는 괴물이라고 했잖아. 도와주지 않아도 됐어.』
『그럴 수 있을 리가 없다는 걸 당신도 아시잖습니까……. 제가 당신을 버릴 수 있을 리가 없습니다. 카야 님…… 큰일을 겪었지만, 둘 다 무사해서 다행입니다.』
『응…….』

구역질이 날 만큼 자기만족을 위한 망상.

『왜 우십니까?』

『……응.』

『기뻐서 우시는 겁니까?』

『……슬퍼서.』

『저는 무사한데…….』

『네가 조금이라도 다친 게 싫어. 너의 피 한 방울이라도, 흐르는
건 싫어.』

망상 속에서도 그는 상냥하다.

『그것참…… 카야 님. 그렇게나 저를 잃는 게 무서우셨습니까?』

상냥하다.

무서웠어, 라고 대답했다.

아니, 너무 흐느껴서 그 말은 그저 오열이 되어버렸다.

그는 자신을 위해 울어주는 주인을 봐서 기쁜지 미소 지었다.

『하지만 이제 괜찮습니다.』

『정말……?』

―아아, 괜찮아지고 싶어.

『예, 괜찮습니다.』

『그런 생각은 안 들어. 앞으로도 무서운 일이 일어날지도 몰라.』

『제가 또 지키겠습니다.』

『아니야. 내 안전은 상관없어. 유즈루, 널 잃는 걸 견딜 수 없어.』

『…….』

『옆에 있어줘. 하지만 중요한 순간에는 나를 버려줘.』

—이게 현실이라면.

『어려운 부탁을 하시는군요.』

『본심이야. 나 때문에 너를 잃고 싶지 않아. 바보 같아. 내가 널 놓아줬다면 이런 일은 안 일어났을 텐데.』

『카야 님…….』

『유즈루, 어째서 버리지 않은 거야. 어째서…….』

『그야 당연한 것 아닙니까. 저는 당신을 지키기 위해 이곳에 있습니다. 지키지 않는다면 존재의의를 잃습니다. 허수아비가 되어버립니다.』

『……아무것도 못 해도 돼. 나는 그저 네가 옆에 있어주기만 해도 좋았어. 정말이야. 내가 지켜줬으면 하는 건 몸이 아니라 마음이야. 유즈루, 이제 절대로 위험한 짓 하지 마.』

『이렇게 무사하지 않습니까. 그런 말씀 하지 마세요.』

『제발, 위험한 짓 하지 마. 아아, 그래도…… 돌아와줘서 기뻐…….』

『저도 돌아오게 되어서 기쁩니다, 카야 님..』

─이게 현실이라면 좋을 텐데.

현실은 그렇게 상냥하지 않다.

"카야."

부르는 소리에 의식을 되찾았다.
쉬지 않고 계속 움직인 폐해인지. 아니면 구원을 바란 기도 탓인지.
카야는 병원에서 허황된 꿈에 빠져 있었다. 현실이 너무 혹독해
서, 죽음을 바라는 마음이 필사적으로 몸을 살리려고 하는 걸지도
모른다.
"저쪽 부모님이 오신 모양이야. 예의 바르게…… 알지?"
빈 껍데기 같아진 딸에게 에이센은 조심스레 말했다. 뭔가 조금이
라도 충격을 주면 망가질지도 모른다. 그런 모습인 자식에게, 그래
도 시련을 줘야 했다.
"설명은 엄마가 하고 있을 테니까, 아무튼 우리는 성의를 보이는
거야. 너도 힘들겠지만 부모는 더 힘들어. 그걸 이해하고서 제대로
행동할 수 있지?"
"……."
카야는 대답하고 싶었지만, 목이 바짝 말라서 말이 안 나왔다.
"카야……?"
어떻게든 의사를 표시하고 싶어서 바닥을 본 채 고개를 끄덕였다.
자신의 손이 보였다. 손톱에 피가 껴 있었다.

유즈루의 피였다. 그녀가 가져온 아침의 햇빛을 받아 검붉게 존재를 주장하고 있었다.

『이건 너 때문에 흐른 피다』라고.

가슴이 아팠다. 눈물샘이 자극되었다.
억지로 얼굴을 들어서 눈물이 넘치는 걸 막으려고 했지만, 쓸데없는 발악이었다.
유즈루가 자신을 감싼 탓에 크게 다쳤다. 목숨이 위태롭다. 그 사실이 너무 무거워서, 너무 슬퍼서, 눈물은 멎었다가 흐르고, 멎었다가 흐르기를 이어갔다.
볼살과 혀를 깨물고, 어떻게든 침을 만들어 삼켰다. 겨우 목이 소리를 냈다.
"미안, 듣고 있어. 바로, 반응할 수가 없어서."
걱정하는 아빠에게 카야는 그렇게 대답했다.
"그래, 괜찮아."
"제대로, 할게."
"……."
"제대로, 할 수 있어."
너무 애처로운 모습을 보고 에이센은 탄식했다.

이윽고 카야는 유즈루의 부모와 대면했고, 깊이 머리를 숙였다.

"죄송합니다. 제 탓입니다."

그걸로는 부족하여 무릎을 꿇고 바닥에 머리를 박으려고 했지만,
누군가가 막았다.

"……죄송합니다, 죄송합니다…….”

사과받고 있는 상대는 아무 말 없이 울고 있었다.

"제가 아드님을 위험에 빠뜨렸습니다……. 전부 제 탓입니다."

유즈루의 부친은 울고 있는 모친 대신 말했다. 당신 탓이 아니라고.

"아뇨, 제 탓입니다…….”

병실에는 이제 가족만 들어갈 수 있었다.
카야는 가족이 아니기에, 병원의 하얀 복도에서 그저 하염없이 유
즈루의 가족에게 사과할 수밖에 없었다.

"죄송합니다…… 죄송합니다…… 죄송합니다."

용서해 달라는 말은 꺼내지도 못했다.

"죄송합니다……. 정말 죄송합니다. 전부 제 잘못입니다. 제가 전부 잘못했습니다. 아드님을 사수지기로 달라고 바라는 것이 얼마나 무거운 죄인지 몰랐습니다. 정말 죄송합니다…… 죄송합니다…… 죄송합니다."

분명 나를 싫어할 거다, 라고 말했던 유즈루의 모친이 울며 노려보았다. 그 시선을 받으며 하염없이 머리를 숙였다.

—아아, 죽어버리고 싶어.

"죄송합니다."

시라누이다케에서 산사태가 일어난 소식은 순식간에 퍼졌다.

사고 발생은 새벽의 사수가 빛의 화살로 밤의 장막을 찢은 후. 새벽하늘이 모습을 드러내고 여명이 밝아 아침을 맞이하려 할 때.
카야와 에이센이 중심이 되어 사고 현장 대응은 신속히 이루어졌지만, 유즈루의 용태는 생각보다 나빴고, 중상이었다. 카야는 전 사수지기인 유즈루의 부친에게도 연락했고, 유즈루의 부모는 현 거주지인 테이슈에서 비행기를 타고 에니시로 날아왔다.
에니시의 공항에서 시라누이까지 차로 두 시간 반 정도 걸린다.
카야의 엄마인 슈리가 사고 현장 대응을 도중에 마무리하고 즉시 공항으로 차를 몰아 맞이했다. 그리고 카야는 유즈루가 이송된 시라누이 병원에서 그의 부모와 대면하고 있었다.

"카야 님, 어쨌든 일단 좀 쉬십시오……. 이곳은 이제 괜찮으니까요."

카야를 걱정하듯 말해준 사람은 전 사수지기였다.

카야는 줄곧 숙이고 있던 고개를 들어 그를 보았다.

"소우시……."

유즈루의 아빠, 후게키 소우시는 유즈루와는 별로 닮지 않은 남자였다.

아마 얼굴은 소우시 뒤에서 어깨를 떨며 울고 있는 엄마 쪽을 닮았을 것이다.

조금 자세가 구부정하고, 키는 멀쑥하게 크지만 몸은 가늘었다. 안경을 쓴 온후해 보이는 남자였다.

"카야 님은 오늘도 신의 의식이 있습니다. 줄곧 식사도 하지 않고 대응해 주셨다고 들었습니다. 옷도 안 갈아입으시고, 진흙과 피투성이입니다. 일단 저택으로 돌아가세요."

카구야와 함께 사수의 환경을 개선하고, 카야가 무척이나 잘 따랐던 전 사수지기.

그런 것치고는 너무 평범한 모습이지만, 말을 하면 신기하게도 구심력을 발휘하는 인물이었다.

"소우시, 유즈루가 어떻게 될지 모르는데 돌아갈 순 없어……."

조용한 복도에 울리는 심오한 목소리가 강제로 귀를 기울이게 했다.

"아들은…… 이제 가족이 간호하겠습니다."

말을 꺼내면 고승에게 설법이라도 듣고 있는 듯한 기분이 들었다.

이 점은 후게키 카구야와 조금 닮았을지도 모른다.

카구야는 보는 사람을 종종 압도하는 엄숙한 분위기를 풍겼다.

소우시는 딱 보기에도 온화한 남자지만, 말을 걸어오면 등이 꼿꼿하게 펴지게 됐다. 외유내강의 표본같은 인물이라고 할 수 있다.

"소우시, 하지만 나는, 나는 유즈루의 주인이고."

카야도 소우시에게는 강하게 나가지 못하는 것 같았다.

"……카야 님, 이제 됐습니다."

아마 카야에게 소우시는 올바른『연장자』일 것이다.

자신을 고독에서 구하고 지켜준, 평생 꼼짝 못 할 연장자.

그렇기에 카야는 깊이 경외했다. 두 사람은 주종 관계이긴 했고, 표면상으로는 그렇게 행동하고 있지만, 실제로 관계의 주도권을 쥐고 있는 사람이 소우시인 것은 일목요연했다.

"……앞으로 하루나 이틀 뒤면 아들은 아침과 밤의 신의 곁으로 떠날 겁니다. 그러니 이제 됐습니다."

감정을 억누르고 꺼낸 체념의 말은 아주 잔혹했다.

하지만 그건 카야를 위해서 한 말이었다. 하늘에 화살을 쏘는 것을 제외하면 평범한 아가씨일 뿐인 카야가 할 수 있는 일은 별로 없다. 그렇기에 고개를 조아리고 있었다. 누군가가『이제 됐다』라고 말하지 않으면 카야의 사죄는 끝나지 않는다.

"하지만, 뭔가 할 수 있는 일이……!"

용서받지 못하더라도 사과하는 것은 카야에게 성의였다.

하지만 그건『유가족』이 될 사람들의 눈에 어떻게 보일까.

"카야 님, 이건 맹세코 원망해서 하는 말이 아닙니다. 미리 양해를 구하겠습니다. 부디 마지막은 가족끼리 보내게 해주십시오."

가족끼리 슬픔을 공유할 수 있게 해주지 않는 이 사건의 원흉에게 어떤 감정을 품을까.

눈엣가시. 방해물.

성가셔. 사라져줘.

지금 상황이 아마 그럴 것이다.

말문이 막힌 카야에게, 소우시는 비가 뚝뚝 내리기 시작한 듯한 말투로 계속 이야기했다.

"이제 유즈루의 형들도 올 겁니다. 친척들에게도, 소꿉친구에게도 말했습니다. 카야 님 곁에서 사수지기로 지낸 약 3년간…… 그들은 유즈루와 만나지 못했습니다. 그러니 아무쪼록 모두가 차분한 마음으로 유즈루를 보내줄 수 있도록……. 그리고 카야 님도 유즈루의 상황을 받아들일 수 있도록, 일단 병원을 떠나셨으면 합니다."

카야는 예전에 매우 좋아했던 상대에게 크게 거부당하고 있었다.

지금 하는 말은 확실히 상냥함이기도 했지만, 배제이기도 했다.

카야는 유즈루의 가족이 아니다. 이 사건의 피해자이긴 하지만, 유즈루를 위독한 상태로 만든 원인이기도 하다. 그런 아가씨가 창백한 얼굴로 울면서 계속 사죄하면 친족의 마음이 편해질 수 없다는 소우시의 주장은 타당하긴 했다.

만약 유즈루가 말할 수 있는 상태였다면, 카야의 문병을 환영하고 소중한 사람이라고, 따뜻하게 맞이해 달라고 가족에게도 부탁했을 것이다. 하지만 유즈루는 의식 불명의 중태다.

카야에게 여기 있어도 된다고 말해줄 사람은 한 명도 없었다.

유즈루가 카야를 사랑하는 것. 카야도 유즈루를 아낀다는 것.

두 사람의 주종 관계는 널리 알려지지 않았다.

"카야 님……."

소우시의 눈에는 피로와, 절망과, 슬픔과, 그리고 카야에 대한 연민이 담겨 있었다.

물고 늘어지는 카야에게 소우시는 계속해서 타이르듯 말했다.

"원망하지는 않습니다. 카야 님에게는 유즈루가 필요했습니다."

이성적인 사람이었다. 자신도 큰 불행을 겪고 있는데, 카야라는 아가씨는 비난해야할 상대가 아님을 제대로 이해하고 있었다.

"……그리고 카야 님에게 아들을 넘겨준 사람은 접니다."

벌어진 일은 어쩔 수 없다.

게다가 천재지변이 원인이다. 누구도 어떻게 할 수 없는 사건이었다.

만약 고칠 거라면 카야와 유즈루의 만남부터 다시 시작해야 한다.

그러니 어쩔 수 없는 일이다. 말하고 싶지 않아도 카야를 위해 그렇게 말할 수밖에 없었다.

"소우시……."

카야는 그래도 쫓아내지 말아 달라고 눈으로 호소했지만, 역시 소우시는 고개를 가로저었다.

"유즈루도, 전화할 때마다 카야 님 얘기만 했습니다. 그 아이는 카야 님을 모시는 것이 삶의 보람인 것 같았습니다."

"……나는, 내가 더, 유즈루를 필요로 해서……."

"제가 전 사수지기라서 그런지 경쟁심을 불태우기도 했죠. ……건방지다고 생각하면서도 저는 그게 조금 기뻤습니다. 제가 하지 못했던 일을 아들이 힘내 주고. 카야 님에게도 보탬이 되고. 그 아이는 자랑스러운 아들이었습니다."

이미 소우시의 말은 전부 『과거형』이었다.

그는 유즈루의 죽음을 받아들이려는 것이다.

그래서 카야에게 부탁하고 있었다.

"카야 님, 부탁드립니다. 마지막은 가족끼리."

신은 어딘가로 가 달라고.

차갑지만, 당연한 요구이기도 했다.

그 후 카야는 멍하니 서 있다가, 슈리와 에이센에게 반쯤 끌려가는 형태로 그 자리를 떠났다.

그리고 들었다. 아빠인 에이센에게.

『카야, 너, 오늘도 산에 오를 수 있겠어?』라고.

질문을 받은 카야는 대답할 수 없었다.

카야, 슈리, 에이센은 병원의 로비에서 여전히 침묵한 채였다.

"……에이센 씨."

가장 먼저 침묵을 깬 사람은 슈리였다. 결심한 얼굴로 말을 이었다.

"오늘, 원래 카야의 의식에 함께 갈 사람은 나였어. 하지만 당신이 갈 수 있을까……?"

“……갈 순 있어. 하지만.”

“누군가는 병원에 남아야 해. 유즈루의 부모와 얘기할 거면 나랑 당신 중에서는 분명 내가 더 나아.”

“여기 남는 게 더 힘들 거야…….”

“알고 있어. 하지만 당신은 말주변이 부족하니까.”

“……그건.”

“내가 유즈루의 가족과 얘기하는 게 나아.”

“…….”

에이센은 입을 다물었다. 말주변이 부족하다는 자각은 있을 것이다. 에이센과 슈리. 지시 계통이라면 에이센이 위겠지만, 이럴 때 남을 배려하여 행동할 수 있는 사람은 슈리다. 【유가족】과 함께 시간을 보낼 것을 고려하면 역시 슈리가 적임이었다.

“카야…… 엄마는 산에 오르라는 말은 안 할 거야.”

슈리는 내내 울며 말을 못 하는 카야의 손을 잡았다.

“아니, 말 못 해……. 카야의 현재 심정을 생각하면, 엄마는 도저히 말 못 해…….”

“…….”

카야는 입을 열려고 했으나 말이 목에 걸려 나오지 않았다.

“하지만 갈 준비는 하자. 유즈루가 큰일을 겪게 되었어. 물론 그 아이는 카야에게 무척 다정했으니까, 그저 호의로 그랬으리라는 걸 나는 알지만…….”

카야의 손을 쓸어 주며 말했다.

“사수지기라서 너를 구한 것도 사실이야.”

부디 딸에게 쏟아지는 죄가 조금이라도 가벼워지기를 기도하며.

"그 아이는 정말 반듯한 아이니까, 지금도 의식이 있었다면 분명 말했을 거야. 『카야 님, 아침을 가져오죠』라고……."

카야는 어디에도 맞추고 있지 않았던 눈의 초점을 슈리에게 맞췄다.

어느새 슈리도 울고 있었다. 제 자식뿐만 아니라 유즈루도 걱정하며 보냈던 이 모친이 울지 않을 리 없었다. 지금도 목소리가 눈물에 젖어있었다.

"조금, 쉬고…… 그리고 나서 생각해봐. 엄마는 카야가 어떤 결단을 내리더라도 그걸 존중하니까. 억지로 산에 보내는 사람이 있다면 방패가 될게."

분명 그런 일은 불가능하다. 후게키 일족도 속속 모여들고 있었다.

다음 사수지기는 어쩔 것인지, 부재한 동안 결손을 보충할 팀 편성까지 이미 본산에서 검토 중이었다. 예전에 유즈루의 아빠인 소우시가 그랬듯이.

모친이 아무리 다정한 말을 건네도, 카야는 강제로 산에 가게 되리라.

휴식이 허락되는 신분은 아니니까.

"그럼 둘 다 일단 저택에 돌아가. 비랑 진흙으로 엉망인 채잖아. 따뜻한 물에 몸을 담가 마음을 진정시키고 와. 조금 자는 게 좋겠어."

"……그렇지. 카야, 가자."

"……."

카야는 역시 아무 대답도 할 수 없었다. 슈리에게 매달려 울지도 않았다.

눈물은 줄곧 흘리고 있지만, 누군가를 갈구하지는 못했다.

그러고 싶다는 마음은 적잖이 있었으나, 지금 자신만 엄마를 부르며 우는 것은 잘못됐다고 느꼈다.

―유즈루.

카야의 사수지기는 줄곧 엄마와 만나지 않았다. 만나게 해주려 했는데 이렇게 됐다.

그리고 유즈루가 가족과 만나지 못한 원인은 카야다.

그도 분명 엄마에게 『다녀왔어』나 『오랜만이야』라고 말하고 싶었을 텐데.

―잘못됐어.

유즈루에게 일어나고 있는 모든 일이.

―잘못됐어.

막연히 그렇게 생각했다. 카야는 그저 자신이 현실을 받아들이지 못하는 것임을 이해하고 있었지만, 머릿속에는 줄곧 잘못됐다는 말이 울렸다.

에이센은 몸도 마음도 얼어붙어 입을 다물어 버린 딸의 손을 끌어서 차에 태우고 저택으로 돌아갔다. 그도 온몸이 피와 진흙투성이였다.

"……다녀왔습니다. 자, 카야…… 신발 벗어."

그리고 견디기 힘든 통증과 피로가 온몸에 엄습해 있었다.

기절한 유즈루를 찾아내서 응급처치를 하고, 구급대가 오려면 시간이 걸린다는 것을 알자 유즈루를 업고서 하산했다. 구조가 본업이 아닌 남자가, 그래도 청년을 구하려고 악착같이 움직이고서 겨우 얻은 휴식이었다.

"카야, 아빠 잠깐 쉬게 해줘……. 조금 있다가 목욕물을 데워줄 테니까……."

거실 소파에 카야를 앉히고 자신도 바닥에 주저앉으니 그대로 한 발짝도 움직일 수 없었다. 긴 한숨이 흘러나왔다.

에이센은 평소와 달리 곰 대책으로 카야와 함께 산에 갔었기에 어제부터 한숨도 자지 못했다.

잘 상황이 아니라는 의식이 졸음을 쫓아냈었지만, 몸은 점점 무거워지기만 했다.

충격받은 딸에게 건넬 말도 떠오르지 않았다.

혼자 있게 해줄까, 하는 생각도 했으나, 카야의 얼굴을 보니 그럴 수도 없었다. 그저 아빠와 딸이 서로를 보듬듯 슬픔 속에 있었다. 아빠라고 해서 이럴 때 뭐든 할 수 있는 건 아니었다.

"……뭐야?"

좀 쉬려고 앉자마자 휴대전화가 울렸다. 에이센의 휴대전화였다. 카야에게 줬다가 다시 자신의 품으로 돌아온 그것을 떨리는 손으로 더듬더듬 찾았다.

후게키 일족의 본산에서 온 전화였다.

에이센은 혀를 찼다.

"카야, 아빠는 복도에서 통화하고 올게. 길어질지도 몰라. 직접 할 수 있을 것 같으면 목욕하고 있어. 샤워도 좋지만, 따뜻한 물에 들어가는 게 나아."

그렇게 말하고서, 비명을 지르는 몸을 채찍질하여 일어났다.

현장의 혼란과 비애를 무시한 사무적인 대화를 딸에게 들려주고 싶지 않았다.

"그리고 네 짐을 전부 회수하진 못했지만, 몇 개는 차 안에 있어. 휴대전화는 여기 둘 테니까……. 좀 진정되면 충전해둬. 엄마는 아까 그렇게 말했지만, 오늘 의식을 치르지 않는다는 선택지는 없어."

"……."

"유즈루를 위해, 반드시 하는 거야."

그 말을 남기고서 에이센은 거실을 나갔다. 카야가 대답하지 않은 것은 신경 쓰지 않았다.

아직 해야할 일이 있는 에이센에게 여유는 없었다.

딸이 자살을 꾀할 거라는 생각조차 안 했다.

"……."

혼자가 된 카야는 몸을 움직이지도 못했다.

정적 속에서, 머릿속에 말이 떠올랐다.

―죽는 게 낫지 않을까.

잇따라 샘솟는 자살 충동에 저항할 수 없었다.

―사죄하고 죽어야 하는 게 아닐까.

―유즈루가 죽는다면 나도 죽고 싶어.

이토록 자신의 죽음을 바란 것은 처음이었다.

—사수가 됐을 때, 죽고 싶었어.

지금 돌이켜 보면 그건 사실 『도망치고 싶다』라는 감정이었음을 깨달았다.

괴롭고 어떻게도 할 수 없는 일로부터 도망치고 싶었다.

하지만 도와주는 사람이 있다면 힘낼 수 있었다.

누가 좀 도와줘.

그래서 카야는 사수지기에게 매달렸다. 소우시에게 매달렸다.

이번에는 그렇지 않았다.

유즈루를 구하지 못한다면, 앞으로의 인생을 누가 지탱해주든 전혀 의미가 없다.

그런 건 의미를 가지지 못한다고 확실하게 알고 있었다.

—그러니 죽어야 해.

카야는 이때가 되어 마침내 진정한 자살 충동이 무엇인지 이해했다.

『죽고 싶다』가 아니라 『죽어야 한다』라는 강박 관념이 들었다.

—죽어야 해.

유즈루가 죽는다.

이 세상에서 사라진다.

그렇다면 자신도 사라지고 싶다.

아니, 안 사라진다면 이상하지 않을까. 맞다, 이상하다. 그러니까 그래야 한다.

사실은 죽고 싶지 않더라도 죽어야 한다.

왜냐하면 그래야만 하니까.

냉정히 생각하면 기묘한 정신 구조지만, 바라고 있을 때는 알 수 없다.

"......"

다만 어떻게 죽으면 좋은가, 어떤 방법이면 되는가 하는 문제는 붕 떠 있었다.

왜냐하면 후게키 카야는 무의 사수.

야마토에 단 한 명인『아침』.

사수는 사수인 한 불사신 같은 몸이 된다.

다친 혈관도 피와 살도 장기도 금방 회복된다.

높은 곳에서 몸을 날려도 소용없을 것이다.

한없이 넘쳐흐르는 생명력이 카야를 치유해 버린다.

머리를 총으로 쏴도 아마 살아있으리라.

목을 매는 건 논할 가치도 없다. 그저 고통스럽기만 한 시간이 끝없이 계속될 뿐이다.

무슨 짓을 하든, 이윽고 운명이 카야에게 말없이 제시한다.

어떤 때여도, 하늘에 화살을 쏘라고.

좋든 싫든, 자신이 무엇인지 통감하게 된다.

"......"

눈물샘이 자극받아 눈물이 뚝뚝 떨어졌다.

카야는 오열을 참지 못했다. 하지만 복도에 있는 아빠에게 들리지 않도록 조용히 울었다.

―유즈루.

그가 보고 싶다.

―유즈루.

이제 오지 말라고 소우시가 말했지만, 한 번 더 보고 싶었다.

죽은 뒤에나 다시 얼굴을 볼 수 있는 걸까. 아니, 애초에 장례식에 들여보내 줄지도 알 수 없었다. 분명 친족은 카야가 끼어드는 것을 탐탁지 않게 여길 것이다. 겉으로는 맞이해 주더라도, 죽음의 원인인 아가씨가 참례하길 원하지 않을 것이다. 인사만 하고 재빨리 떠나는 것이 예의라고 부모가 타이를 가능성이 컸다. 거기까지 생각하자 토할 것 같고 어지러웠다.

―벌써 죽은 후를 생각하고 있어.

유즈루는 아직 병원에서 목숨을 부지하고 있는데.

카야는 주먹을 쥐고 자신의 무릎을 때렸다. 연약한 힘이었다. 그래도, 조금이라도 자신에게 아픔을 주고 싶어서 무릎을 계속 때렸다.

―정말로 이제 방법이 없나.

지금 큰 병원으로 이송하는 것은 현실적이지 않았다. 가는 동안 죽어버릴 것이다.

―내 몸을 쓸 수 없을까.

유즈루도 그 권능을 갖고 싶다고 중얼거렸었다.

이 저주받은 불사의 몸을 이용할 수는 없을까. 아침을 위해서가 아니라 그를 위해 쓰고 싶었다.

그래서 자신이 죽는다고 하더라도 기꺼이 내놓을 텐데.

―이제, 다른 방법은.

정말로 없는 걸까?

"……."

카야는 다시 주먹을 움켜쥐고 무릎을 때렸다.

분명 내출혈이 일어났을 것이다. 하지만 금세 나으니까 상관없었다.

유즈루를 따라 죽을 수도 없는 몸 따위, 신경 쓸 필요는 없었다.

"카야, 아직 여기 있었어?"

에이센이 복도에서 거실로 돌아왔다. 통화가 끝났을 것이다. 또 울고 있는 딸을 보고, 에이센은 몇 번째인지 모를 한숨을 쉬었다.

"힘드네……."

그렇게 말할 수밖에 없었다.

에이센은 카야에게서 시선을 돌렸다. 애처로워서 보고 있을 수가 없었다.

시선을 옮긴 곳은 커다란 테라스 창으로 보이는 바깥 풍경이었다. 비는 여전히 계속 내리고 있었다. 호우 경보는 해제되었지만, 푸른 하늘은 보일 것 같지 않았다. 구름이 하늘을 덮었고, 하늘도 카야처럼 비라는 눈물을 흘리고 있었다. 낮인데도 방은 어두웠다. 에이센은 견디지 못하고 방의 불을 켰다.

"……전화가, 본산에서 온 건데……."

에이센은 카야에게 말했으나, 카야는 반응을 보이지 않았다.

그래도 에이센은 조금씩 카야를 일상으로 되돌리기 위해 말했다.

"……단순한 연락 사항이었어. 지금 에니시에서 겨울의 대행자님이 겨울 현현을 시작하셨잖아? 시라누이다케가 그렇게 된 여파가 저쪽에도 미쳐서……."

현재 시각은 오후 세 시경. 앞으로 몇 시간 뒤면 다시 산에 오를 준비를 시작해야 한다.

"대규모 현현을 할 장소는 사고 현장과는 다른 곳이지만, 혹시 몰라서 일정을 변경한다는 모양이야. 뭐, 그게 좋겠지. 가을에 내린 비가 땅속에 고여있다가 오늘 내린 비를 계기로 산사태가 일어났다는 게 현재로써의 견해인 것 같으니까."

분명 지금쯤 황혼의 사수도 하늘의 장막을 찢기 위해 류구의 산을 오르기 시작했으리라.

"산사태는 언제 일어날지 알 수 없다고 하지만…… 그렇다고 해도 며칠간은 피하는 게 좋아. 적어도 비가 그칠 때까지는. 현장의 목소리로 그렇게 전해줬어."

무의 사수는 매일, 아침과 밤을 가져와야 하니까.

"……카야."

에이센은 다시 카야의 모습을 살폈다. 조금은 현실을 봐줘야 하는데, 그녀는 여전히 어딜 보고 있는지 알 수 없는 채였다.

"카야, 아빠가 뭔가 할 수 있는 일이 있다면 말해줘."

"……"

카야는 답하지 않았다.

"뭔가 해줬으면 하는 일 없어?"

"……"

답하지 않았다.

"……그래. 일단 목욕물을 데우마. 2층의 네 방에 딸린 욕실을 쓸 거지? 아빠는 1층을 쓸 테니까……."

여전히, 답하지 않았다.

하지만 그런 그녀에게 조금씩 변화가 찾아오기 시작했다.

"……겨울."

불쑥 말한 것이다. 2층에 가려던 에이센이 멈춰 섰다.

"겨울 현현을 말하는 거라면, 시라누이는 현현이 연기됐으니까 이 상황에 눈까지 오는 일은 없어. 괜찮아."

그렇게 말하며 돌아보니, 조금 전과는 달리 감정을 드러내고 있는 카야가 있었다.

그녀는 몹시 초조해하고 있었다.

"아니야, 아빠…… 겨울이야……! 핸드폰!"

카야는 갑자기 몸을 움직이기 시작했다. 에이센은 처음에 자신의 휴대전화를 빌려달라는 건가 싶어서 내밀었지만, 카야는『아니!』하고 다급한 모습으로 말했다.

"네 거? 이게 네 거야. 근데 배터리가 별로 안 남았어."

"추, 충전, 지금 당장!"

그때 이미 카야는 소파에서 일어나 있었지만, 허둥지둥 충전기를 찾느라 그 자리에서 넘어졌다. 에이센은 흠칫했다. 무릎뼈가 깨졌어도 이상하지 않을 만큼 크게 넘어졌는데, 카야는 자신의 다리가 어찌 되든 좋은지 그대로 기며 주위를 둘러보았다.

"충전기!!"

비명처럼 외쳤다. 하는 수 없이 에이센은 바닥에 던져뒀던 자신의 가방에서 충전기를 꺼냈다. 콘센트에 꽂고, 카야의 단말에 연결해서 건네줬다.

“카야, 너 무릎에서 피가…….”

“나는 괴물이라서 금방 나아!”

아빠가 걱정하든 말든, 카야는 전화를 조작하기 시작했다. 그리고 어딘가로 전화를 걸었다.

화면에는 『카구야 오빠』라는 이름이 표시되어 있었다.

남쪽 섬에 사는 카야의 유일한 동료.

존경하는 선배. 어린 후배를 위해 동분서주해 준 신뢰할 수 있는 어른.

카야의 인생에 큰 영향력을 끼친 사람이었다.

“제발 받아줘. 제발, 제발, 제발, 제발.”

손이 떨렸다. 목소리도 떨렸다.

에이센은 딸이 실성했나 싶어서 그 모습을 아연히 바라보았다.

“제발 받아줘. 제발, 제발, 제발.”

카야는 기도를 담아 계속 말했다.

“제발, 제발, 카구야 오빠…… 받아줘!”

미친 듯이 외친 카야의 비통한 바람은 이윽고 이루어졌다.

『카야?』

자상하지만 어딘가 쓸쓸한 성인 남성의 목소리가 카야의 귀에 울렸다.

『카야……? 무슨 일이야? 나 지금 산인데…….』

“카구야 오빠, 부탁이야. 도와줘.”

카야의 절박한 음성을 듣고 카구야가 숨을 삼켰다. 그 소리가 카야에게도 들렸다.

"유즈루가 죽을 것 같아. 제발 도와줘. 카구야 오빠……."

『잠깐…… 처음 듣는 얘기야! 어떻게 된 거야.』

"도와줘, 제발……!"

『내가 할 수 있는 일로 유즈루 군이 살 수 있어?』

"모르겠어. 하지만 뭐든 하고 싶어……! 유즈루를 위해 뭐든 하고 싶어!"

카야는 지금 실낱같은 희망에 걸고 있었다.

봄이 끝나고, 여름이 오고, 가을이 지나, 그리고 겨울.

카야는 이 변천하는 사계절 속에서 어떤 행동을 했었다.

지금이야말로 그걸 이용할 때였다.

"겨울의 대행자님에게 말을 전해주면 안 돼?"

모멸당하더라도 상관없었다.

"여름에 진 빚을 갚아줄 수 있느냐고 여쭙고 싶어."

명예도 체면도, 그를 지키기 위해서라면 얼마든지 버릴 수 있었다.

제 4 장
신들의 회의

레이메이 20년, 11월 8일. 오후 세 시. 야마토 최남단 류구, 무의 사수의 성역 『류구다케』.

그 땅에서는 지금 밤을 관장하는 현인신, 후게키 카구야가 산을 오르고 있었다.

앞으로 몇 시간 뒤면 일몰 시각이 된다. 사수는 그 전에 성역에 도착해야 했다.

원래는 이 등산도 방해받아선 안 되는 신성한 것이지만, 성역에 거의 다 왔을 때 갑자기 전화가 걸려 와서 카구야의 걸음이 멈췄다.

"카야?"

휴대전화를 한 손에 든 카구야가 놀란 표정을 지었다. 그 옆에는 소년 사수지기 후게키 에켄도 있었다. 우여곡절을 거쳐 주인 곁으로 돌아온 소년은 여름보다 안색이 많이 좋아져 있었다.

에켄은 카구야에게 괜찮은 거냐고 눈으로 물었지만, 카구야도 알 수 없어서 어깨를 으쓱였다.

"카야……? 무슨 일이야? 나 지금 류구다케인데……."

『카구야 오빠, 부탁이야. 도와줘.』

처음 듣는 음성으로 카야가 도와달라고 해서 카구야는 또 놀랐다.

─도와달라니.

아무래도 피치 못할 상황인 듯하다는 건 알 수 있었다.

애초에 같은 무의 사수인 그녀가 아마도 등산 중일 카구야에게 전화를 건 것 자체가 이례적인 일이긴 했다. 걸면 안 되는 것은 아니지만, 예의에 맞는 일은 아니기 때문이다. 그걸 모를 아가씨는 아니었다. 그리고 알면서 어길 아가씨도 아니었다.

그런 그녀가 불경함을 알면서 연락했으니 상응하는 이유가 있을 것이다.

『유즈루가 죽을 것 같아. 제발 도와줘. 카구야 오빠…….』

이어서 나온 말을 듣고, 어째서 그녀가 선배 현인신에게 긴급히 연락했는지 알았다.

전화 너머로 대화한 적이 있는 청년 사수지기의 얼굴이 카구야의 머릿속에 떠올랐다.

"잠깐…… 처음 듣는 얘기야! 어떻게 된 거야."

후게키 유즈루는 카구야가 보기에도 젊고 건강한 청년이었다. 갑자기 죽을 위기에 처할 만한 나이는 아니었을 터다. 카야의 말 곳곳에서 묻어나는 초조함이 카구야에게도 바로 전염되었다.

『도와줘, 제발……!』

—농담이었으면 좋겠다.

상황이 너무 심각해서 그런 생각을 했지만, 머릿속의 냉정한 자신이 바로 그 불경한 생각을 부정했다.

카야는 사람의 죽음을 농담거리로 쓸만한 아가씨가 아니었다. 카구야는 일단 물었다.

"내가 할 수 있는 일로 유즈루 군이 살 수 있어?"

이건 단순히 무엇을 할 수 있느냐는 확인이었다.

카구야는 카야와 마찬가지로 사로잡힌 몸이라, 아무리 예뻐해도 멀리 있는 동료에게 직접 뭔가를 해주기는 어려웠다. 그래서 먼저 그 질문이 나왔다.

『모르겠어. 하지만 뭐든 하고 싶어……! 유즈루를 위해 뭐든 하고 싶어!』

카야의 비통한 외침이 카구야의 고막을 때렸다.

그리고서 카야는 한 호흡 쉬고 갈라진 목소리로 물었다.

『겨울의 대행자님에게 말을 전해주면 안 돼?』

평소의 그녀와는 분위기가 달랐다. 단 한 명뿐인 선배 현인신에게 스스럼없이 말하는 소녀신은 아니었다. 각오를 한 자의 분위기라고 말하면 좋을까.

『여름에 진 빚을 갚아줄 수 있느냐고 여쭙고 싶어.』

들어주지 않는다면 그 자리에서 죽을 기세였다.

"카, 카야…… 여름에 진 빚이라면."

충격적인 말을 연속으로 들어서 잘 돌아가지 않는 머리를 어떻게든 굴렸다.

"사계의 대행자님들이 소식불통인 루리 님과 아야메 님을 돕기 위해…… 카야를 통해서 나한테 연락했던…… 그걸 말하는 거야?"

올여름, 카구야도 큰일에 휘말렸었다. 류구다케를 중심으로 일어났던 대소동은 현인신 분야를 크게 뒤흔들었다. 카구야를 위협했던 암랑은 사수지기인 에켄이었고, 카구야의 마음을 지키기 위해 그 자신의 마음을 망가뜨린 결과, 사람의 길에서 벗어났었다.

사계의 대행자들은 봄에 일어났던 테러 사건을 거쳐 이번에는 내부로부터 공격받았고, 그 과정에서 카구야와 여름의 대행자가 만나고, 봄과 가을과 겨울도 달려오고, 사리사욕을 위해 현인신을 죽이려 한 자들과 싸우며, 대대적인 체포 작전으로 발전했다.

그 과정에서 겨울이 여름과 황혼의 협력 진영에 연락하기 위해 한 번도 엮인 적 없는 카야에게 간접적으로 접촉을 시도하여 연락을 부탁했다. 그 보람이 있어서 춘하추동 공동 전선은 합류할 수 있었다.

『맞아. 내가 카구야 오빠에게 위기를 알렸어. 그건 사계의 대행자님들에게 적잖이 도움이 됐잖아?』

카구야도 나중에 일의 경위를 겨울의 대행자와 그 호위관에게 들었다.

큰『빚』이 생겼다고, 확실히 그들은 말했다.

―하지만 그걸 지금 갚으라고 하는 건 좀 그렇지 않나.

원래는 같은 현인신끼리 선의로 해야할 일이었다. 보채듯이 뭔가를 요구하는 것은, 적어도 카구야는 받아들일 수 없었다.

"그야 그렇지만…… 구체적으로 뭘 부탁하려고? 내용에 따라서는 들어줄 수 없어."

카구야는 못을 박듯 말했다.

그녀가 지금 심각한 사태 속에 있더라도 이성을 잃게 해서는 안 됐다.

『카구야 오빠는 겨울의 대행자님의 연락처를 알려주기만 하면 돼. 그다음부터는 내가 알아서 할게. 유즈루를 위해서도……!』

"알아서 하겠다니…… 잠깐 기다려봐. 우선 상황을 정리하고 싶어. 유즈루 군이 죽을 것 같다고 했는데 어쩌다? 병에라도 걸렸어?”

『……오늘 의식을 치른 후, 시라누이다케에서 하산하는 도중에 산사태가 일어났고, 유즈루가 나를 지키고 중상을 입었어.』

“…….”

『위독한 상태라, 가족도 임종을 지키러 왔어.』

―최악이다.

상상한 것보다 몇십 배나 상황이 안 좋아서, 카구야는 벌어진 입을 다물 수가 없었다.

입동이 왔다고는 해도 아직 가을 상태인 류구는 다른 지역보다 온난하지만, 카구야의 체온은 단숨에 내려갔다. 핏기가 가셨다고도 할 수 있었다.

“일각을 다투는 사태라는 건 이해했어…….”

카구야는 에켄을 힐끔 보았다. 아들 같은 사수지기는 어리둥절한 표정을 지었지만, 카구야는 그가 건재한 것을 보고 안도함과 함께 가슴이 찢어지는 느낌을 받았다.

카구야도 에켄을 잃게 된다면 제정신으로 있지 못할 것이다.

“그래서 신사나 본산을 경유하는 게 아니라 나한테 전화한 건가.”

『맞아. 카구야 오빠한테 부탁하는 게 가장 빠르다고 판단했어.』

―가족이 임종을 지키러 온 상황에서, 이제 뭘 할 수 있지?

카구야는 의문을 그대로 입에 담았다.

“……겨울의 대행자님과 카야를 연결해 줄 수는 있지만, 그런 다음에 어쩌려고?”

『가을의 대행자님을 소개해 달라고 할 거야.』

“가을이라면…… 나데시코 님인가.”

카구야는 안 좋은 예감을 받았다. 무슨 말을 할지 알고 있었지만, 나무라고 싶어서 이름을 불렀다.

“……카야, 그건.”

『……가을의 대행자님의 이름은 몰라. 하지만 여름의 사건에 관해서는 카구야 오빠한테 대충 들었어. 가을의 대행자님이 어떤 권능을 가지고 있는지도.』

그건 금기이지 않은가, 라는 말은 지금 절망을 맛보고 있는 사람 앞에서 하기 어려웠다.

『생사를 조작할 수 있다고 들었어. 나는…… 어떤 대가를 치르더라도 그걸 부탁하고 싶어.』

이제 에켄도 카구야 근처로 다가와 대화를 듣고 있었다. 에켄은 놀라서 소리를 지르려다가 황급히 손으로 입을 막았다. 카구야도 소리를 지르고 싶은 기분이긴 했다.

“……소개해 줄 수는 있는데, 어려울 거야.”

『어째서?』

“나데시코 님의 권능은 만능이 아니야. 듣기로는 여러 가지 제한과 사용 조건이 있었어. 애초에 사계의 대행자님은 사계 조례라는 게 있어서 함부로 권능을 쓸 수 없어. 그야 그렇겠지……. 우리와 달리, 어떻게 쓰느냐에 따라 세상을 뒤집을 수도 있는 능력이야. 그걸 깨고 행동하게 하면, 저쪽은 분명 뭔가 보복을 당할 거야.”

『…….』

“무엇보다, 무의 사수의 사수지기라고는 해도, 전혀 관계없는 자를 치유하는 건 금기겠지. 대행자님에게 폐를 끼치게 돼."

카구야가 하는 말은 전부 정론이었다. 냉정해지면 카야도 자신이 얼마나 억지를 부리고 있는지 알 터다.

『민폐라는 건 알아.』

하지만 매달리지 않을 수 없었다.

『할 수 있는 일은 전부 하고 싶어. 유즈루는 나를 지키고 죽을 수도 있단 말이야.』

"……너를 지킨 건가."

『지켜줬어. 그럴 필요 없는데…… 지켜줬어.』

"그 아이에 관해서는 아직 잘 모르지만…… 전화로 얘기했는데도 카야만 신경 쓰고 있다는 건 전해졌었어…….."

『……유즈루는 좋은 사수지기야.』

"그렇지."

『나는 나쁜 주인이야.』

"……그건 아니야."

『나는 악인이어도 돼. 다른 신에게…… 어쩜 이렇게 무례한 녀석이 다 있냐고 여겨져도 좋아. 미움받더라도…… 바로 지금…… 카구야 오빠에게 미움받더라도…… 그래도 좋아.』

카야는 이제 버릴 것이 아무것도 없는 모습으로 말했다.

『카구야 오빠. 겨울의 대행자님을 소개해줘. 가을의 대행자님에게 내 부탁을 전해달라고 하고 싶어. 뭐든 할 테니 유즈루의 생명을 이어줬으면 좋겠어……. 제발, 뭐든 할게. 뭐든 할 테니까…….』

"……."

카구야는 그 자리에 주저앉았다. 생각할 시간을 조금 갖고 싶었다. 일각을 다투는 상황인 것은 안다. 하지만 이건 좋지 않은 일이다.

―올해는 왜 이렇게 시련이 많지.

실제로 카구야의 액운은 작년부터 이어지고 있지만, 올여름의 사건이 대소동이었기에 그런 인상이 되었다.

―내버릴 수도 없어.

어떤 형태든 좋으니 돌아오라며 전 아내와 사수지기의 귀환을 기다렸던 카구야는 카야의 마음을 아프도록 이해했다.

"카야, 기다려줘. 지금 사수지기한테도 상담해볼게……. 에켄."

카구야는 전화를 일단 귀에서 떼고 자신의 사수지기에게 물었다.

"네 의견을 듣고 싶어. 유즈루 군이 위독해. 카야는 가을의 대행자님에게 접견을 부탁하고 싶대. 유즈루를 살리고 싶어서……."

"네."

그는 주인과 눈높이를 맞추기 위해 자신도 그 자리에 쭈그려 앉았다.

"……나는, 이건 하면 안 되는 일이라고 생각해."

"……."

에켄은 입술을 깨물었다. 그러고 싶어지는 말이었을 것이다.

"나데시코 님의 권능은 가뜩이나 이용당하기 쉬워. 봄의 사건 때도 사람의 생사를 조작하는 힘을 가지고 있어서 역적에게 납치당한 거였다고 들었어."

"……현인신의 힘을 악용하는 건 있어서는 안 될 일이라고 생각해요."

"그렇지."

"하지만, 강요가 아닌 인명 구조라면……."

"『인명 구조』라는 말로 이쪽의 의견을 밀어붙인다면 역적과 크게 다를 게 없어."

"……."

"그리고, 얘기를 전하는 것만으로도 저쪽에 부담을 줘. 너나없이 대행자님의 권능을 의지하고, 거절당하면 원한을 품는. 그런 위험성을 키우는 행위야. 여기까지 듣고 너는 어떻게 느꼈어?"

간접적으로 이 대화는 카야에게 들리고 있을 것이다. 바람 소리와 나뭇잎 소리, 새소리가 산에 가득하지만, 소음이라고 할 정도는 아니었다. 즉, 카구야는 일부러 들려주고 있었다.

─미안, 카야.

그걸 알고서도 부탁한다는 걸 자각해 줬으면 했다.

"나데시코 님은 아주 상냥한 분이었으니까…… 그렇게 된다면 상처받으시겠죠……. 하지만……."

하지만, 하고 말을 끊은 후, 에켄은 애원하듯 카구야에게 말했다.

"카야 님을 위해…… 적어도 말은 해보면 안 될까요?"

"……."

"저는 강직한 카야 님밖에 몰라요. 이렇게 전화하셨다는 건, 지금 대단히 마음이 어지러우신 거예요. 저는 사수지기예요. 카구야 님이 가장 중요하지만, 똑같이 사수이신 카야 님도 경애하고 있어요. 지키고 싶어요. 전화를…… 하는 것 정도는……."

아무래도 에켄의 마음은 이미 정해진 것 같았다.

"……그런가. 너는 그런 마음인가."

그는 뭔가 하고 싶은 말이 있는 듯한 얼굴이었지만, 카구야의 말을 듣고 또 표정이 달라졌다.

"그럼 얘기가 다르지. 나도 사실은…… 카야를 위해 말 정도는 해 보고 싶어. 하지만 가을의 두 분에게도 폐가 되고, 네게도 폐가 되니까, 생각을 조금 확인하고 싶었어."

에켄은 이야기의 흐름이 바뀐 것에 기뻐했지만, 곧장 고개를 갸웃했다.

"제 생각을요?"

"그래."

"왜 확인하세요?"

에켄은 무구하게 『왜?』라는 표정을 지었다.

"왜냐니, 너……."

자신의 사수지기가 현인신에게 너무 맹목적이라서 카구야는 쓴소리를 했다.

"너랑 나는 언제 어느 때나 일련탁생. 공범이 되기 때문이야."

"……공범."

"……그래. 내가 안 좋은 짓을 하면 너도 같이 비난받아. 우리는 둘이서 하나라고 할 수 있는 주종이니까. 솔직히 이건 확실하게 후게키 일족의 높으신 분들과 싸우게 될 흐름이야. 나는 괜찮아. 이미 본산과는 마구 싸워 대는 사이니까. 카야랑 유즈루 군에 관한 일이라면 얼마든지 싸울 수 있어. 하지만 너는……."

"전 상관없어요."

"상관할 일이야. 네 장래와도 관련이 있어. 잘 들어. 나는 너보다 확실하게 먼저…….”

죽어버릴 테니 경력에 흠집을 내고 싶지 않다. 카구야는 그렇게 말하려고 했지만, 에켄이 말을 막듯 끼어들었다.

“오히려 기뻐요.”

이어질 말을 듣고 싶지 않았을 것이다. 두 사람은 나이가 많이 차이 나고, 언젠가는 헤어질 때가 찾아온다. 아마 확실하게 카구야가 에켄을 두고 떠날 것이다.

“……에켄, 기뻐하면 안 돼.”

소년 사수지기 입장에서는 듣고 싶지 않은 이야기였다.

“아뇨, 기뻐요. 둘이서 하나인 주종. 기뻐요.”

“에켄…….”

“애초에 제 평판은 땅에 떨어졌는걸요.”

“……아니, 그건…….”

여름에 있었던 암랑 사건의 범인이 그렇게 말하니 말문이 막혔다.

“카구야 님…….”

에켄은 본래의 그가 가진 살가운 웃음을 보이며 말을 이었다.

“주인의 뜻을 따르겠어요. 카구야 님은 날 따라오라고 말만 하시면 돼요.”

“……에켄.”

“그리고 저도 새벽의 사수님과 유즈루 님을 돕고 싶어요. 같은 입장이었다면 분명 저도 비슷한 부탁을 했을 거예요.”

그 말에는 설득력이 있었다.

여름의 사건 때는 늑대가 되어 산에서 난동을 부렸던 소년이지만,

에켄이 행동하는 기준은 언제나 카구야였다.

카구야의 마음이 망가질 것 같았기에 거짓말을 했다.
카구야가 자신을 버렸다고 착각했기에 늑대가 되었다.
카구야가 돌아오라고 말해줬기에 늑대에서 사람으로 돌아왔다.

—이 아이에게는 내가 전부구나.

그게 어이없기도 하지만, 그렇기에 거짓 없는 말이라고 믿을 수 있었다. 에켄은 카구야의 절대적 아군이다. 카구야는 그걸 나무라고 싶었지만, 역시 기쁘기도 했다.
—완전히 애한테 스며들었어.
이런 아이라서 예뻐할 수밖에 없다는 것을 인정하지 않을 수 없었다.
"너는 바보구나."
쑥스러워서 웃으며 소년 사수지기의 머리를 마구 헝클어뜨렸다.
에켄은 얼굴에 물음표를 띄우면서도 반색했다.
"저는 확실히 주인 바보예요."
"멍청이."
손을 뗐더니 좀 더 쓰다듬어 달라는 얼굴을 해서, 카구야는 에켄의 머리에 손을 얹은 채 말했다.
"알았어. 카야, 이쪽 얘기는 정리됐어. 협력할게. 그리고 일단 전화 끊을게."
『……괜찮아? 두 사람에게…… 폐가 될 거야.』

카야의 목소리는 너무 많이 운 탓인지 쉬어있었고, 조금 전까지의 기세도 꺾여있었다. 카구야와 에켄의 대화를 듣고 냉정함을 조금 되찾았을 것이다. 의기소침해 있다는 것도 느껴졌다.

"잘 풀릴지는 알 수 없어. 그건 일단 이해해줘."

『알았어…….』

"하지만 할 수 있는 일을 할 테니까. 나도 유즈루 군이 죽지 않았으면 해."

지금 이 순간, 카구야는 에켄이 있는 행복을 느끼고 있지만, 카야는 절망에 빠져있다.

그녀의 선배로서 어떻게든 해주고 싶었다. 그 마음은 진짜였다.

『……응, 미안……. 정말 미안해…….』

"괜찮아. 의지해준 건 기뻐. 카야, 그보다 물이라도 좀 마시고 진정해. 아까 같은 상태면 가을의 대행자님과 얘기가 되더라도 제대로 풀어갈 수 없어."

『……응.』

"이와이즈키 나데시코 님은 일곱 살이야. 아주 어른스러운 분이지만, 모르는 여자가 평정심을 잃고 대화를 요구하면 놀라실 거야."

『응, 응…… 맞는 말이야.』

"얘기하기 위해서도 일단 네가 정신 똑바로 차려야 해. 힘들겠지만 버텨내는 거야."

『응……. 카구야 오빠, 정말 미안해…….』

울먹이는 사죄를 들으니 카구야는 가슴이 아팠다.

"사과하지 마. 기다리고 있어, 카야."

그렇게 말하고 카구야는 전화를 끊었다.

카구야와 에켄은 일어났다.

"에켄, 아직 시간에 여유 있지?"

소년 종자는 팔에 찬 시계를 보여 줬다.

"전혀 문제없어요. 여기서 30분간 떠들어도 안 늦어요."

"알았어. 위에 가도 전파는 있지만, 먼저 전화하자."

하기로 정하고 나니 그다음은 빨랐다. 카구야는 휴대전화를 조작했다.

"겨울의 대행자님에게 거시는 건가요?"

"아니, 그냥 직접 가을에 걸 거야. 칸츠바키 님도 칸게츠 님도 지금 계절 현현 중이잖아."

말하면서 카구야는 자신의 얼마 없는 전화 명부에서 아자미 린도우를 골랐다. 에켄은 동의했다.

"아, 그런가……. 게다가 겨울 분들은 역적에게 공격당하기 쉽다고 했었죠……. 언제 어느 때 습격이 있을지 알 수 없으니 갑자기 전화하면 안 되겠네요."

"맞아. 미리 말해뒀다면 문제없겠지만…… 낮이니까. 바로 지금 계절을 현현하고 있을지도 모른다고 생각하면 망설여져. 애초에 그건 겨울이 진 빚이라기보다는 여름의 대행자님에게 연락하고 싶었던 모든 사람이 진 빚이니까 굳이 돌아갈 필요 없지."

"모든 분과 연락처를 교환해두길 잘했네요."

"그러게. 하지만 우선은 나데시코 님을 지키는 호위관님에게 말을 꺼내봐야 하는데……."

이야기하는 사이에 연결음이 나기 시작했다.

자, 그는 이 전화를 받아줄까.

이윽고 전화 너머에서 목소리가 들렸다.

"아, 아자미 님인가요? 오랜만입니다. 황혼의 사수 후게키 카구야입니다."

가을의 미청년 종자, 아자미 린도우는 갑작스러운 전화에 무척 놀랐으나 이내 용건을 물었다. 뒤에서는 어린아이의 사랑스러운 목소리가 들렸다. 가을의 대행자 이와이즈키 나데시코의 목소리일 것이다.

카구야가 꺼낸 말은 린도우를 또 놀라게 했지만, 사정을 들은 그는 주인의 승낙을 얻고서 일단 카야와 함께 얘기하자고 제안해줬다.

그로부터 십여 분 후, 류구다케 성역.

카구야와 에켄은 아직 가을빛이 남은 나무들에 둘러싸여 돗자리를 깔고 앉아 에켄의 소지품인 경량 태블릿을 들여다보고 있었다.

온갖 트러블 대응에 익숙해져 버린 가을의 대행자 호위관 아자미 린도우의 제안으로 『아침』과 『밤』과 『가을』의 3진영 면담을 하게 된 것이다. 유즈루가 위독하기에 빨리 이야기를 나눠야 한다는 의미도 있었다.

이러한 신들의 회의는 전자기기가 발달한 현대이기에 실현된 것이리라.

"뭐랄까, 까마득한 옛날의 현인신님에게『지금은 어디서나 다른 신과 얘기할 수 있어요』라고 말하면 깜짝 놀라겠죠."

에켄이 어린아이다운 감상을 중얼거렸고, 이에 카구야도 쓴웃음을 지었다.

태블릿 화면에는 각자의 현재 위치를 나타내는 배경이 비치고 있었다.

카구야와 에켄은 전술한 대로 자리 잡고 얘기할 수 있는 성역. 카야는 변함없이 자신의 저택. 가을 주종은 이동 중이었는지 차 안에서 통신 회담을 하게 되었다.

갑자기 소환된 가을의 대행자 이와이즈키 나데시코는 당황스러운 것 같았다.

『저기, 음…… 카구야 님은, 하늘에 밤을 줄 때까지 시간 아직 괜찮으세요?』

"네, 아직 괜찮습니다."

『다행이다……. 어어…… 카, 카야 님……도 아침을 주는 시간까지, 시간이 있으신 거죠……?』

『네, 제가 화살을 쏘는 건 심야라서……. 이번 일은 정말 죄송합니다……. 호위관님에게도 폐를 끼치게 됐습니다…….』

『아니에요, 아니에요. 저희가 할 수 있는 일이라면야.』

각자 얼굴을 보며 자기소개를 끝내고 마침내 본론에 들어갔다.

기본적으로 대화는 카구야와 카야, 그리고 나데시코가 주도했다. 각자의 호위관은 바로 옆에 있었다. 카야 쪽은 상황을 쫓아가지 못하고 혼란스러워하는 에이센의 모습이 뒤에 보였다.

『우선 단도직입적……으로, 사수지기님의 상처를 고칠 수 있는지 말씀드릴게요. 할 수 있는지 없는지 묻는다면, 할 수 있어요.』

나데시코는 말하기 시작하자 뭔가 스위치가 켜졌다.

『다만 저는 뭐든 할 수 있는 신이 아니에요. 제 생명 부패에도 여러 가지로 조건이 있어요. 예를 들어, 일단 옆에 있어야 고칠 수 있어요. 지금 저는 츠쿠시에 있는데, 여기서 에니시의…… 어어, 유즈루 님……? 유즈루 님을 고칠 수는 없어요.』

아마 이 소녀신은 자신의 영역에 관한 이야기가 나오면 자연스럽게 신에 가까워지는 것이리라.

카야도 카구야도 마른침을 삼키며 나데시코의 말에 귀를 기울였다.

『그리고 병은 못 고쳐요. 예를 들어, 병에 걸린 사람을 소생시킬 수는 있지만, 병 자체를 고치지는 못해요. 그래서…… 그런 분을 고치려고 해도, 결국 다시 괴로워지게 돼요…….』

『이와이즈키 님, 유즈루는 머리를 부딪치고 피를 너무 많이 흘려서 문제가 된 거예요. 그건 괜찮나요?』

『그런 경우는 고칠 수 있어요. 몇 년에 걸쳐 생긴 병과는 다르니까요. 출혈이나 타박상, 그런 걸로 생긴 손상을 고치는 건 제 특기예요.』

카야가 희망을 발견한 얼굴로 아빠를 돌아보았다. 그러나 나데시코는 미안한 듯 말을 이었다.

『하지만, 고치는 데 신통력을 사용해요. 저는 봄에 여름의 대행자 님이신 루리 님을 소생시켰지만, 그건 아주아주 특별한 상황이었어요. 루리 님이 돌아가셨던 산이 조건에 딱 맞았거든요.』

『조건이요……?』

카야가 의문스러워하자 나데시코는 단풍잎 같은 작은 손을 들고서 조건을 말할 때마다 손가락을 꼽았다.

『우선 첫 번째. 산에 영맥이 있었어요. 영맥이 있으면 아주 도움이 돼요. 가을을 현현할 때처럼 자연의 힘을 빌릴 수 있어서, 신통력을 잔뜩 써도 제가 쓰러지지 않아요.』

『시라누이다케는 영맥이 있어요! 아…… 하지만 유즈루는 지금 병원에 있어요……. 어쩌지.』

『유즈루 님이 있는 병원은 영산에서 먼가요?』

『아뇨, 시라누이는 분지라서…….』

나데시코가 얼굴에 물음표를 띄웠다. 어려운 말도 쓰는 일곱 살이지만, 분지는 모르는 단어였을 것이다. 카야는 황급히 설명했다.

『산에 둘러싸인 토지라는 뜻이에요.』

『아아!』

나데시코는 이해했다는 얼굴을 했다.

『빙 둘러싸여 있어서, 병원은 영산인 시라누이다케와 조금 거리가 있긴 해도 보이는 범위에 있어요.』

『……으음, 그렇다면…… 조금 멀어도 영맥을 더듬을 수는 있을 거예요. 가봐야 알 수 있지만……. 그리고 두 번째 조건이…… 영맥이 있어도 소생에 가까운 일을 하려면 원기가 필요해요. 루리 님을 소생시킬 때는 많은 사람에게서 기운을 흡수했어요. 그것도 아주 기운 넘치는 사람들한테서요.』

이 얘기에는 보충 설명이 필요했다.

옆에 있던 린도우가 【오우메】라는 곳에서 있었던 상황을 카구야와 카야에게 이야기했다.

애초에 그 땅에는 혈기 넘치는 개혁파 역적 집단 【카사이】의 아지트가 있었고, 유괴당한 나데시코를 구하기 위해 린도우가 많은 사람을 이끌고 있었다. 사계청 보전부 경비과 여름 직원과 가을 직원, 국가 치안 기구의 구성원, 국가 치안 기구 특수 부대 【호저】. 이러한 사람들이 난투를 벌이는 와중에 나데시코는 그들에게서 『원기』를 흡수했고, 그것을 사망한 루리를 소생시키는 힘으로 전환시켰다. 이 『원기』란 것은 말하자면 생명력이었다.

『생명 부패』는 부엽토의 생성방식을 구현한다. 가을이 되어 땅에 떨어진 나뭇잎은 이윽고 흙이 되어 생명을 키운다. 실제로 나데시코가 하는 일은 하나인데, 사람에게서 생명력을 흡수하는 것이다. 그것을 자신에게 흡수시키는가 타인에게 흡수시키는가, 다른 형태로 방사시키는가는 나데시코의 재량이다.

카구야는 이야기를 듣고 씁쓸한 표정을 지었다.

"그건 확실히 특별한 조건이네……. 건장한 전투 직종 사람들에게서 생명력을 흡수했다는 말이잖아? 나데시코 님이 지금부터 에니시로 가시더라도, 도착하기 전에 똑같은 조건의 사람들을 모을 수 있을까?"

『아니, 그냥 나한테서 흡수하면 그만이야, 카구야 오빠.』

그 말을 듣고 카구야는 납득했다.

무의 사수인 카구야와 카야는 강제로 매일 산에 오를 수 있는 몸이 되었다. 나데시코는 사수의 이런 특성을 여름에 조금 듣긴 했기에 『아!』 하는 표정을 지었다.

『아야메 님의 남편분…… 렌리 씨를 고치려고 했을 때…… 말씀해 주셨던 거요?』

"그래, 맞아. 사수는 사수인 한, 병도 상처도 금방 나아. 피로도 잠을 자면 거의 해소돼. 그러니 사수에게서 흡수하는 건 가장 현실적인 답일지도 몰라. 아마 우리의 몸에 흐르는 생명력은 무한할 테니까."

『그럼 첫 번째와 두 번째 조건은 문제없네요……. 오히려 카야 님에게서 흡수해도 된다면 그게 가장 좋아요. 카야 님은 한동안 기절할지도 모르지만…… 그 후로도 융합시킨 생명력…… 원기를 안정시키기 위해서도 유즈루 님 곁에 있어주셨으면 해요. 유즈루 님을 회복시키더라도, 유즈루 님이 흘린 피가 돌아오는 건 아니에요. 파장이 맞는 분이 계속 곁에 있는 게 좋아요.』

이번에는 카야가 나데시코에게 질문했다.

『이와이즈키 님, 파장이란 건…….』

『으음…… 딱 맞는 말이 없는데…… 어어…… 마음이 잘 맞는 것 같은……. 친한 사람들끼리는 영혼도 공명해서 자석처럼 이끌리거든요.』

이 개념은 생과 사를 다루는 현인신 특유의 추상적인 무언가일 것이다. 하지만 말하고자 하는 바는 카야도 카구야도 이해할 수 있었다.

『그, 그럼 저랑 유즈루라면?』

『현인신과 사수지기라면 그야말로 엄청 친밀한 사이죠. 가족도 해당되지만, 카야 님의 특수한 몸을 생각하면…… 역시 카야 님이 곁에 계시면서 그 후로도 자연스럽게 유즈루 님이 카야 님에게서 원기를 받도록 하는 게 좋아요. 왜냐하면 아주 특별한 원기가 카야 님 안에 있으니까요. 다만 카야 님의 몸은 아주 힘들어질 거예요…….』

카야는 손으로 입을 가렸다. 어쩌면 정말로 유즈루를 살릴 수 있을지도 모른다.

희망이 보이기 시작했다. 감격한 것처럼 보이기도 했다.

『그렇다면 역시 저한테서 흡수해 주세요……! 저는 그래서 죽더라도 상관없어요!』

옆에서 그녀의 부친인 에이센이 얼빠진 얼굴을 했다.

『카야!』

그리고 타박하는 목소리를 냈다. 가족에게는 견디기 어려운 말이었을 것이다.

『……괜찮아, 아빠. 실제로는 안 죽어. 아니, 못 죽어. 그런 몸이야.』

에이센은 그래도 못마땅한 얼굴을 했다.

카구야는 한동안 조용히 지켜보고 있었지만, 여기서 입을 열었다.

"……정리해보자."

어둠을 가르는 듯한 카구야의 음성은 모두를 조금 냉정하게 했다.

"나데시코 님의 권능으로 유즈루 군이 살길은 보이게 됐어. 하지만 나데시코 님의 생각을 아직 확인하지 않았어. 얘기하다 보니 나데시코 님이 유즈루 군을 치유해 주시는 흐름이 됐지만, 애초에 나데시코 님은 에니시에 갈 수 있나요? 상당한 월권행위가 될 겁니다. 그쪽도 마을에서 시끄럽게 굴 텐데……. 나데시코 님의 호위관이자 보호자 입장인 아자미 님도 허락해 주실까요?"

일단 하나씩 확인해야 했다. 이 질문에는 린도우가 답했다.

『문제없습니다, 카구야 님.』

린도우는 나데시코와 마주 보고 고개를 끄덕이며 입을 열었다.

『지금 이미 츠쿠시 공항으로 가고 있습니다.』

"……뭐?"

카구야는 놀라서 입을 쩍 벌리고 말았다. 대화가 이어지지 않자 린도우가 다시 말했다.

『공항으로 가고 있습니다.』

"공항으로?"

『네.』

"……어? 벌써 움직이고 있는 겁니까?"

『네. 저의 가을이 명해서.』

린도우는 곤란한 표정을 지으면서도 살짝 자랑스레 말했다.

『원래는 사계청의 전용기를 이용해 츠쿠시에서 에니시로 직행하고 싶었지만…… 애초에 저희가 쓰고 나서 보관 장소인 테이슈로 돌아가 버린지라. 조만간 겨울이 사용할 것에 대비하여 테이슈에서 에니시로 이동할 예정이거든요. 그걸 저희가 에니시행에 쓰려면 다시 츠쿠시로 보내야 하는데 그럼 시간이 걸려요. 그래서 저희는 평범하게 민간 비행기를 타고 갈 생각입니다. 경비반에 비행기 예약을 부탁해서, 잠깐 대화를 중단해도 될까요? 앞좌석에 있으니 예약했는지 물어보겠습니다.』

"어어, 네……. 그, 감사합니다. 꼭 좀 부탁드립니다……."

조금 전까지 사람들을 냉정하게 만들던 카구야는 이 대화로 완전히 차분함을 잃어버렸다. 카야도 경악하여 입을 벌린 채였다.

―결단과 행동이 너무 빨라.

장소가 한정된 신인 카구야는 나데시코와 린도우의 행동에 혀를 내둘렀다.

이것이 이동하는 신의 행동력인가, 하고. 이 회담 자리를 마련하는 것도 빨랐는데 지금 공항으로 가고 있다면, 연락을 받자마자 차에 탔다고 해야 시계열이 맞는다.

처음 전화했을 때 이동 중이었던 것이 아니라, 회담이 시작되기 전에 승차한 것이다.

훨씬 연상인 미청년 종자에게 명령했다는 나데시코는 화면에 혼자 남자 당황한 모습을 보였다. 신에 가까운 상태에서, 어른스럽고 부끄럼을 많이 타는 평범한 일곱 살 여자아이로 돌아와 있었다.

이윽고 수줍어하며 모두에게 말했다.

『카구야 님의 부탁을 린도우에게 간단히 듣고…… 저는 그럼 바로 에니시로 가자고 린도우에게 말했어요.』

"제가 전화하고 바로 결단하셨다는 거군요. 아자미 님도 그걸 승낙하셨나요?"

『네. 저랑 린도우는 지금 가을 현현을 끝내고 쉬는 기간이니까요. 린도우는…… 제가 하는 일을 언제나 존중해줘서…… 망설이긴 했지만, 잔뜩 부탁했더니 들어줬어요.』

카구야는 린도우의 반응을 어렵지 않게 상상할 수 있었다. 먼저 나데시코의 안전을 생각하여 고뇌했을 것이다. 하지만 남을 잘 챙기는 청년이니, 여름에 진 빚을 생각하여 바로 이야기를 잘라버리지는 않았다.

어쩔까요, 하고 나데시코에게 묻고, 그녀가 즉시 행동하자고 제안하여 다시 고뇌. 그 와중에 사랑스러운 소녀신의『부탁』공격을 잔뜩 받아서 현재에 이르렀으리라.

─아자미 님, 미안해요.

나데시코에게도 미안하지만, 실제 작전에서 고생하는 사람은 일곱 살 소녀를 지키며 에니시로 호송할 린도우다. 카구야는 지금 화면 밖에 있을 린도우에게 자연스럽게 감사의 마음을 보냈다.

『이와이즈키 님, 그리고 호위관인 아자미 님도, 고마워요…….』

카야도 화면 너머로 몇 번이나 고개를 숙였다. 유즈루의 용태는 시시각각 나빠지고 있다. 빨리 와줄수록 생존율은 높아진다.

"중개한 제가 이런 말 하기도 뭐하지만…… 괜찮은 겁니까?"

카구야가 묻자 나데시코는 크게 고개를 끄덕였다.

『물론이죠.』

나데시코는 상기된 얼굴로 말했다.

『꼭 도와드리고 싶어요.』

그녀는 아무래도 이 작전에 사명감을 느끼고 있는 것 같았다.

작은 손을 꼭 움켜쥐고서 말을 이었다.

『여름에 카야 님이 전화해 주셔서, 루리 님이랑 아야메 님과 합류할 수 있었는걸요……. 되게 걱정했었기 때문에…… 그때 일, 정말 정말 감사하고 있어요……. 그건 린도우도 마찬가지일 거예요.』

소녀신의 선성이 눈부셨다. 카야는 역시 미안하다고 생각했는지 어색하게 말했다.

『이와이즈키 님…… 하지만 저는…… 그, 실제로 대단한 일을 한 건 아니라서……. 빚을 갚아 달라고 말했지만…… 애초에 이런 부탁을 드리는 건 불경한 일이에요…….』

『어째서요?』

『……만나뵌 적도 없는 분에게, 에니시에 와서 사수지기를 치료해 달라고 하다니, 도움의 대가라고 해도 균형이 안 맞고…… 애초에 가을의 대행자님에게 대단히 실례라……. 저는 그걸 알면서 이렇게 폐를 끼쳤는데…….』

나데시코는 고개를 갸웃했다. 조금 곤란해하는 기색조차 보였다.

『그렇게 따지면…… 카야 님도 만난 적 없는 저희를 위해서 전화해 주셨잖아요……?』

어째서? 왜? 하고 어린아이 특유의 의문 상태가 되었다.

『그건…….』

『로우세이 님도, 이테쵸 님도, 용케 받아들여 줬다고 했어요.』

『아뇨, 하지만 그건…… 그냥 전화로 말을 전했을 뿐인걸요. 애초에 카구야 오빠와도 관련 있는 일이었고…….』

『저도 똑같아요. 에니시에 갈 뿐이에요.』

『츠, 츠쿠시에서 에니시는 멀어요.』

『비행기 타는 건 익숙해요. 에니시도 가을을 가져오기 위해 얼마 전에 다녀온 참이에요. 시라누이도 갔었어요.』

『……사계의 대행자님은 역적에게 노려지기 쉽다고 들었는데…….』

『린도우가 있어요. 저를 반드시 지켜줘요.』

『…….』

와줬으면 하는 마음은 변함없다. 하지만 역시 카야는 죄책감에 젖은 상태에서 벗어날 수 없었다.

나데시코는 더더욱 곤란한 얼굴이 되었다. 사랑스러운 그녀의 눈썹이 더 아래로 내려가 버렸다.

『왜 그렇게 사양하세요? 카야 님은 제게도, 야마토의 모든 백성에게도 매일 아침을 주시는데…….』

『어……?』

이 말에는 카야도 허를 찔렸다.

『저는 조금 있으면 여덟 살이지만, 지금 일곱 살이에요. 즉…… 7년간 매일 아침을 받고 있는 거…… 맞죠……? 카야 님의 재위 햇수는 모르지만, 카구야 님이라면 분명 제 인생의 모든 밤을 주셨어요. 그만큼의 은혜가 있어요.』

나데시코의 말을 묵묵히 듣고 있던 카구야는 점점 가슴이 뜨거워졌다.

『두 분의 부탁을 거절할 이유가 없어요.』

자신들이 하는 일을 이렇게 생각해주고 있을 거라고는 예상도 못했다.

『저는 매일 주시는 아침과 밤의 은혜를 갚을 거예요.』

나데시코는 백성들처럼 아침과 밤은 당연히 오는 것이라고 느끼지 않았다.

『태어나 지금까지, 무의 사수님에게는 많은 은혜를 입었어요.』

누구에게도 감사받지 못하는 365일을 이렇게 위로해주는 사람도 있다.

―그러고 보니 이런 분이었지.

카구야는 나데시코와 처음 만났을 때를 떠올렸다. 나데시코는 말했었다.

황혼의 사수님, 늘 밤을 주셔서 고마워요, 라고.

확실히 그렇게 말했었다.

『저, 에니시에 갈 거예요. 늦지 않았으면 좋겠어요.』

카야는 다시 울어버렸다. 카야가 울자 나데시코는 더더욱 당황했다.

그러는 사이에 린도우가 화면으로 돌아왔다.

『오래 기다리셨습니다. 현 시각의 최단 루트를 산출했습니다. ……결론부터 말씀드리면 츠쿠시 공항에서 에니시로 가는 직행편은 이미 끝난 시간이라, 테이슈를 경유하여 에니시의 공항에 갈 겁니다. 예상 도착 시각은 오늘 23시경입니다. 거기서 다시 육로를 이용해 시라누이로 이동하면 내일 오전 2시쯤 도착할 것 같습니다.』

『오전…… 2시쯤…….』

카야는 환희에서 일변하여 다시 절망에 빠졌다.

왜냐하면 그 시간대는 딱 카야가 신의 의식을 치르기 위해 시라누이다케로 출발할 시간이기 때문이다.

초여름에 비해 일출 시각은 점점 늦어지고 있다.

가을의 주종의 도착에 맞춰 억지로 병원 문을 열게 하여 유즈루의 병실에 가고, 거기서 카야를 제물 삼아 생명 부패의 힘을 사용, 그

후에도 경과 관찰을 위해 유즈루 곁에서 떨어질 수 없는 것을 고려하면, 어떻게 생각해도 성역에서 화살을 쏘는 의무를 다할 수 없다.

카야는 유즈루를 살리고 싶다. 살리려면 그녀는 병원에 있어야만 한다.

『신의 의식을, 치를 수 없어…….』

카야의 얼굴이 눈에 띄게 창백해졌다. 카야는 구원을 바라듯 에이센을 보았지만, 그도 입술을 깨물고 있었다. 말문이 막힌 카야 대신 에이센이 말했다.

『일족 사람도 본산에서 이동하기 시작했을 겁니다. 오늘 중에는 도착합니다. 의식을 빼먹고 사수지기를 치료하는 건 허락하지 않을 겁니다…….』

이에 나데시코가 대답했다.

『저희는 카야 님이 돌아오실 때까지 병원에 있겠지만…… 유즈루 님의 용태는…….』

『오늘이나 내일이 한계라고…… 의사에게 들었으니…… 어쩌면 의식을 끝내고 달려와도 늦을지도 모릅니다. 제 딸이 병원에 오더라도, 아무리 빨라도 아침 8시 반쯤일 겁니다.』

『……사망하고 곧장 시도하면 그래도 소생될 가능성이 있지만…….』

안 될 가능성도 있다는 거다.

카야는 곤궁해져서 아빠와 태블릿의 두 화면에 나타나 있는 각 신들을 참지 못하고 보았다.

의미 없는 행위였다. 아무도 이에 대한 답을 가지고 있지 않았다.

하지만 신도 누군가에게 도움을 받고 싶다. 구해주길 바란다.

어쩔 방법이 없음을 이해하자 카야는 다시 눈물을 흘렸다.

『아빠…… 신의 의식을, 꼭 치러야 해……?』

책임과 사랑하는 사람의 구명이 지금 천칭에 올려졌다.

『유즈루가 살 수 있을지도 몰라……. 그런데도……?』

그리고 궁지에 몰려 있었다. 에이센은 카야의 말을 듣고, 그때까지 줄곧 다부지게 행동했는데, 한쪽 눈에서 눈물 한 방울을 흘렸다.

『아빠도, 그렇게 해주고 싶지만…….』

에이센의 말에서는 그의 고뇌와 비통한 마음이 흘러넘치고 있었다. 차가운 아버지는 아니었다.

카야와 유즈루가 소중하기에 그도 어젯밤 산에 동행했다. 유즈루를 업고 하산하여 구급대에 넘겨줬다. 상처 입은 딸을 줄곧 위로하려고 했다.

하지만 신을 딸로 둔 부모로서, 그는 딸이 사명을 완수하도록 해야 하는 입장이었다.

성격적인 면도 있지만, 무책임한 남자가 아니기에 여기서 신의 의식 따위 어찌 되든 좋다고 말하지 못했다. 슈리처럼 애정을 우선하지 못하는 것도, 만약 그런다면 자신의 가족이 어떻게 될지 알 수 없기 때문이다. 에이센은 현실을 보고 있었다.

다들 일제히 입을 다물어 버렸다. 카야의 물음을 부정하기도 어려웠다.

카구야는 부녀의 대화를 듣고 마음이 더 아파졌다.

―이런 말을 부모가 하게 하는 것도, 자식이 하게 하는 것도 너무 잔인해.

현인신이고, 제 자식처럼 예뻐하는 사수지기가 있는 카구야의 입장에서는 카야와 에이센, 어느 누구의 말도 잘라버릴 수 없었다.

현인신으로서는 가장 사랑하는 인간을 살리고 싶다는 마음을.

성숙한 어른으로서는 마음을 독하게 먹고서라도 일족이 신화시대에 아침과 밤의 신에게 맡은 사명을 완수해야 한다는 의견을 이해했다.

─우리는 왜 이렇게 고통받아야 하는 거지.

자신의 예전 모습을 겹쳐 보기도 했다. 아내와 사수지기가 어느 날 자신 곁을 떠나버렸을 때, 카구야는 그래도 울면서 화살을 쏜 경험이 있었다.

"카구야 님……."

카구야 옆에 있던 에켄이 카구야의 옷소매를 잡아당겼다.

화살을 쏠 시각이 다가오고 있었다. 그 말을 하고 싶은 걸지도 모른다.

"기다려줘, 에켄. 지금 생각 중이야……. 어떻게든 하고 싶어……."

하지만 화살을 쏘면 카구야는 의식을 잃는다. 그 전에 할 수 있는 일을 생각해두고 싶었다.

에켄이 다시 카구야를 불렀다.

"카구야 님, 저기, 하지만……."

"기다려줘."

카구야가 강하게 말하자 에켄은 어깨를 움츠렸지만, 역시 꼭 전하고 싶은지 이번에는 카구야의 팔을 흔들었다.

"에켄……."

"아니에요. 시간 때문에 이러는 게 아니에요! 시간은 아직 있어요. 저기…… 지금부터 할 수 있는 일을 생각하면 되는 거죠? 카구야 님은 어떻게든 하고 싶으신 거죠?"

그때까지 줄곧 조용히 있었던 소년 사수지기가 조심조심 발언의 허락을 구했다.

다른 사람들은 눈을 깜빡였다. 솔직히 다들 그가 현 상황을 타파해 줄 거라고 기대하지 않았다. 사수지기이기에 동석해서 이야기를 듣고 있을 뿐이라고 여겼다. 나쁘게 말하자면, 그는 당사자도 아니고, 이 상황을 뒤집을 만큼 지혜로운 자도 아니라고 생각했다.

"아마, 할 수 있을 거예요."

에켄에 대한 평가가 낮다기보다는 햇병아리 사수지기라서 그랬다.

평상시 모습을 봐도 뭔가 특별한 것을 가진 소년으로 보이지는 않았다. 아마 그의【발상력】을 제대로 평가한 사람은 그가 했던 행위를 흉내낸 유즈루뿐이었을 것이다.

"줄곧 계산해 봤는데요, 아마 이렇게 하면 문제없을 거예요."

에켄은 카구야의 전 아내에게 벌어진 비극을 위장하기 위해 그 자리를 환상으로 덮고 또 다른 아내를 만든다는 터무니없는 짓을 벌였다. 자신은 냉정해져서 그런 생각은 못한다고 유즈루가 말했었지만, 그건 조금 틀린 말이었다.

확실히 에켄은 냉정하고 침착한 소년은 아니지만, 그것과 발상력은 또 별개다.

마음속에 많은 사상을 떠올리고 현실로 전개시키는 신성 은폐를 사용하려면 냉정함과 집중력이 필수이긴 하지만.

그러나 그보다 더 필요한 것은 어린아이 같은 천진난만한 사고방식이다.

에켄은 사물을 있는 그대로 받아들이는 순수함이 있었다.

정말로 순박하고 순수하고, 아직 순진한 소년이었다. 또래 아이들보다 더 앳될지도 모른다.

어른들이 가진 상식으로 사고를 무장하지 않았고, 하늘처럼 자유로운 발상을 가지고 있었다.

새하얀 종이를 준다면 자신 속에 있는 이야기나 환상을 신나게 그릴 것이다. 그게 현실과는 전혀 다르더라도.

사람을 공격하는 거대한 늑대를 그렸는데, 이런 건 허무맹랑하며 말도 안 된다고 누군가가 타박한다면.

에켄은 고개를 갸웃하며 말할 것이다.

딱히 상관없잖아요, 거대한 늑대가 있더라도, 라고.

공상에 상식을 들이대지 말라면서.

예술가 기질이 있는 자는 흔히 관습을 깨기 마련이다. 발상에 규칙은 필요 없다.

이러면 멋지겠다. 이러면 더 좋겠다.

그 생각은 문제가 있다는 말을 듣더라도 사고는 멈추지 않고 멈출 수 없다.

왜냐하면 그게 더 효율적이니까. 사람의 감정을 자극하니까.

왜 안 된다고 하는지 이해하지 못한다.

유즈루에게는 없고 에켄에게는 있는 것은 그런 부분이었다.

자유로운 발상이, 말도 안 되는 세계를 현실에 전개시킨다.

그래서 그는 『상상하는』 분야로는 아주 뛰어나 유즈루도 경탄케 했다.

자신은 그럴 수 없다고. 분명 생각도 못 할 거라고.

"이런 생각이 들었는데……."

그리고 무엇보다도, 신성 은폐는 신을 위한 술법이다. 그 기술이 독보적이라면 신에 대한 애정이 깊다는 뜻이다.

에켄은 카구야가 바란다면 뭐든 하는 소년으로 자랐다.

원래부터 부모를 위해 나이를 속이고 사수지기에 입후보했던 아이다.

지금은 카구야를 부모처럼 여기고 있었다. 이제 누구에게도 버려지지 않기 위해 그는 헌신을 마다하지 않는다.

자식은 부모를 위해서라면 때로 광적이라고도 할 수 있는 비틀리고 맹목적인 애정을 가지고서 움직인다.

"카구야 님이 가시면 되지 않을까요……?"

그래서 지금 이때, 자신의 주인을 에니시로 보낸다는 엉뚱한 제안을 했다.

그의 부모인 카구야가 카야를 돕고 싶다고 했기 때문이다.

신에 대한 애정이 깊은 에켄은 평소처럼 카구야의 마음을 지키기 위해 생각했다.

그 생각은 문제가 있다는 말을 들더라도 사고는 멈추지 않고 멈출 수 없다.

왜냐하면 그게 더 효율적이니까. 카구야의 바람이 이루어지니까.

"시간적으로, 분발하면 갈 수 있잖아요?"

하늘의 계시가 내렸다는 것을 모두가 이해하기까지 조금 시간이 필요했다.

제 5 장
쾌도난마의 늑대

에니시에 있는 카야는 먼 류구의 사수지기가 하는 말을 그저 놀라며 듣고 있었다.

『지금…… 으음, 벌써 오후 4시를 넘겼잖아요? 원래는 5시대에 화살을 쏘지만, 앞당겨서 지금 당장 의식을 치르면 되지 않을까요? 카구야 님은 대체로 30분쯤 기절하고 깨어나시니까, 5시쯤에는 이동을 개시할 수 있어요. 아니지, 안 기다리고 그냥 제가 업고 갈 수 있는 곳까지 업고 내려가면 더 시간이 단축돼요. 저희는 평소에 두 시간쯤 들여서 천천히 하산하지만, 빠른 걸음으로 내려가면 산기슭까지 한 시간 반이면 돼요. 그럼 6시 반이잖아요? 저, 류구에 돌아올 때 환술을 써서 비행기에 밀항했었던지라 류구와 테이슈 간의 대체적인 운행 시간은 기억하고 있어요. 아까도 검색했는데…… 잠시만요……. 보세요! 9시대 비행기가 있어요. 카구야 님이 기절하신 사이에 제가 택시를 산기슭에 불러두고, 둘이서 잽싸게 내려가서 택시를 타면 9시대 비행기를 탈 수 있어요. 예약석이 아직 있는 것 같아요. 예약 못 하더라도 최악에는 환술로 밀항을……. 두 명의 체중 정도는 괜찮지 않을까요?』

옆에 있는 카구야는 카야보다 더 놀란 것처럼 보였다.

『그러면 오후 11시쯤 테이슈 공항에 도착하겠죠. 다음 날까지는 비행기가 안 떠요. 하지만 아까 아자미 님이 말씀하셨잖아요. 겨울이 사용하길 기다리고 있는 사계청의 전용기가 테이슈에 있다고요.

움직일 수 있다고 하셨어요. 그럼 요청하면, 긴급 상황에 대응 가능한 인원이 현재 있다는 말이잖아요? 굉장히 뻔뻔한 부탁이라서 죄송스럽지만, 저희가 그거 타고 갈 수 없을까요? 어차피 조만간 에니시로 이동할 거였잖아요? 살~짝 예정을 앞당기는 걸로…… 어떻게 안 될까요? 이거야말로 겨울의 대행자님에게 부탁드릴 일이라고 생각해요. 테이슈의 보관 장소에서 에니시로 움직여도 되냐고 말이죠……. 그러면 저희는 테이슈에서 에니시로 갈 수 있어요. 민간 비행기 회사의 비행시간을 참고하면 대충 한 시간 반쯤 걸려요. 테이슈 공항에서 에니시 공항까지 원활하게 이동한다면 다음 날 오전 2시나 3시가 될 거예요. 에니시 공항에서 시라누이까지는, 이야기를 들으면서 검색했는데, 차로 두 시간 반쯤 걸려요. 택시를 타죠. 개인택시를 잡으면 심야에도 대응해줘요. 돈은 들지만 인명이 더 중요하고, 카구야 님은 부자니까 괜찮아요.』

다들 경악한 시선을 보내고 있는데, 에켄은 알아차리지 못하고 휴대전화를 응시하며 계속 말했다.

『그렇게 가면…… 오전 5시쯤이네요. 시라누이다케의 성역이 어디 있는지는 모르고…… 애초에 산사태가 일어났으니까 산기슭에서 화살을 쏘면 어떨까요?』

자신의 계산을 피력하는 데 급급해서 다른 사람을 볼 여유가 없었다.

『지금 시기의 에니시는 5시에 해가 뜨니까 문제없겠죠. 영맥을 더 듬으면 산기슭에서도 화살을 쏠 수는 있다고 카구야 님이 저번에 말씀하셨고, 성역에서 힘을 못 받으니까 아마 평소보다 오래 기절하시겠지만, 제가 책임지고 업고서 다시 택시에 태울 테니까 거기서 쏘죠.』

무구한 아이가 열심히 생각을 이야기하고 있을 뿐이지만, 조금 무섭기조차 했다.

『그렇게 시라누이에서 에니시의 공항으로 다시 돌아오잖아요? 자, 여기까지 오면 여유로워요. 점심때에 류구 직행편 비행기가 있으니 돌아갈 수 있어요. 또 류구다케에서 의식을 치러야 하지만, 제가 카구야 님을 업을게요. 만에 하나 설정 시각까지 성역에 못 가더라도, 최대한 가까이 가서 화살을 쏘죠. 그런 다음 또 제가 카구야 님을 업고 하산할게요. 어때요? 지금부터 분발하면 할 수 있겠죠?』

에켄만이 아직 절망하지 않고 희망에 차 있었다.

─아주 엄청난 말을 하고 있겠지만, 무슨 소리인지 모르겠어.

그리고 아직 절망의 구렁텅이에 있는 카야는 많은 말이 쏟아져서 혼란스러웠다.
현재 류구와 테이슈의 비행기 사정, 사계의 대행자의 현현 여행에 관한 이모저모, 전부 카야에게는 알 수 없는 일이었다. 어릴 때 장소가 한정된 현인신이 된 이후로 카야는 에니시에 매여 있었다. 애초에 비행기를 탈 일이 없어서 잘 몰랐다.

알 수 있는 것은 에켄이 진지하게 이 상황을 어떻게든 할 방법을 생각해줬다는 것뿐이었다.

하지만 첫 단계부터 하늘에 화살을 쏘는 설정 시각을 무시한다는 전대미문의 설명이 시작되었기에 머리에 정보가 전혀 들어오지 않았다. 거기서 사고가 멈춰 있었다.

그런 짓이 용납될까.

가을의 주종도 얼이 빠져 있었다. 카구야는 아연한 모습이었다.

에켄 혼자 『할 수 있다』라는 얼굴을 하고 있었다.

『그쵸? 카구야 님. 이렇게 하면 카구야 님의 바람을 이룰 수 있겠죠?』

이것저것 지적할 부분이 많은 발언이었지만, 말을 해체해보면 에켄은 올바르게 사수지기로서 일하고 있었다. 사수지기는 주인의 근심을 없애는 것이 가장 중요한 과제다. 무의 사수는 마음으로 하늘에 화살을 쏜다. 현재 카구야의 근심이 무엇인가 하면 카야다. 유즈루를 살릴 수 있다면 카야의 근심은 사라진다. 그러면 자동으로 카구야의 근심도 사라진다. 아주 간단한 도식이었다.

그래서 에켄은 조용히 모두의 이야기를 들으며 생각하고 있었다.

목적을 달성하는 게 가장 중요하므로, 방대한 계산 중에 위험성과 규칙은 무시했다. 군데군데 문제가 있어도 신경 쓰지 않았다. 주인이 하고 싶어 하는 일이 이루어진다면 그만이다.

그런 윤리관의 결여가 얼핏 보이는 가운데, 지금 그는 미소 짓고
있었다.

이렇게 하면 가능하다고. 칭찬해 달라고.

때로 광적이라고도 할 수 있는 비틀리고 맹목적인 애정을 발휘하
는 것은 주인을 위해.

여름에 산에서 늑대로 난동을 부렸던 소년이 바로 그라는 것을 다
들 절실히 납득했다.

―카구야 오빠는 어떻게 받아들이고 있을까.

카야는 카구야를 주목했다.

『에켄, 너…….』

그는 어쩌고 있었냐면, 자신이 키우고 있는 소년에게 약간 두려움
을 느끼고 있었다.

에켄이 주인을 지키기 위해서라면 광기로 치닫는 인물이라는 것
은 이미 실증이 끝났는데, 평소 모습이 강아지처럼 사랑스러워서
잊게 됐다.

『안 되나요? 카구야 님.』

그는 여름에 늑대가 되었다.

『아니, 안된다고 할까…….』

애정이 그를 사람으로 되돌렸다. 강아지가 아니다. 목줄을 찬 늑
대다.

하지만 고개를 갸웃하는 모습은 역시 사랑스러웠다.

『겨울의 대행자님에게 부탁드릴 수 없을까요……? 아자미 님의 얘기를 들어보니 전용기의 소유권은 지금 겨울의 주종 쪽에 있는 것 같고, 전용기를 이용할 수 있느냐 없느냐로 이 작전이 결정돼요. 아, 하지만…… 카구야 님은 일단 당장 화살을 쏘셨으면 하니까 제가 교섭해야겠네요. 할 수 있으려나……. 아니지, 힘낼게요…….』

『아니아니아니, 잠깐 기다려. 네 머릿속에서는 이미 완성된 계획일지도 모르지만, 내가 못 따라가겠어.』

『아, 알겠습니다. 한 번 더 설명할게요.』

『설명은 됐어. 너, 진심이야……? 설정 시각을 안 지키는 건 규칙을 깨는 거야.』

에켄은 바로 상처받은 표정을 지었다.

『그치만 카구야 님이 카야 님을 돕고 싶다고 하셔서…….』

주인을 위해 열심히 생각했는데. 뭔가 꾸중 듣고 있다. 슬프다.

아주 알기 쉽게 사고의 흐름이 얼굴에 드러나 있었다.

『그렇다고 해도 너무 태연하게 규칙을 깨잖아. 그리고 대수롭지 않게 밀항 경험을 말하지 마!』

에켄의 얼굴을 보자 주저하는 마음이 생겼지만, 그래도 카구야는 말했다.

『그, 그치만 그건, 저…… 그때는 병원에 감금당해서…… 겨우 탈출했었단 말이에요. 도망치고 나서도 후게키 일족이 쫓아왔고, 잡히면 죽을지도 모른다고 생각했고……. 급료도 인출할 수 없는 상황에 카구야 님 곁으로 돌아가려면 밀항할 수밖에 없었어요…….』

『에켄, 너…… 너…….』

이런 대답을 듣고 엄하게 말할 수 있는 사람은 거의 없을 것이다.

그리고 후게키 카구야라는 남자는 특히나 그런 사람이었다.

뭔가 하고 싶은 말이 있는 것 같았지만, 잠시 고뇌한 후, 말을 꿀꺽 삼켰다.

『아냐, 너를 책망하는 것도 잘못됐지. 내 감독 책임이야…….』

카구야는 일단 있는 그대로의 에켄을 받아들이기로 했다.

조금 상식에서 벗어난 생각을 하는 이 순진한 늑대를.

『알았어. 일단 잔소리는 넘어가자……. 너는 날 위해서 생각했을 뿐이지…….』

『네……. 화나셨어요……? 제가 너무 막나가서……?』

『아냐, 문제는 그게 아니야.』

『밀항…….』

『그것도 그렇지만, 태연하게 규칙을 깨는 전체적인 사고를 말하는 거야……. 하지만 네가 그렇게 된 건…… 내가 원인이기도 하니까…… 앞으로 도덕과 규율을 가르쳐 줄 생각이야…….』

『제가 싫어지셨어요……?』

『안 싫어졌어. 그럴 일 없어. 싫어할 리 없잖아……. 평생 싫어하지 않을 거니까 걱정하지 마.』

좋게도 나쁘게도 지금의 에켄을 만든 것은 주변 어른들의 행동이다.

그리고 방금 한 발언은 카구야를 위해『최선』을 생각했을 뿐이다.

작전 내용도 전부 다른 사람의 도움이 필요하고 통일되어 있지 않았다. 카구야는 하루에 두 번이나 하늘에 화살을 쏘고 기절해야 하지만, 그런 카구야를 업고 이동하며 간호할 사람은 에켄이다.

여기서 그를 책망하는 것은 확실히 잘못된 일이고 불쌍했다.

카야는 아직 조금 주눅 들어 있는 에켄을 시야 끄트머리에 담으면서 카구야에게 물었다.

"……저기, 카구야 오빠…… 학식이 얕아서 묻고 싶은데…… 설정 시각을 안 지키는 것도 그렇지만…… 애초에 무의 사수는 자기 담당이 아닌 곳에서 화살을 쏠 수 있어?"

카야의 물음에 카구야가 둔하게나마 대답했다.

『……쏠 수 있어.』

이 말에는 카야뿐만 아니라 린도우와 나데시코도 놀랐다.

『우리는 하늘에 화살을 쏜다는 행위를 북쪽과 남쪽에서 하고 있을 뿐이니까. 그리고 신화에도 나오잖아. 신은 우리의 선조에게 【빛과 어둠의 활】을 줬다고. ……구별된 것을 양도받은 게 아니야. 역사상 많은 분기점이 있어서 지금의 형태가 됐을 뿐이지. 사계의 대행자님처럼 각자 다른 계절을 다루는 건 아니니까. 계절도 처음에는 구별 없이 힘을 행사했다는 이야기를 나이 지긋한 중진에게 들었지만.』

에켄도 옆에서 고개를 끄덕였다. 최연장자 현인신과의 생활은 그에게 지식을 주고 있는 것 같았다.

『설정 시각보다 빨리 쏘거나 늦게 쏘는 건…… 그 토지의 상황에 따라 변동이 허락돼. 예를 들어 봄이 없어서 겨울이 야마토를 뒤덮고 있었을 때, 나는 겨울 시간으로 화살을 쐈었어. 일몰과 일출은 계절과 연동되니까 그럴 수밖에 없어. 우리의 머리 위에는 보이지 않는 장막이 있고, 그걸 찢으면 다음 장막이 나타나. 하지만 찢어지지 않은 곳은 그대로 아침이나 밤의 장막이 붙어 있어서 빛과 어둠

이 찾아오지 않아. 다른 사수와 협력하여 세계의 하늘을 찢고 있는 건 틀림없지만…… 우리는 같은 신의 가호를 가지고 있을 뿐, 하는 일은 개인플레이야. 이해했어?』

"이해했다, 고 생각해……."

카구야는 말하면서 조금 진정이 됐는지, 턱에 손을 올리고 복잡한 표정을 지으며 이야기했다.

『에켄이 한 말은, 무모하지만 확실히 생각할 여지가 있어. 문제는 사수가 담당 장소를 교환했던 게 외국의 사례란 거지……. 이론상으로는 가능할 테지만…….』

"외국……."

이야기의 스케일이 커졌다.

『두 종류의 이야기를 들었어. 비행기가 발명된 이후의 얘기지만.』

"당일치기로 이동했다는 거야?"

외국은 카야가 절대 갈 수 없는 세계다. 유즈루를 살릴 수 있을지도 모르는 새로운 희망의 빛이 보이자 자연스럽게 자세가 앞으로 쏠렸다.

『아니, 내가 아는 사례는 하루를 넘겼어. 황혼의 사수가 계시몽을 제대로 못 꿔서 차기 사수를 발견하지 못한 상태로 황혼의 사수가 사망. 좁은 섬나라였기에 며칠마다 새벽의 사수가 이동해서 대응했다는 얘기야.』

무의 사수의 특성. 인간이 신을 대행하기에 만능은 아니라는 것.

그것들을 생각하면 확실히 역사상 있을 수 있는 사례였다.

『그리고 백야나 극야가 한 달쯤 이어지는 아주 추운 곳에서는 다른 사수를 만나러 가서 교류를 한다나 봐……. 상대방의 토지에서 화살을 쏘기도 한다더라.』

백야는 해가 저물어도 하늘이 어두워지지 않는 현상을 말한다.

그리고 극야는 반대로 낮인데도 어둡다. 완전한 밤낮은 찾아오지 않는다.

『장막이 불안정해서 조금 밝아지거나 어두워질 때도 있는 것 같지만, 그래도 기본적으로 방치한대. 원래 그런 거라서 옛날부터 그렇게 정해져 있다고 들었어.』

"그렇구나……."

카야는 자신이 사수에 관해 아무것도 모른다는 것을 새삼 깨달았다.

그리고 후게키 카구야라는 남자가 자신보다 훨씬 박식한 선배라는 것도.

『저는 그걸 츠키히 씨한테 들었어요. 외국의 사수님은 비교적 느슨하게 일한다고.』

『에켄, 느슨하게 일하는 건 아니라고 생각해…….』

카야가 모르는 인물의 이름이 나왔지만, 아마 신뢰할 수 있는 동료 같은 사람일 거라고 카야는 추측했다. 굳이 묻지 않고 그대로 대화를 들었다.

『그리고 야마토는 시간에 엄격하다고 했어요. 확실성에도 고집하고. 카구야 님도 기절했다가 깨어나시면 일단 그 자리에서 하늘의 모습을 지켜보시잖아요. 그렇게까지 하는 건 훌륭한 일이래요.』

『그건 그냥 내가 걱정이 많은 거지 훌륭한 건 아니야. 의식을 마치면 돌아가는 게 보통이니까. 뭐 때문에 관측소가 곳곳에 있겠어.

……아아…… 그, 조금, 이야기의 궤도를 수정하겠는데…… 에켄이 말한 작전은, 할 수 있는지 없는지를 따지면, 이 아이가 말한 대로 아주 분발하면 가능한 아슬아슬한 라인이라고 생각해……. 문제는 겨울이지.』

대화를 지켜보던 린도우가 끼어들었다.

『만약 맡겨 주신다면 겨울과는 제가 교섭하겠습니다. 때에 따라서는…… 그렇죠, 봄의 힘을 빌린다면 더 확실할 겁니다. 사정은 말씀드릴 수 없지만, 그런 일을 할 수 있는 분이 봄의 주종을 비호하고 있으니, 부탁해 볼 가치는 있을 겁니다. 카야 님도 이 방향성으로 괜찮으십니까? 그렇게 하라고 말씀해 주신다면 바로 착수하겠습니다.』

"아자미 님……."

부서졌던 희망이 다시 조금씩 돌아오고 있었다.

카야는 카구야를 보았다. 그러자 카구야는 고뇌하는 모습이긴 했지만 웃어줬다.

『카야. 일단 해볼까.』

짧은 말이었다. 하지만 그 안에 많은 친애와 구원이 담겨 있었다.

"카구야 오빠, 엄청 힘들 거야……."

카야는 입술이 떨렸다. 자신이 막무가내로 저지른 행동이 결실을 맺어, 한 사람 한 사람의 순수한 후의와 선의에 의해 지금 형태를 이루려 하고 있었다.

『아냐, 그렇게 따지면 카야가 힘들지. 나랑 에켄은 할 수 있는 일을 해 보겠지만, 실제로 잘 연결될지는 알 수 없어……. 비행기 문제가 있고, 최악엔 너는 기절한 상태로 산에 끌려가서 억지로 일어나 산기슭에서 화살을 쏠 수밖에 없을 거야.』

"응……."

『그리고 또 유즈루 군을 위해 병원에 돌아가겠지. 밤이 되면 또 화살을 쏘고. 할 수 있을 것 같기도 하겠지만, 그렇게 되면 유즈루 군의 목숨이 어떻게 될지 모르고 너도 어떻게 될지 알 수 없어.』

카야는 그저 고개를 끄덕였다. 카구야가 심술을 부리려고 위험성을 말하는 게 아님을 알고 있었다. 위험성을 가미하고서 최선의 행동을 하라고 『공범』으로서 말하고 있는 거였다.

어쨌든 제일 먼저 규칙을 깨는 사람은 카구야니까.

『게다가 최종적으로 본산에서 온 사람들과 현지에서 질의응답 시간을 갖고 변명할 사람은 너야. 어른들은 모두 너를 비난하겠지. 만약 다다르지 못한다면 그때는 내가 앞에 나서겠지만…… 너는 그저 소중한 사수지기를 살리고 싶을 뿐인데 악인으로 취급할 게 뻔해. 카야…… 그래도 유즈루 군을 위해 행동할 수 있어?』

원래는 카야를 훈계해야 할 사람이 전부 수용하고서 너도 각오할 수 있겠냐고 생각을 확인하고 있었다. 여기서 내뺀다면 애초에 시작해선 안 된다.

"……할 거야."

카야의 대답에는 카구야가 요구한 각오가 분명히 담겨 있었다.

"무슨 수를 써서라도 하겠어요……. 다들 부디 힘을 빌려주세요……."

선택지는 처음부터 하나밖에 없었다.

『……좋아. 그럼 나도 하겠어. 애초에 나만 안전권에 있는 건 비겁

하다는 생각이 들었어. 사계의 대행자님 측에 규칙을 깰 것을 요구하면서 이쪽은 아무 타격도 없는 건 이상해.』

이 말에 린도우는 쓴웃음을 지었다. 그리고는『그렇지는 않습니다』라고 말했다.

거기까지 얘기하자 에이센이 카야를 불렀다.

"……카야."

카야는 에이센을 보았다.

"너, 당장 병원으로 돌아가."

깜짝 놀라서 카야는 눈을 몇 번 깜빡였다.『돌아갈 수 있겠냐』가 아니라『돌아가』라는 명령조였다.

하지만 그 말에 험악함은 없었다. 해야할 일을 하고자 하는 담담한 감정이 전해졌다.

카야와 마찬가지로 안타까움을 느끼고 있던 그는 이제 없는 것 같았다. 에이센은 딸의 어깨를 잡고 말했다.

"곧 있으면 본산 녀석들이 저택에 올 거야. 내가 거짓말로 대응하겠어."

후게키 에이센은 신이 아니다.

"아빠, 거짓말이라니……."

신의 종자도 아니다. 평범한 사람이다. 어디서나 볼 수 있는, 평범한 사람. 그리고 딸이 한 명 있는 평범한 아버지다.

이건 그에게 상당한 용기가 필요한 행동일 텐데, 이미 각오를 한 것 같았다.

"너는 몹시 상심하여 울다 지쳐서 방에서 자고 있다고 할게. 시라누이다케에 오를 시간까지 내버려 뒀으면 좋겠다고. 아빠는 별로 좋은 연기자가 아니지만 못 할 건 없겠지. 본산에서 오는 지원은 소우시 씨와 마찬가지로 명령받아서 왔을 뿐인 자들이야. 사수지기를 잃을 지경인 사수의 방을 억지로 열고 강제로 사정을 들으려고 할 사람들은 아니야."

그때처럼, 지금 해야할 일을 생각하고 딸에게 전하려고 했다.

"잘 들어. 비가 오지만, 경비문의 눈을 속이기 위해 걸어가. 거리로 나가면 택시를 타면 돼. 이 일은 엄마랑 소우시 씨에게 얘기해서 상의해."

이제 『하지만』이나 『그치만』을 말할 때는 아니라고.

"소우시 씨는…… 아들을 위해 황혼의 사수님과 사계의 대행자님이 움직였다, 네가 탄원해서 이루어졌다는 얘기를 듣고 무시할 사람은 아니야. 설득하면…… 분명 괜찮을 거야. 하지만 소우시 씨의 친척은 어떨지 몰라. 그 사람에게만 몰래 얘기해. 문제없이 가을 분들이 병원에 도착하면 맞이하고 병실에 들여보내달라고 부탁해. 그리고 너는 밤까지 어딘가에 숨어있어. 유즈루 군을 고치기 위해, 너는 너에게 신의 의식을 시키려는 자에게 절대 붙잡혀선 안 돼."

"……알겠어."

"다른 신을 끌어들여서 하는 일이야. 실패는 허락되지 않아, 카야."

카야는 그때처럼 자신이 해야할 일을 되뇌었다.

"……병원에 돌아간다. 엄마랑 소우시에게 상의한다. 무슨 짓을 해서라도 가을 분들과 유즈루를 만나게 한다."

비통한 느낌은 없었다. 대신 강한 결의가 눈에 담겨 있었다.

"절대로, 잡히지 않는다."

도망칠 수 없는 운명에 붙들린 소녀는, 오늘만큼은 운명과 싸우기로 했다.

"그리고, 유즈루를 살린다."

같이 죽는 것보다는 훨씬 낫다.

『그럼 작전을 실행하자. 각자 항시 연락할 수 있게 전화기를 소지해줘. 문제가 생기면 바로 상담할 것. 건투를 빌게.』

카구야의 호령으로 아침과 밤과 가을의 3진영 회담은 종료되었다.

그로부터 몇 분 후, 황혼의 사수는 하늘에 화살을 쐈다.

하늘의 움직임은 세계 곳곳에 있는 천체 관측소에서 매일 지켜보고 있다.

류구에 있는 천체 관측소에서도 그날의 하늘이 변화하는 모습을 보고 있는 자들이 있었다.

평소보다 빨리 밤이 찾아오려고 했다. 그걸 알아차리고 관측소 사람들이 의논하고 있을 때, 에켄은 다리를 후들거리며 카구야를 업고서 하산을 개시했다.

대부분의 백성은 설정된 시각보다 이른 밤이 찾아온 것을 신경도 쓰지 않았다.

바쁜 현대인들은 하늘을 올려다보는 일 자체가 별로 없기 때문이다.

오늘도 문제없이 찾아온 밤을 아무런 의문도 품지 않고 받아들였다. 그건 어쩔 수 없는 일이었다.

다들 각자의 인생을 살고 있으니까.

갓 태어난 아기는 오늘도 잘 먹고 잘 잤다.

학교에 다니기 시작한 아이는 친구가 없어도 학교에 갔고, 제대로 돌아왔다.

회사에서 근무하는 사람은 아침부터 밤까지 일하느라 자신의 주변밖에 볼 여유가 없었다.

거스름돈 주는 걸 깜빡한 음식점 점원은 허둥지둥 밖으로 나왔고, 그제야 『아아, 벌써 밤이 왔나』라고 문득 생각했다.

오늘도 사람들은 주어진 시간을 열심히 살고 있다.

그리고 에니시에 있는 아침의 신은 빗속에서 병원으로 달렸다.

하늘의 색을 보고, 울면서.

제 6 장
물에 타오르는
반딧불이

카야가 비에 젖어서 병원에 돌아왔을 때는 오후 다섯 시가 지나 있었다.

경비문의 눈을 피해 저택을 나오기 위해서 우산을 쓰지 않았기 때문이다.

휴대용 우산을 가져올 걸 그랬다고 도중에 깨달았지만, 소지하고 있던 물건은 휴대전화와 무슨 일 있으면 쓰라면서 아빠가 준 1만엔권 지폐와 신용 카드뿐이었다.

좌석이 젖는 것을 택시 기사에게 사과하고서 긴장하며 승차했다.

줄곧 관리받는 나날을 보내고 있는 카야에게는 혼자서 택시에 타는 것 자체도 큰 모험이었다. 목적지를 말하는 목소리도 떨렸다.

젊은 아가씨. 엉망인 등산복. 초조해하는 모습.

목적지가 병원인 것도 있어서 여러 가지를 헤아릴 수 있었는지, 택시 기사는 말을 걸어오지도 않고 조용히 운전해줬다.

카야는 한동안 말없이 차창 밖의 풍경을 바라보고 있었지만, 병원에 가는 짧은 시간만이라도 눈을 붙이기로 했다. 신의 의식을 끝내고 나서 제대로 쉰 적이 없었다.

소우시와 만나기 전에 논리정연하게 의견을 말할 수 있도록 마음을 진정시켜야 했다.

하지만 말없이 눈을 감아도 괴로운 기억만이 머릿속에 떠올랐다.

그의 머리에서 흐르는 대량의 피를 본 것에 대한 공포.

힘없이 축 늘어진 손.

의식이 없는 사람의 몸은 부축하는 것만으로도 이렇게나 무겁다는 걸, 깨달았던 것.

이름을 불러도 전혀 반응하지 않고, 반쯤 벌어진 입에서도 피가 흘러나왔던 것.

전부 괴로운 기억이었다.

자신이 대신해줄 수 있었다면 얼마나 좋았을까.

아니, 애초에 유즈루가 사수지기가 아니었다면.

플래시백은 어지러움과 메스꺼움을 가져왔다. 이제 토할 것도 없는데 위액은 올라왔다.

사고가 강제로 자기방어를 꾀하여 기억 재생을 중지시켰다.

유즈루의 생각밖에 안 나더라도, 그의 다친 모습을 계속 떠올리면 심신이 버티지 못할 것 같았다.

—좋은 생각을.

희망이 싹트지 않았는가. 그렇다면 나쁜 쪽으로 사고를 기울이고 싶지 않았다.

—좋은 생각을 하자.

그렇게 처음 떠오른 것은 어제 만든 핫케이크였다.

가장 최근에 있었던 행복한 기억이었다.

—그거, 맛있었지.

카야가 되찾고 싶은 일상이기도 했다.

유즈루의 핫케이크는 완벽해서, 마치 파는 음식처럼 예뻤었다.

반대로 카야는 형편없는 수준은 아니었으나, 뒤집을 때 실패하여 쏟아진 물웅덩이 같은 형태가 되어버렸었다.

어째서 그렇게 잘 만드는 거야, 어째서, 하고 슬프게 탄식하는 카야가 재미있었는지, 유즈루가 쿡쿡 웃었던 게 생각났다.

『아주 전위적이네요.』
『그냥 형편없다고 말해.』
『성장 가능성이 있어요. 이제부터 능숙해지면 되죠.』
『연습할 기회가 별로 없어.』
『둘이 집 지키는 날을 핫케이크 만드는 날로 하는 건 어떨까요.』
『유즈루, 핫케이크 좋아해?』
『당신과 함께 만드는 건 즐거우니까요.』
『흐응, 그럼 좋아…….』

즐거운 시간이었다.
아무런 불안도 슬픔도 없었다.

『유즈루, 그거 내 거야.』
『카야 님은 제가 만든 걸 드세요. 저는 이쪽을 먹겠습니다.』

둘이서 좋아하는 과일과 생크림, 초콜릿 시럽을 토핑하려는 단계
에 유즈루는 핫케이크를 교환했다. 그건 분명 맛없을 거라고 카야
가 말해도 듣지 않았다.

『뭘 모르시네요. 주인이 만들어준 걸 먹고 싶은 거예요.』

그렇게 말하며 듣지 않았다.

"……."

지금 생각해보면 그건 정말 애정 깊은 행위였다.

—유즈루.

어두워지지 않게, 분발할 힘을 키우려고 좋은 기억을 떠올렸을 텐데, 카야는 눈을 감고서 또 눈물을 흘렸다. 밀려왔다가 물러나는 파도처럼 애달픔이 커졌다.

택시 기사에게 우는 얼굴을 보이고 싶지 않았다. 곤란하게 만들고 싶지 않았다.

몰래 눈물을 닦는 사이에 택시는 병원에 도착했다.

병원에 도착하니, 엄마 슈리가 정면 현관 입구에서 기다리고 있었다.

에이센이 연락해준 것이다. 병원에서 출발했을 때보다 더 엉망이 된 딸을 보고 슈리는 애처로워서 얼굴을 찡그렸지만, 곧장 소우시에게 데려가줬다.

카야와 소우시, 그리고 슈리의 대화는 길게 이어졌다.

아무리 카야의 사수지기라고는 해도, 친족의 허락도 없이 그런 강경 수단을 쓰다니 비상식적이라고 먼저 그 부분을 질책받았다. 유즈루는 살 수 있을지도 모르지만, 카야의 손해가 너무 크다고도 했다.

"내 평판이 떨어지는 건 문제없어."

"문제없지 않습니다……!"

소우시는 드물게도 언성을 높였다. 카야에게 돌아가 달라고 했을 때도 이런 모습은 보이지 않았는데.

들은 정보가 너무 충격적인 탓도 있을 것이다. 말하고 나서 퍼뜩 놀라 손으로 입을 가렸다.

사람이 별로 안 다니는 병원 복도에서 이야기를 나누고 있지만, 아무도 없는 것은 아니었다.

검사를 끝내고 방에서 나온 입원 환자가 의아한 얼굴로 이쪽을 보고 있었다. 아직 본산에서 사람이 오지는 않았지만, 누군가가 대화를 듣는 것은 좋지 않았다.

소우시는 목소리를 낮추고 말했다.

"……유즈루를 살리고자 하는 카야 님의 마음은 기쁩니다. 하지만 너무 무모합니다. 그리고 카야 님의 평판만 떨어지는 게 아닙니다."

아들이 살 수 있을지도 모르는데, 소우시는 이 이야기를 바로 받아들일 생각이 없는 것 같았다.

카야는 애가 닳았다. 하지만 마음이 흐트러지면 바로 소우시에게 간파당한다.

냉정한 상태에서 생각한 작전이 아니라고 여겨지는 것은 좋지 않다. 특히 소우시 같은 이성적인 사람을 설득하려면 이쪽도 차분한 모습을 보여줘야 했다.

3년간 침식을 함께하고 산을 오르면서, 그에게 뭔가를 요구하려면 그래야 한다는 것을 카야도 이해했다. 카야는 애써 평온한 태도로 말했다.

"알아. 하지만 그건 내 탓이라고 할 거야. 다른 분들은 나를 지켜

주려고 하지만, 실제로 비난받게 되면 나는 전부 내가 협박해서 시
킨 거라고 말할 생각이야."

"……카야 님!"

질책이 날아왔다.

"저기…… 장소를 바꾸죠."

슈리가 말해서, 세 사람은 더 사람이 안 다니는 복도 안쪽으로 이
동했다. 카야는 다시금 말했다.

"소우시…… 네게도 분명 폐를 끼치겠지. 2대에 걸쳐 사수지기를
배출한 집안이라지만 편애가 과하다고. 그런 말을 들으면…… 아무
것도 몰랐다고, 내가 멋대로 한 거라고. 그렇게 말해도 돼. 지금 너에
게 비밀을 공유하고 있는 건, 실행할 때 막지 않았으면 해서야……."

소우시는 비아냥거린다기보다는 슬프게 말했다.

"……저보고 허수아비가 되라는 겁니까……?"

"아니야. 묵인해 달라고 부탁하는 거야. 멍청하고 제멋대로인 새
벽의 사수가 다른 신에게 억지를 부려서 총애하는 사수지기를 살렸
다. 그렇게 말하면 다들 믿을 거야. 도와주는 분들에게 최대한 불똥
이 튀지 않게 배려하고 싶어. 그런 협력을 부탁하고 싶어……."

―내가 받는 대가가 악평과 처벌이라면 너무 싸게 먹히는 거지.

카야는 생각없이 말하고 있는 게 아니었다.

자신이 받을 벌도 어느 정도 예상하고 있었다.

고등학교는 퇴학당할지도 모른다.

부모와 함께 살지 못하게 될 가능성도 있다. 역할에서 풀려나는
것은 시스템상 불가능하므로, 고립되어 죽을 때까지 냉대받을 가능

성이 가장 컸다.

─하지만, 그래서 유즈루가 살아난다면.

자신을 그저 도구처럼 취급하는 사수지기가 새로 파견되더라도 상관없다.

─값싼 대가야.

아무튼 그가 살아있다면 그걸로 좋다. 유즈루가 죽으면 따라 죽고 싶다고 생각했던 아가씨에게는 어떤 처벌도 질책도 가볍게 느껴졌다.

─너무 싸.

남은 인생이 잿빛으로 물들더라도, 멀리서 유즈루의 행복을 기도하며 그가 건강히 지내고 있다는 소식이라도 들을 수 있다면 단연코 그게 더 좋았다.

하지만 역시 엄마인 슈리가 끼어들었다.

"……카야. 그건 안 돼."

딸을 소중히 여기는 슈리는 작전 자체에는 찬성해도, 그 후 여러 사람에게 자신의 딸이 비판받는 일은 참을 수 없을 것이다.

"……엄마, 이미 다들 협력해주고 있어. 돌이킬 수 없어."

2 대 1의 논쟁이 되려는 분위기를 느끼고 카야는 강하게 대꾸했다.

여기서 질 수는 없었다.

"아빠도 허락했어. 병원에 가라고 한 사람은 아빠야."

슈리도 그건 이해하고 있는 것 같았다. 고개를 끄덕여 동의했다.

"그래, 그건 알고 있어……."

그럼 뭘 말하는 거냐는 카야의 시선을 받고 슈리는 진지하게 대답했다.

“……그게 아니라, 엄마가 지시했다는 걸로 하자고 말하고 싶었던 거야.”

뜬금없는 발언에 몇 초간 세 사람 사이에 침묵이 흘렀다.

“……엄마?”

카야는 견제하는 듯한 음성으로 불렀고, 소우시는 또 화를 냈다.

“슈리 님까지 무슨 말씀을 하시는 겁니까!”

두 번째 질책이 날아왔다.

“그럼 아이한테 전부 떠넘기라는 거예요?!”

슈리는 허리에 손을 얹고서 대꾸했다.

“그렇게 말할 수 있는 재료는 있어. 왜냐하면 내 딸은 얌전한 아이인걸.”

“……엄마?”

카야는 두 번이나 똑같은 말을 하고 말았다.

“실제 너와는 별개로 평소의 행실을 말하는 거야. 지금까지 큰 문제도 일으키지 않았어. 그런 아이가 갑자기 반란 같은 짓을 하고 전부 자기 탓이라고 하면 믿을 사람이 얼마나 되겠니?”

소우시가 슈리에게 말했다.

“슈리 님, 역시 무리가 있습니다. 카야 님이 불온분자로 여겨지지 않는다는 건 동의하지만, 그렇다고 해도 슈리 님의 지시라고 하는 건 너무 작위적입니다.”

“하지만 소우시 씨, 저는 윗사람에게 거침없이 말하니까 카야보다는 적임자라고 생각해요.”

“그건 슈리 님의 친정이 중진 집안이라서 그런 것 아닙니까…….

그럴 거면 친정에 부탁해서 최대한 카야 님을 감싸 달라고 하는 게 훨씬 더 건설적입니다.”

“……그건, 그렇지만.”

“이런 말은 별로 하고 싶지 않지만…… 일이 전부 들통나면 본보기로 카야 님이 더 고통받을 가능성이 큽니다. 10대 소녀신의 말을 진지하게 듣지 말라는 식으로 넘어가면 좋겠지만, 아마 그렇게는 안 될 겁니다. 시대착오적인 관리 체재로 돌아가고 싶어 하는 파벌이 끈질기게 있습니다…….”

카야는 소우시와 시선이 마주쳐서 고개를 끄덕였다. 카야도 이미 아는 사실이었다. 반대파가 있었다.

지금 살아있는 사람보다 형식을 사랑하는 자들이. 이건 후게키 일족에 한정된 이야기는 아니었다.

물론 전통을 유지하는 것도 필요하고, 형식화됐더라도『있었다』라는 사실을 보존하고자 애쓰는 것은 역사를 잊지 않기 위해서도 좋은 일이다.

다만, 명백하게 인권을 침해하는 일조차 전통적인 아름다움이라고 말하는 것은 현대의 가치관을 가진 인간에게는 비정상적으로 보였다.

소우시와 카구야는 그 전환기에 낀 세대라고도 할 수 있었다.

“이번 일은 좋은 먹잇감입니다. 끝나고 나서 어떤 벌이 내릴지……. 모처럼 사수의 고립을 방지했는데…….”

자식이나 그에 가까운 존재가 생겼을 때, 미래를 생각하고 지금을 살아가는 사람을 지키려고 한다.

소우시는 그런 일을 많이 고생하며 해 온 사람이었다.

그리고 카야는 은혜를 입은 쪽이었다.

카야는 소우시의 말을 듣고 저도 모르게 고개를 숙였다.

"미안……. 소우시랑 카구야 오빠가 해준 일에 흠집을 내서 미안해……."

"카야 님, 아닙니다……. 그런 게 아니라……."

소우시가 말을 어물거렸다.

"알아. 네가…… 「내가 한 일이 무용지물이 됐다」라며 분하게 여기고 있는 게 아니라는 건. 나를 생각하기에, 그런 일을 하면 사수의 취급이 안 좋아질 거라고 걱정하고 있는 거잖아."

"……."

"늘 폐만 끼치지……. 정말 미안."

거기까지 말하고 겨우 고개를 들었다. 이건 눈을 피하지 않고 말해야 했기 때문이다.

"분명 내게 서운한 점이 많을 거야. 전부 끝나면 얼마든지 책망해도 돼. 하지만 유즈루를 살리는 건 협력해줘. 내 행동에, 모두의 협력에…… 유즈루의 미래가 걸려있어. 소우시도 아들이 살 수 있다면 그러고 싶잖아……?"

"……."

소우시는 완전히 입을 다물어 버렸다.

"끝난 후의 일은 그때 가서 대응할게. 내가 저지른 일은 책임질 거야. 도망치지도 숨지도 않아. 각오했어. 부디 이 일은 맡겨줬으면 해."

카야의 말솜씨는 유창했다. 본인이 말한 대로, 말에서 각오가 보였다.

"엄마도. 이해해줘."

카야는 슈리 쪽으로도 고개를 돌리고서 말했다.

"카야……."

"엄마도 유즈루가 소중하잖아. 내 입장이었으면 어땠을까? 분명 똑같이 했을 거야. 지금은 유즈루를 최우선으로 생각해줘……."

슈리는 역시 아직 하고 싶은 말이 있는 얼굴이었지만, 최종적으로는 고개를 끄덕였다.

"그렇지……."

딸이 고통받는 것은 보고 싶지 않지만, 구할 수 있는 생명을 굴레나 손익 때문에 버릴 수 있는 사람은 아니었다. 슈리는 설득해냈다. 이제 소우시가 수락해주면 이야기는 진행된다.

카야는 여전히 침묵하고 있는 소우시의 대답을 기다렸다.

소우시의 얼굴은 고뇌의 빛으로 물들어 있었다.

―왜 바로 수락하지 않는 거야.

카야가 안달 내기 시작했을 때.

"……카야 님, 하나 여쭙고 싶습니다."

소우시가 침묵을 깼다.

격식을 차린 태도로 물어서 카야도 자세를 바로 했다.

"뭔데?"

"왜, 갑자기 다른 신을 의지하신 겁니까?"

면전에서 『왜』냐고 물으니 카야는 대답이 궁해졌다.

"어? 그러니까…… 유즈루가."

카야 입장에서는, 유즈루를 살릴 방법을 찾았는데 지금도 이렇게 장고하고 있는 소우시에게 『왜』냐고 묻고 싶었다.

그대가 승낙만 해주면 나는 얼마든지 희생할 수 있는데.

솔직히 이렇게까지 얘기가 잘 정리되지 않을 거라고는 생각하지 않았었다.

분명 기뻐할 거라고, 유즈루를 위해 동의해줄 거라고, 그렇게 생각했었는데.

소우시의 목소리는 아까보다 한층 더 깊게 고층으로 탁해져 있었다.

"제가 카야 님을 궁지로 몰았습니까……?"

이때, 카야는 소우시를 오인하고 있었다.

후게키 소우시라는 남자는 매우 종잡을 수 없는 인물이었다.

"……저는 차갑게 『가족끼리 있게 해달라』고 말했습니다."

다른 사람을 위해 움직이는 남자지만, 그의 본심은 속에 감춰져 있고 많은 것을 말하지 않는다.

연이 있는 사람도, 어쩌면 본심은 차가울지도 모른다고 여기기도 했다.

깊이 대화하고 나서야, 그때 그렇게 생각하고 있었냐며 놀라게 되는 사람이었다.

"방해된다는 말로 들렸을지도 모릅니다."

감정을 겉으로 드러내지 않는 사람. 그게 소우시라는 남자였다.

소우시는 아마 의도적으로 일상생활 중에 가면을 쓰고 있을 것이다.

인간은 누구나 타인에게 보여주기 위한 얼굴이 있다. 그는 남들보다 그게 두껍고, 정말 친한 사람에게만 가면 안쪽의 얼굴을 보여 줬다.

그렇기에 일단 그 가면이 벗겨져 그가 가진 본래의 상냥함을 접하면 강하게 끌리게 된다.

"그렇게 말한 것이, 당신을 궁지로 몰았습니까……?"

카야는 「아아」 하고 탄식할 뻔했다.

"……당신을 상처 입혔습니까……?"

소우시의 가면을 벗기고 말았다고 느꼈다.

카야가 계획을 이야기했을 때부터 벗겨지려고 했을지도 모르지만, 지금은 완전히 가면이 사라져 있었다.

"카야 님……."

소우시는 상처받은 얼굴을 하고 있었고, 거기에는 감정이 드러나 있었다. 눈은 슬픔을 호소하고 있었다.

"……정말 당신의 의지로 하신 일이라는 생각이 안 듭니다."

카야는 자신이 생각 없이 행동해서 그가 상처받았음을 알았다.

선량한 어른인 그는 생각했을 것이다.

자신이 궁지로 몰았기에 이 아이는 이런 일을 저질렀다고.

기뻐하지 않는 이유를 마침내 알았다.

"변명으로 들리시겠지만, 저는 당신을 숨기고 싶었습니다. 그 이상으로 상처받지 않으셨으면 했습니다……. 분명 제 가족이 상처 입힐 테니까…… 그런 모습은 보고 싶지 않았어요."

"소우시……."

"저는 카야 님이 지금 어떤 마음이실지……."

카야는 매달리듯 소우시의 팔을 잡았다.

"아니야! 소우시는 말을 가려줬어……. 소우시가 한 말은 당연한 말이야."

더더욱 죄책감을 느끼는 표정이 되는 소우시를 보고 카야는 더 열심히 말했다.

"소우시야말로 그렇게 생각하지 마. 내가 유즈루를 살리고 싶다고 다른 신에게 머리를 숙인 건 단순히 내 욕망이야. 소우시가 그렇게 만든 게 아니야!"

"……."

소우시는 여전히 자신의 말이 카야를 궁지로 몰았을 가능성을 버리지 못한 것 같았다.

—내가 소우시를 궁지로 몰고 있어.

같이 살았을 때도, 아들을 달라고 했을 때도, 소우시는 곤란한 듯 웃기만 할 뿐 카야에게 속내를 드러내지 않았다. 분명 그건 소우시가 『어른』이라는 것을 중요하게 여겼기 때문이다. 카야는 어린아이고 자신은 어른이니까. 분별이 있는 사람이었다. 그렇게 행동할 수 있는 큰 도량과 가면도 가지고 있었다. 지금은 그저 고통스러워하고 있었다.

"소우시."

카야는 붙잡은 팔을 흔들었다. 무의식적으로 시선을 피하는 소우시가 자신을 봐줬으면 했다.

거짓말이 아니라는 것을 알아줬으면 했다.

"정말이야. 소우시는 모를 수도 있는데…… 나랑 유즈루는…… 싸우기도 했지만, 제대로 둘이서 사수와 사수지기로 지냈어……. 내가 유즈루를 살리고 싶어 하는 건…… 내가…… 소우시의 아들을 사람으로서 좋아하기 때문이야……."

"……."

"우리, 잘 지내고 있었어……."

카야는 건강했을 적의 유즈루를 떠올렸다. 불과 십몇 시간 전의 모습이었다.

"싸우기도 하지만, 서로를 보듬어줄 때가 더 많아. 어제도 유즈루랑 같이 요리해서 밥 먹었어. 핫케이크를 만들었어……."

말할 때마다 유즈루에 대한 마음이 쌓였다.

"휴일인데, 예쁘게 있으라면서 머리도 매만져줬어."

그때 어떤 얼굴을 보여줬었는지. 닿았던 손이 얼마나 따뜻했는지. 눈 뜨고 보기 힘들 만큼 참혹한 상태가 되기 전의 그를 떠올렸다.

"내가 성인식에 갈 때 머리를 만져주고 싶다면서 연습했었어……. 너한테 내 사진을 보내고 싶다고도 했어. 유즈루는 나를 아주 열심히 챙겨줘……."

아무런 불안도 없이 지냈던 그 휴일이 벌써 그리웠다.

—어제인데.

유즈루가 무사했던 어제로 돌아가고 싶다.

"소중히 여겨줘. 항상 걱정해줘. 하지만 유즈루가 그러지 않더라도 나는 유즈루가 소중해. 다들 몰라서 그렇지……."

과거로 돌아가서, 전부 다시 시작하고 싶다.

"다들 몰라서 그렇지, 우리는……."

목소리가 이상하게 튈 것 같아서 카야는 일단 말을 멈췄다.

우리는 뭘까, 하는 의문도 있었다.

주종이긴 하지만, 친구처럼 곁에 있을 때도 있고, 가족끼리만 하는 일도 한다. 정의할 수 없는 관계라서, 이거라고 말할 수 있는 게 없었다.

서로를 아낀다는 것만큼은 분명하고 거기에 거짓은 없었다. 그저 소중했다.

“거짓말이 아니야…….”

그 말을 끝으로 말문이 막힌 카야를 보다 못해 소우시가 말을 꺼냈다.

“……유즈루와, 친하게 지내주셨군요.”

“응…… 정말이야.”

“카야 님이 말씀하신 게 거짓말이라고 생각하진 않습니다.”

“정말로 진짜야.”

“알고 있습니다. 유즈루 쪽이 당신에게 집착했던 것도…….”

“집착이라니, 그런…….”

“……그 아이는 카야 님과의 만남을 운명이라고 느꼈던 것 같습니다.”

카야의 눈이 휘둥그레졌다.

“……거짓말.”

설득하던 것도 잊고 순수하게 반응하고 말았다.

“어째서 카야 님 쪽에서 거짓말이라고 하십니까.”

“그치만.”

"왠지 그렇게 될 것 같았다고 제게 말한 적이 있습니다."

카야는 곤혹스러웠다. 그런 말은 들은 적이 없다.

"체념해서 말한 거야. 분명 그럴 거야."

그는 아빠 대신 어쩔 수 없이 에니시에 왔다. 그래서 카야는 줄곧 죄의식이 있었는데.

"소우시도 내가 말하니까 어쩔 수 없이 유즈루를 내줬잖아. 그건 나중에 갖다붙인 말이야……. 아니면 배려해서 그렇게 말해줬거나."

믿을 수 없었다. 하지만 소우시는 확실하게 말했다.

"그렇게 말한 거였다면 저는 카야 님에게 소중한 아들을 내주지 않았습니다."

단호하게 말해서 카야는 주춤했다.

"카야 님, 이 부분은 오해하지 않으셨으면 합니다. 저도…… 본산이 시키는 대로만 하는 사수지기에게 당신을 맡기고 싶지 않았습니다. 여러 가지로 생각해서 아들에게 말했습니다. 그게 다입니다. 당신이 명령해서 그런 게 아닙니다."

카야는 소우시를 빤히 보고 말았다.

"아들을 지명하신 것에 응어리가 전혀 없다고 하면 거짓말이지만…… 그것도 하나의 방법이라고 생각했습니다."

"……."

"애초에 카야 님은 그때도 어린아이였습니다. 어른이 아이의 말을 진지하게 받아들일 리가 없죠."

"하지만 나는 새벽의 사수야……."

"확실히 당신은 신분이 높은 분이지만, 제게는 3년간 함께 지내며 지켰던 작은 여자아이입니다."

소우시는 타이르듯 계속 말했다.

"부모님이 보고 싶다고 우시던 모습이 지금도 생생히 떠오릅니다."

원래 같으면 유즈루에게 할애해야 할 시간을 카야에게 쏟았다.

"저는 당신의 향후 행동에 대해 책임이 있었습니다. 정도 있었습니다. 그건 당신의 결단이 아니라, 그때 어른이었던 제 결단입니다. 내가 떠나야 한다면, 적어도 육친을 곁에 남겨두자고……."

담담하게 구는 사람이지만, 카야에 대한 애정은 틀림없이 있었다.

"……."

카야는 소우시가 해준 일과 유즈루의 마음이 그저 미안했다.

"미안해……."

입으로 나오는 건 사죄의 말뿐이었다.

몇 번이나 말해서 상대방도 지긋지긋할지도 모른다.

하지만 카야가 할 수 있는 일은 그것밖에 없었다.

사수가 아닐 때의 그녀는 그저 열여섯 살 소녀일 뿐이니까.

"왜 사과하십니까……."

"소우시가 많은 걸 참게 하고 있으니까……."

"……가장 많이 참고 있는 사람이 누구인지, 저는 잘 알고 있습니다, 카야 님. 당신이 이렇게, 제가 없어진 뒤로 많이 고민하셨을 줄은 몰라서…… 저야말로 죄송합니다……. 카야 님이 남들보다 생각이 과한 성격이라는 걸 깜빡했습니다……."

—소우시.

감싸려고 하는 말은 아닐 것이다.

그는 어린 주인을 자신의 아들에게 맡긴 뒤로는 얘기를 전해 들었을 뿐이다. 마침내 재회하여 자신이 한 일의 결과를 직접 보았다. 그 자신도 당황스러운 것 같았다.

"……아니야, 내가 나빠."

소우시가 말한 것처럼, 카야는 조금 생각이 과한 구석이 있었다. 자기 처벌적이라고 말할 수도 있을 것이다.

"……카야 님. 어릴 때와 달라진 게 없으시군요."

카야는 소우시의 말을 이해하지 못하고 눈을 깜빡였다.

"사수로 뽑혔을 때, 카야 님이 제게 하셨던 말씀을 기억하십니까?"

기억나지 않았다. 카야는 몇 초 생각했지만, 정말로 알 수 없었기에 자신이 했을 법한 말을 했다.

"……잘 부탁해?"

소우시는 쓴웃음을 지었다.

"아닙니다. 당신은 이렇게 말씀하셨습니다.『내가 나쁜 아이라서 신에게 뽑힌 거야?』라고."

카야는 그러고 보니 그런 말을 한 것도 같다고 어렴풋이 생각했다.

슈리는 안타까운 듯 입술을 깨물고 있었다.

"당신은 나쁜 아이가 아니라고, 저는 말씀드렸습니다. 그렇게 생각하는 것이 카야 님이 납득할 이유가 됐을지도 모르지만……."

부자유를 어떻게든 납득하기 위한 정신 구조.

분명 그건 사수에게 필요한 것일지도 모른다.

"……지금의 카야 님을 보면 그때의 카야 님이 생각납니다. 유즈루를 살려주시는 것은 기쁘죠……. 하지만 당신의 무언가를 희생하여 살리는 건…… 역시 아니라는 생각이 듭니다……. 유즈루가 기뻐하지도 않을 겁니다…….”

“소우시.”

눈앞에 있는 어른은 아직 확약하는 말을 해주지 않았다. 하지만 마음은 기울어 있는 것처럼 보였다.

“내가 하는 일이 전부 어리석게 보일지도 몰라. 전부 불명료해서 불안하겠지. 나도 아무것도 약속할 수 없어. 하지만 부디…… 노력만이라도 할 수 있게 허락해주면 안 될까……?”

카야는 소우시에게 말했다.

“유즈루를 살리고 싶어. 나도 유즈루가 살아있으면 기뻐.”

―고맙다는 말과 미안하다는 말을 하고 싶어.

“네가 나를 책망해서 그런 게 아니야……. 정말로…….”

―말할 수 있다면, 이후의 인생이 어찌 되든 좋아.

“다른 분들에게, 물론 너랑 네 가족, 유즈루에게도 불똥이 튀지 않게 행동할 거야. 이미 가을의 대행자님과 호위관님이 이쪽으로 오고 있어. 카구야 오빠랑 에켄도 협력해주고 있어. 네가 승낙해 준다면 나머지는 내가 어떻게든 할게. 부탁이야…….”

―유즈루가 보고 싶어.

이제 얼마나 눈물을 흘렸는지 모르겠는데, 또 시야가 흐려졌다.

“허락해줘……. 제발…… 소우시…….”

유즈루에 관한 일이라면 평생 울 수 있을 것이다.

그가 그녀를 약하게 만들었다. 사랑해줬기에 약해졌다.

약해졌기에.

“제발…… 소우시…….”

지금 이 순간, 그를 위해 강하게 있고 싶었다.

소우시는 한동안 침묵했으나, 이윽고 자신을 붙들고 있는 카야의 손을 잡았다.

“소우시…….”

그리고 그대로 손바닥을 데우듯 고쳐 잡아줬다.

“…….”

한동안 말이 없었지만, 이내 그도 결심했다.

“알겠습니다. 카야 님…… 하신다면, 함께 하죠.”

망설여졌을 텐데.

“아내에게도 말하겠습니다. 아내의 협력 없이는 할 수 없습니다.”

권리나 체면을 위해서가 아니라. 친하게 지내준 청년을 구하고 싶다는 단순한 동기.

자신의 아들을 좋아해주는 아가씨에 대한 애정이 최종적으로 이겼다.

“카야 님의 말을 듣고…… 아들에게 말해주고 싶다는 생각이 들었습니다.”

“……뭐라고?”

“너는 주인에게 사랑받고 있다고요.”

그런 건 말할 필요도 없는데. 카야는 그렇게 생각했지만, 어쩌면 유즈루는 유즈루대로 카야의 마음에 관해 모르는 게 많을지도 모른다. 그렇다면 자신도 전하고 싶다고 카야는 생각했다.

“저도, 아들과 한 번 더 얘기하고 싶습니다……. 과분한 입장이긴 하지만, 유즈루의 구명을 부탁드려도 될까요……."

소우시가 깊이 머리를 숙였다.

그 모습은 카야와 함께 지냈을 때 봤던 그보다도 훨씬 작아 보였다.

"응."

카야는 잡아준 손을 흔들며 대답했다.

"맡겨줘. 유즈루를 위해서라면, 나는 뭐든 할 수 있어. 증명할게."

이리하여 아침과 밤과 가을의 작전이 본격적으로 시작되었다.

제 7 장
북쪽 대지에서

아침과 밤과 가을의 회의가 끝난 후, 사태는 곳곳에서 큰 전개를 보였다.

북쪽의 큰 섬 에니시에서는 카야가 병원으로 가는 한편, 겨울의 대행자 호위관 칸게츠 이테쵸가 후배에게서 걸려온 전화를 받고 있었다.

"요청은 이해했어. 바로 대응하지. 카요의 도련님에게 부탁할 필요는 없어. 애초에 지금은 우리 관할이야. 에니시에서의 겨울 현현은 남아있지만, 경비 계획을 변경할 거라서 혹시 모르니 먼저 움직여두고 싶다고 말하면 문제없겠지. 조금 전에 역적에게 습격당한 차라 좋은 구실이 돼."

바로 조금 전에 현재 장소의 겨울 현현이 끝났을 것이다.

이테쵸가 뱉는 숨은 하얬고, 주변에 온통 은색 설경이 펼쳐져 있었다.

옥부용이 내리는 고요한 삼림 속에서, 이테쵸와 마찬가지로 겨울의 대행자를 경호하는 자들이 삼엄한 모습으로 총을 들고 있었다. 비상사태이긴 하겠지만, 이테쵸를 포함해 겨울의 호위진은 매우 침착했다.

『그러셨나요……! 죄송합니다……. 그리고 감사합니다. 터무니없는 때에 전화를 걸었습니다.』

"아냐아냐, 대처는 한참 전에 끝났어. 마침 전화 온 거 없나 확인하는데 너한테서 전화가 온 거야."

그게 거짓말인지 진짜인지는 알 수 없었다. 하지만 어느 때든 이렇게 타인을 배려할 수 있는 것이 칸게츠 이테쵸라는 남자였고, 사람들이 그를 신뢰하고 의지하는 이유이기도 했다.

『칸게츠 님, 그럼 그쪽에 부상자는……?』

"부상자는 없어. 내 겨울이 전부 얼렸어."

이테쵸는 쓴웃음을 지으며 속삭였다. 시선 끝에는 그의 주인이 있었다.

겨울의 대행자 칸츠바키 로우세이는 이테쵸와 조금 떨어진 곳에서 접이식 의자에 나른하게 앉아 있었다.

평소에도 아름다운 청년이지만, 눈 속에서야말로 그의 매력이 높아진다는 생각이 들었다.

어두운 숲속, 소복소복 내리는 가루눈을 맞고 있는 그의 모습은 그야말로 한 폭의 그림이었다.

상황을 보아하니, 체포한 역적을 회수해줄 국가 치안 기구가 도착하길 기다리고 있는 것 같았다.

"로우세이."

이테쵸가 로우세이를 불렀다. 전화 상대가 자신의 정인인가 착각한 그는 바로 달려왔다.

"히나야?"

그 물음을 들은 린도우가 송구스러운 듯 또 『죄송합니다……』라고 말했다.

"아자미 군이야. 로우세이, 겨울이 쓸 예정인 전용기를 지금 움직일게."

"갑작스럽네……. 딱히 상관없지만, 가을이 쓰는 거야?"

"아니, 황혼의 사수님과 사수지기가 쓸 거야."

“사수님과 그 새끼 늑대가? 류구에서 못 움직일 텐데?”

“긴급 사태야. 아무튼 괜찮지?”

“어차피 이미 허락했을 거면서. 네가 알아서 잘해.”

이테쵸는 또 웃었다.

“그럼 알아서 할게. 우리 쪽에서 네 명 보내겠어. 두 명씩 나뉘어서 너희와 황혼의 주종을 호송하지.”

“나데시코도 오는 거야? 잘 알 수 없는 사태네.”

『칸게츠 님, 그러면 그쪽의 경비가 일시적으로 허술해집니다!』

“아자미 군, 괜찮아. 마을에서 증원을 보낼 거야. 이쪽 인원은 변함없어. 원래부터 우리는 역적 대응에 따라 인원을 조정할 수 있게 근무 일정을 짜. 증원 요청을 보내면 마을에서 예비 인원이 출동해 현지로 달려오지. 보내는 건 그쪽 인원이니까 괜찮아.”

『하지만 예비가 줄어드는 것도 문제이지 않습니까……?』

“현재 이쪽에는 사계청 직원도 파견 나와있어. 역적에게 공격받았으니 료칸까지 국가 치안 기구도 따라오겠지. 아무런 문제 없어. 너희가 더 걱정이야.”

『……정말 괜찮을까요? 받기만 해서 마음이 괴로운데…….』

“이런 건 뭘 해준 축에도 안 들어가. 그리고 우리가 원호하지 않으면 누가 하겠어? 에니시는 우리의 토지니까, 이걸 못 하는 건 겨울의 불명예야.”

잘 말했다며 로우세이가 이테쵸의 등을 때렸다.

이테쵸는 보복하듯 주인의 머리에 주먹을 툭 올렸다.

그러자 머리를 만진 게 싫었는지 로우세이가 이테쵸의 다리를 걸

어찼다.

"어허, 하지 마."

늘 있는 일이기에 이테쵸도 린도우가 눈치채지 못하도록 평정심을 유지하며 긴 다리를 뻗어 로우세이의 등을 가볍게 찼다. 그리고서 로우세이의 얼굴로 팔을 뻗고 손을 펼쳐 붙잡았다.

"전화 중이야. 조용히."

"아파, 아파!"

로우세이가 고통스러워하며 외쳤지만 무시하고 이테쵸는 말했다.

"아자미 군, 미안해. 아무튼 그쪽은 몇 명이 움직이고 있어?"

『……저기…… 칸츠바키 님의 목소리가…….』

"신경 쓰지 않아도 돼."

"아파!"

『…….』

신경 쓰지 않기는 어려웠지만, 린도우는 얌전히 대답했다.

『……저와 경비 한 명, 나데시코를 포함해 세 명입니다.』

이테쵸는 하늘을 올려다보았다.

"소수 정예인가. 그럼 뭐든 탈 수 있겠네……. 야간이면 헬기는 어렵고. 애초에 그쪽은 근처에 착륙 지점이 없어. 역시 자동차가 가장 타당한가……."

그때 로우세이가 버둥거려 아이언 클로의 마수에서 벗어났다.

한 번 더 이테쵸의 다리를 걷어차고 말했다.

"……어이, 국가 치안 기구에 부탁하면 안 되는 안건이야?"

이테쵸는 묵묵히 발차기를 맞으면서 입가에 검지를 올리고 간결히 대답했다.

"새벽의 사수님의 사수지기를 살리기 위해 밤과 가을이 움직이고 있어. 국가 치안 기구에 말하면 말릴 안건이야. 물론 사계청도."

로우세이는 눈을 끔뻑였다.

"엄청난 일을 하네……."

이테쵸는 고개를 끄덕이며 린도우에게 말했다.

"아자미 군, 현재 너희는 뭐로 이동할 생각이야?"

『택시입니다. 두 시간 반 정도면 도착할 수 있다고 들었습니다.』

새어 나오는 대화를 들은 로우세이가 『뭐?』라는 소리를 냈다. 이테쵸는 야단치듯 노려보았지만, 로우세이는 주춤하지 않고 말했다.

"아니, 그치만…… 겨울의 에니시를 얕보면 곤란해. 내가 계절 현현을 시작했어. 눈이 내리는 지역은 윈터 타이어로 바꾸고 느릿느릿 달리는 차들뿐이야. 심야라고는 해도 그렇게 빨리 달려주진 않을 거고, 애초에 입동이 막 지난 이 시기면 거절당할지도 몰라."

"로우세이, 얘기를 단편적으로 듣고서 트집 잡지 마. 장소는 시라누이야."

"난 또 뭐라고. 거긴 내가 아직 겨울을 전하지 않았으니까 괜찮나."

이테쵸는 몇 초 침묵했다가 다시 입을 열었다.

"마을의 방탄차를 몇 대 움직일까. 경호원이 적으니 방탄차에 타야 해."

"이테쵸, 병행해서 시라누이의 겨울 별궁 관리자에게 귀빈을 맞을 준비도 시켜. 안 쓰는 기간에도 일한 사람에게는 임시 수입이 있을 거라고 해. 내가 댈게."

“묵을 거냐고 안 물어봤는데.”

“쉴 장소는 필요하겠지. 나데시코가 살릴 거면 열이 나서 쓰러질 가능성이 커. 쓸지 안 쓸지는 차치하고, 대응할 수 있도록 해둬. 겨울 별궁이 있는 시라누이에서 가을이 쓰러졌는데 우리가 아무것도 안 한다면 그거야말로 겨울의 불명예야.”

이테쵸는 눈을 접었다. 이럴 때의 로우세이는 통이 컸다.

“멋진 결단이야. 로우세이, 고마워……. 아자미 군, 들었어? 이것저것 정해져서 나중에 다시 연락하고 싶어. 너도 비행기에 타느라 정신없어질 테니까 문자로 연락할게. 아무튼 너는 나데시코 님을 데리고서 아무 생각 말고 비행기에 타 줘. 에니시 공항에 도착하면 우리 쪽 호위진이 대기하다가 호송할 수 있도록 해둘게. 카구야 님에게는 내가 직접 연락하고 싶어. 본인과 애기하지 않으면 뭐가 부족하고 뭐가 필요한지 알 수 없으니까. 여름 분들의 결혼식 때 뵙고 나서 연락하지 못했고, 나도 제대로 인사하고 싶어.”

이테쵸의 머릿속에서는 이미 어느 정도 가닥이 잡힌 것 같았다.

너무 유능한 사람은 쉽게 시기받지만, 이쯤 되면 오히려 상쾌했다.

『……정말 감사합니다. 답례는 반드시 하겠습니다.』

“필요 없어. 같은 호위관 사이에 곤란한 일이 있으면 선뜻 의지해 주는 게 나는 더 기뻐. 나도 곤란한 일이 생기면 너를 의지할 거야. 우리나라의 가을과 밤을 지키는 건 당연한 일이니까.”

린도우는 춘하추동 공동 전선의 고마움을 다시금 되새겼다.

이리하여 겨울의 원호로 이동 문제는 해결되었다.

린도우와 나데시코가 안도하는 가운데, 류구의 황혼의 주종은 숨을 헐떡이며 산속을 달리고 있었다.

택시에 탔을 때, 이테쵸에게서 전화가 왔었음을 깨닫고 에켄이 허둥지둥 회신했다.

류구의 비행기에 타기만 하면 나머지는 에니시가 홈인 겨울이 전부 어떻게든 해준다는 이야기를 듣고, 카구야와 에켄도 송구스러워하면서 두 손 들고 기뻐했다.

아무리 계산상으로는 문제없다지만, 줄곧 류구에 매여있느라 여행 초보자인 카구야와 현대 기기를 다룰 줄 알긴 하지만 세상 물정 모르는 아이기도 한 에켄, 이렇게 둘이서 낯선 땅에 최대한 빨리 도착해야 한다는 과제는 무거웠다.

로우세이와 이테쵸의 재량에 고마워하면서 후의를 감사히 받아들이기로 했다.

류구다케에서 택시를 이용해 류구 공항으로 이동하고. 비행기는 문제없이 예약하여 탈 수 있었다.

카구야는 한참 옛날에 류구로 끌려온 이후로 오랜만에 이 하늘을 나는 쇳덩어리를 탔는데, 얼굴이 새파래지게 되었다.

"에켄, 나 하늘을 날고 있어."

전형적인 비행기를 무서워하는 사람이었다. 류구다케의 성역에 매일 오르고 있으니 높은 곳이 무섭지는 않을 테지만, 비행은 무서운 것이리라. 사로잡힌 신이 비행기에 타는 것은, 다른 사람이 상상하는 것보다 훨씬 더 본인에게 충격적일지도 모른다.

“……카구야 님, 식은땀이 엄청나요.”

“너는 용케 아무렇지도 않네. 그보다…… 이걸 매일 타는 저 여성 대단하지 않아?”

“승무원 말이죠.”

“하늘이 예쁘긴 한데, 나는 통로 쪽에 앉을래. 에켄, 자리 바꿔주지 않을래?”

“잠시만요, 아직 자리 이동하면 안 되는 시간이에요.”

“그래……?”

“안내가 있을 때까지 참아 주세요. 자택에 있는 환술을 잠깐 보여 드릴 테니까 견디시는 거예요. 괜찮아요.”

“……네가 믿음직스러워 보여.”

“저는 카구야 님이 귀여워 보여요.”

에켄의 배려도 있어서 카구야는 어떻게든 류구-테이슈 간의 비행을 견딜 수 있었다. 하지만 테이슈의 공항에 도착하니 또 다음 비행이 기다리고 있었다.

이테쵸의 지시는 문제없이 잘 실행되었는지, 비행기에서 내리자 사계청의 전용기를 관리하는 회사 사람이 대기하고 있었고 빠르게 안내해줬다.

요인이 두 명 탄다는 이야기만 들은 안내인은 얼굴이 안 닮은 아빠와 아들 같은 두 사람을 의아하게 여겼지만, 이런 전용기의 고객을 상대하는 직원으로서 깊이 추궁하지는 않았다.

두 번째 비행 체험도 카구야는 아직 익숙하지 않았지만, 비행기 이동이 잘 연결되었다는 안도로 긴장이 풀려서 전용기 안에서는 에켄과 함께 잠들어 버렸다. 시트가 푹신하고 쾌적했다는 이유도 있을 것이다.

이 무렵에 가을의 주종은 츠쿠시에서 테이슈로, 테이슈에서 에니시로 이동을 끝낸 상태였다.

비행 중에 잠들어버린 나데시코를 안고 이동하여 도착 게이트를 지나니, 정장을 입은 남녀 두 명이 달려왔다.

"당신들은……."

린도우가 경계하면서 말을 걸자 그들은 깔끔하게 허리를 숙여 인사했다.

"겨울의 마을 사람입니다. 아자미 님과 이와이즈키 님, 가을의 마을의 경호원이시죠?"

"잠시 기다려 주시길. 저희의 신분을 증명하기 위해 지금 칸게츠에게 직접 전화하겠습니다."

두 사람이 겨울의 호위진이라는 증명이 끝나자, 즉시 공항의 주차장으로 달려가 차에 올라탔다.

다시 안도의 한숨이 나왔다. 린도우는 또 다른 동행자인 가을의 마을 사람과 마주 보고 웃었다.

어떻게든 됐다는 기쁨이 가슴에 넘쳐흐르고 있었다.

이제 시라누이까지 이동해야 하지만, 여기서부터는 겨울의 호위진도 신변 경호와 그 외 원호를 도와준다고 해서 든든했다.

게다가 호위진 중 한 명으로 여성을 보낸 것은 나데시코에 대한 배려였는지, 무릎 담요와 인형 등등 여자아이에게 필요할 것 같은 물건을 차례차례 꺼내줬다.

여성에게 동갑의 자녀가 있다는 말을 듣고 린도우는 한층 더 신뢰감을 느꼈다. 운전해주고 있는 남성이 핸들을 돌리며 말했다.

"아자미 님, 식사는 하셨습니까?"

"기내에서 먹었습니다. 신경 쓰지 않으셔도 됩니다."

"알겠습니다. 아침의 신님을 위해 곧바로 오셨다고 해서, 일단 저희 쪽에서 나데시코 님과 일행분의 것도 포함해 갈아입을 옷을 겨울 별궁에 준비해 뒀습니다. 문제없이 일이 끝나면 꼭 별궁을 이용해 주시길."

세세한 배려에 린도우는 깜짝 놀랐다.

"정말 감사합니다……. 죄송하네요."

"당치도 않습니다. 우리의 왕께서 아무쪼록 결례가 없도록 대접하라고 하셨습니다. 뭐든 말씀해 주십시오."

왕이라는 것은 아마 로우세이를 말하는 것이리라. 린도우는 작게 웃었다. 그가 웃은 탓인지 자고 있던 나데시코가 깼다.

"……린도우, 벌써 일어날 시간이야……?"

"제가 깨워버렸군요. 아직 더 자도 괜찮습니다."

린도우는 몸을 기대는 나데시코의 손을 잡고 안심시키듯 말했다.

평소라면 나데시코는 자고 있을 시간이었다. 가엾다는 생각은 들지만, 쪽잠으로 버티라고 할 수밖에 없었다.

"린도우…… 나 반드시 할 수 있으니까, 자고 있어도 깨워야해……."

"네. 반드시 깨우겠습니다."

어린 주인의 헌신을 칭찬하는 대신, 린도우는 나데시코의 정수리에 입을 맞췄다.

그러자 나데시코는 웃는가 싶더니, 다시 잠들었다.

나데시코의 자는 얼굴을 사랑스럽게 본 후, 시선은 차창으로 보이는 별하늘로 이동했다.

―문제는 사수지기가 아직 힘내주고 있느냐 하는 거야.

자신들이 갈 곳에서 기다리고 있는 사람의 생명은 언제까지 버틸까.

린도우는 본 적 없는 사수지기의 생존을 바라지 않을 수 없었다.

그로부터 몇 시간 후. 날짜가 바뀌어 레이메이 20년 11월 9일 오전 두 시.

병원 근처 호텔에서 밖으로 빠져나오는 소녀가 있었다. 새벽의 사수, 후게키 카야였다.

카야는 슈리가 준비해준 호텔에 자신을 연금해 뒀었다.

본산에서 오는 현장 대응팀으로부터 도망치기 위해, 여기서 들켜버리면 자택에서 대기해 주고 있는 에이센을 배신하는 것이 된다.

호텔의 간소한 방에서 보내는 몇 시간은 카야에게 안식이 되지 못했다.

줄곧 방치해뒀던 자신의 모습을 거울로 보고, 역시 이런 지저분한 모습은 가을의 주종에게 실례라는 생각이 들어서 목욕한 뒤 말린

옷을 다시 입었지만, 조금도 숨을 돌릴 수가 없었다.

늘 긴장 상태였고, 시곗바늘의 움직임은 평소보다 느리게 느껴졌다.

휴대전화가 소리를 낼 때마다 겁이 나기도 했다.

어쩌면 유즈루의 부고일지도 몰라서.

그렇게 떨리는 손으로 확인한 문자의 내용은 전부 협력해 주는 사람들의 상황 보고였다.

류구의 에켄이 보낸 지금 택시에 탔다는 문자, 츠쿠시의 린도우가 보낸 겨울의 대행자와 호위관에게 지원을 얻었다는 희소식. 명백하게 겨울 진영의 협력이 컸다.

카야는 처음에 겨울의 대행자에게 여름의 빚을 갚아달라고 거의 협박 같은 요구를 하려고 했었지만, 지금은 미안함과 감사함이 가슴을 가득 채우고 있었다.

전부 끝나면 겨울에게 사과해야 했다.

—다들 도와주고 있어. 유즈루, 힘내.

이제 유즈루가 얼마나 버텨주느냐에 달려있다. 도중에 용태가 급변하여 사망할 수도 있다고 의사에게 들었기 때문이다.

—아침의 신님, 유즈루를 살려주세요.

카야는 문자에 답장하는 것 외에는 줄곧 기도를 올렸다.

그리고 불과 몇 분 전에 린도우에게서 문자가 왔다.

현재 시라누이 시내에 들어왔다는 것. 십여 분이면 병원에 도착할 수 있을 것 같다는 보고에 카야는 허둥지둥 『대기할게요』라고 답장하고서 호텔을 뛰쳐나갔다.

—이어졌어!

유즈루를 살릴 『재료』가 될 카야는 이제 심야의 병원에 잠입하여 병실로 가야했다. 유즈루의 가족은 임종을 지킨다는 명분으로 병원에 묵고 있었다.

원래는 병원 관계자에게 상의해야 할 일이었지만, 유즈루를 살리는 게 실제로 어떻게 될지 알 수 없기에 보류 상태였다. 안에서 유즈루의 가족이 종업원이나 업자가 쓰는 뒷문을 열어주기로 했다.

카구야가 에니시의 공항에 도착했다는 소식은 아직 오지 않았지만, 전용기를 탔다는 것까지는 파악했다.

별 탈 없다면 그들도 겨울의 호위진에게 호송받아 이쪽으로 올 것이다.

—유즈루.

카야는 쌀쌀한 날씨 속에서 숨을 헐떡이며 달렸다.

이윽고 병원에 도착했을 때, 비명을 지를 뻔했다.

병원의 정면 현관 앞에 사람이 여러 명 있는 것이 보였기 때문이다.

카야는 황급히 길을 되돌아가 건물 뒤에 숨었다.

어둡고 멀어서 잘 보이지 않았지만, 사람들이 휴대전화를 다루고 있어서 그 불빛 덕분에 정장 차림의 남자들이라는 것을 알 수 있었다.

—본산 녀석들인가?

잠깐 바깥바람을 쐬러 나온 병원 관계자로는 보이지 않았다.

그들이 어디 소속의 누구인지는 모르겠지만, 만약 본산에서 파견된 자들이라면 지금 이 시간에 카야를 찾고 있어도 이상하지는 않왔다.

평소라면 카야는 시라누이다케에 오를 시간이니까.

그리고 에이센이 거짓말해서 「카야는 저택의 방에 틀어박혀 있다」라고 되어있다.

시간이 됐는데도 방에서 안 나오는 카야를 미심쩍게 여기고 이쪽으로 곧장 왔을 가능성은 컸다.

에이센에게서 특별히 연락이 없는 것을 보면, 지금 심문당하고 있을지도 모른다.

본산 사람들이 보는 앞에서 카야에게 연락하지는 못할 것이다. 역시 집에 없다는 걸 들켰다고 생각하는 게 자연스러웠다. 그렇다면 카야는 스스로 판단해서 움직여야 한다.

산에 올라 하늘에 화살을 쏘는 것을 제외하면 지극히 평범한 여고생인 그녀에게는 난이도가 높은 시련이었다. 하지만 우는소리를 하고 있을 상황은 아니었다.

—정면으로 들어가는 건 힘들겠어.

잠긴 문이 있는 것은 아니기에, 보통 같으면 도로에 접한 정면 현관 쪽으로 부지에 침입해서 뒷문으로 돌아갈 수 있었다.

—여기 있는 걸 보면 뒷문까지는 파악하지 못했나.

낮에 사수지기의 용태를 확인하러 왔었더라도, 무슨 일이 있을 때를 대비해 피난 경로까지 본 사람은 없었으리라.

카야는 어쩔 수 없이 병원의 바깥 둘레를 어슬렁어슬렁 걸어서 남들이 보기 힘든 곳까지 이동한 뒤 외벽을 기어 올라갔다. 어둠 속에서 부지 내 잔디밭에 착지하여 그대로 뒷문으로 다가갔다.

"……윽."

하지만 뒷문에서도 사람을 발견하여 발이 멈췄다.

—어쩌지?

저쪽은 아직 카야를 눈치채지 못한 것 같았다.

병원 직원일지도 모르지만, 그렇더라도 발각당하고 싶지는 않았다.

어쩔까 망설이는 사이에 그 사람이 카야 쪽을 보았다.

—도망쳐야 해.

카야는 하는 수 없이 왔던 길을 재빨리 되돌아갔다.

그리고 커다란 자작나무 밑에 숨었다. 어떻게든 이 순간을 넘어가고 싶었지만, 인영은 놓친 카야를 찾아 주변을 둘러보고 있었다.

정면 현관 쪽으로 가지 않는 것을 보면 역시 저기서 기다리던 본산 사람인 걸까.

—제발 어딘가로 가줘.

지금 발각당하면 본전도 못 찾는다.

어른들에게 포위당해 손발을 제압당한다면 카야가 아무리 날뛰어도 소용없을 것이다.

—어딘가로 가줘.

지금 이 순간에도 가을의 주종이 병원으로 오고 있다. 그들은 얼굴이 알려지지 않았으니 본산 사람들이 발견하더라도 그냥 보내주겠지만, 카야는 다르다.

—제발, 제발.

카야는 몸을 최대한 웅크리고서 떨 수밖에 없었다.

—제발, 찾아내지 말아줘.

여기까지 다 준비가 됐는데, 자신이 병실에 다다르지 못한다면 의미가 없다.

—못 본 척해줘.

카야는 숨까지 멈췄다.

“…….”

인영은 한동안 말없이 서 있었지만, 이윽고 다시 뒷문 쪽으로 갔다.

카야가 얕게 숨을 살짝 들이마셨다.

그 한순간의 호흡 소리를 들었는지, 인영이 고개를 돌렸다.

그리고 발소리를 내며 카야에게 다가왔다.

카야는 공포로 몸이 떨렸다. 어쩌면 좋을지 알 수 없어서 움직일 수도 없었다.

인영이 눈앞까지 왔다.

카야의 몸은 자작나무와 동화되어 있었지만, 상대는 거기에 사람이 있음을 알아차린 것 같았다.

“카야, 님?”

부르는 소리에 카야는 고개를 들었다.

“……카야 님, 인가요?”

조금 들은 기억이 있는 여성의 목소리였다.

“저예요. 후게키 레이코예요. 만약 카야 님이라면 목소리를 들려주세요.”

카야는 작은 목소리로 대답했다.

“유즈루의, 어머니……?”

당장 울어버릴 것처럼 들렸을 것이다. 레이코는 똑같이 웅크려 앉아서 카야에게 손을 내밀어 상냥하게 만져줬다.

“네. 오전에 한 번 인사드렸죠. 유즈루의 엄마입니다.”

“……저, 저는, 가을의 대행자님이 곧 이쪽에 오신다고 해서. 하지만 정면에 어른들이 잔뜩 있어서…….”

“…….”

“저기……?”

“아뇨…… 죄송해요. 너무 평범한 반응이라, 놀라서…….”

“……저는 하늘에 화살을 쏠 수 있는 것 말고는 평범해요…….”

“……네…… 그렇죠…….”

레이코는 또 입을 다물어 버렸다. 뭔가 대답을 잘못한 걸까, 카야는 불안해지고 말았다.

“돌아오시길 기다리고 있었어요. 혹시 담을 넘으셨어요?”

카야는 고개를 끄덕거렸다. 일단 일어나자고 해서, 카야는 레이코의 손을 잡고 비틀비틀 일어났다.

레이코는 카야보다도 키가 작았다. 몸집이 작은 그녀를 카야가 내려다보는 형태가 되었다.

“…….”

카야는 말이 잘 나오지 않았다. 병원에서도 잔뜩 사죄했었지만, 레이코는 인사하고 나서 아무런 말도 해주지 않았기 때문이다.

아마 카야를 비난하는 말을 하지 않도록 자신을 단속하느라 그랬을 것이다.

“손이 차네요……. 얼마나 밖에 계신 거예요?”

레이코는 몹시 지친 모습이긴 했으나 목소리는 또렷했다.

“조금밖에 안 있었어요. 어떻게 들어가면 좋을까 고민돼서…….”

“……아들 때문에 고생하시게 했네요. 일단 안으로. 슬슬 오실 시간이라 뒷문에서 기다리고 있었던 거예요. 무사히 카야 님을 찾아서 다행이에요…….”

“감사합니다……. 아, 근데 아자미 님에게 연락해야 해요.”

카야는 뒷문으로 들어가 린도우에게 바로 전화했다. 가능하면 자신처럼 우회해서 벽을 타는 게 좋다고 전했다.

『알겠습니다. 실은 이미 도착해서 어쩔까 고민하고 있었습니다. 딱 봐도 수상한 정장 집단이 있길래요.』

“뒷문은 아직 파악하지 못한 것 같으니, 아마 그 사람들은 제가 직전에 도망쳤다고 여기고 있는 게 아닐까요……. 지금이라면 담을 타서 들어올 수 있어요. 가능하실까요……?”

『저는 호위관입니다. 전혀 문제없습니다. 카야 님은 그대로 뒷문에 계셔 주시겠습니까?』

“네, 물론이죠!”

짧은 전화를 마치고, 카야와 레이코는 뒷문 부근에서 기다리기로 했다.

상대가 소우시라면 단둘이 있어도 문제없지만, 유즈루의 엄마에게는 부채감이 있기에 역시 어색했다.

카야는 침묵이 괴로워서 무심코 담 쪽을 보고 말았다. 빨리 나데시코와 린도우가 와줬으면 했다.

"……카야 님."

레이코가 결심한 것처럼 불러서, 카야는 몸을 흠칫 떨었다.

"네."

겁먹은 음성이 되어 버리는 것은 어쩔 수 없는 일이었다.

카야에게 레이코는 죄책감의 상징이었다.

"……낮에는 죄송했습니다."

"낮에요?"

카야는 짚이는 구석이 없어서 반문했다.

"……야마토의 아침인 카야 님에게 무례한 태도를 보였다고 생각합니다."

카야는 당황해서 대답했다.

"아뇨, 그렇지는."

애초에 레이코와는 거의 애기하지 않았기에 무례한 태도랄 것도 없었다고 카야는 생각했지만, 원망하는 듯한 시선을 받기는 했었으니 그걸 말하는 걸지도 몰랐다. 카야를 노려봤었다.

하지만 그건 자식을 둔 어머니로서 당연한 감정이리라.

"……그 아이에게 잘못은 없습니다. 만약 벌하실 거라면 저만……."

"벌……?"

그녀가 생각하는 카야는 폭군일지도 모른다.

카야는 더욱 당황해서 말했다.

"아, 아뇨아뇨아뇨. 저는 그런 권력 없어요! 만약 있더라도 소중한 사수지기의 어머니에게 그런 짓은 절대 안 해요!"

조금 목소리가 커져버려서, 주위를 둘러본 다음 작은 목소리로 말을 이었다.

"……저를 지켜주느라 아드님이 위험해졌어요. 원망하시는 건 당연해요."

카야가 그렇게 말하자 레이코의 표정이 굳었다.

"하지만…… 그 아이는 그걸 위해 존재하는……."

"제가 유즈루에게 전부 의지한 게 잘못이에요. 유즈루는 훌륭한 사수지기고…… 의지할 수 있는 사람이라서……. 하지만 제가 좀 더 강한 존재였다면 그런 상황이 되지는 않았을 거라고, 지금은 생각해요."

이건 본심이었다. 유즈루는 카야가 대응할 수 없다고 확신하고 하산시켰다.

하지만 만약 카야가 위기에 빠져도 서로 협력하면 극복할 수 있다고 믿을 만한 존재였다면, 그는 자신의 상태를 주인에게 제대로 상담했을 것이다. 예를 들어 후게키 카구야처럼 내면도 성숙한 어른이었다면, 어떻게 행동하면 좋을지 판단을 물었을 터다. 하지만 카야는 불가능했다. 유즈루에게 카야는 의지할 수 있는 파트너가 아니었다. 그 얘기를 하자 레이코는 슬픈 표정을 지었다.

"……그건 카야 님 잘못이 아니에요."

현실적으로 카야가 유즈루를 업고 하산하는 건 무리가 있다고 레이코는 말했다. 유즈루는 키가 크고 몸도 단련했다. 그런 남성을 체격 차가 있는 소녀가 경사면을 신경쓰며 운반하기는 어렵다.

아마 같은 남성이어도 힘들 것이다. 에이센은 용케 해냈다. 유즈루가 카야를 하산시켜 구조대를 부른 것은 틀리지 않았다고 레이코는 결론지었다.

카야는 조금 맥이 빠졌다. 이렇게 단둘이 되면 감정적인 말을 들을지도 모른다고 각오했었는데 그런 일은 없었다. 아주 냉철한 대답이었다.

레이코는 처음 만났을 때보다 훨씬 차분해 보였다. 하지만 용서해 줬다고는 생각하지 않았다.

"……그렇더라도, 전부 제 잘못이에요. 정말 죄송합니다……."

카야는 말하고 나서 깊이 머리를 숙였다. 오늘 이 행위를 몇 번이나 했는지 모르겠다.

"카야 님…… 그러지 마세요. 고개를 들어주세요……."

"……이것 말고는 할 수 있는 일이 없어요."

고개를 들지 않자 울먹이는 소리가 들렸다.

"부탁드릴게요……. 고개를……."

"……."

"알고 있어요……."

레이코의 목소리는 떨리고 있었다.

"이번 산사태로 카야 님도 피해를 입었고, 비난받을 이유는 없어요. 원망할 거면 이런 가혹한 운명을 내린 하늘을 원망해야죠……."

"자연재해는 불가항력이에요. 문제되어야 할 것은 주인이면서 상황을 정확하게 판단하지 못한 저예요."

"……아뇨, 아뇨……."

레이코의 목소리에 오열이 섞이기 시작했다.

"남편도 말했어요. 유즈루는 사수지기라서 이렇게 됐지만, 카야 님도 새벽의 사수가 되고 싶어서 된 게 아니라고……. 이번 일은 누군가의 잘못이 아니라고. 그런데…… 카야 님은 유즈루를 정말로 소중히 여기셔서, 자신의 거취가 어떻게 될지 모르는데도 살리려고 하신다고. 다시는 그런 태도를 보여선 안 된다고……."

"……."

―소우시, 쓸데없는 짓을.

왜 그런 말을 했냐고, 카야는 소우시를 책망하고 싶어졌다.

유즈루의 엄마가 눈앞에서 우는 것을 볼 바에야 나쁜 건 자신이라고 여겨지는 게 나았다. 그리고 레이코도, 누군가를 원망하는 게 더 편했을 텐데.

"저는…… 누구한테 화를 내야 할지 알 수 없어져서."

카야는 조금씩 고개를 들었다.

"카야 님이 사과하시는데 용서도 하지 않고 무시했습니다……."

눈앞에서 눈물방울이 땅에 뚝뚝 떨어졌기 때문이다.

"카야 님은 어떻게 봐도…… 불행에 휘말렸을 뿐인 아이인데……."

서서히 레이코의 얼굴이 보였다.

마침내 고개를 완전히 들자, 뒷문과 이어진 병원 복도에서 은은하게 빛나는 유도등 불빛이 레이코의 눈물을 비추고 있는 것이 보였다.

"……제 생각만 하느라, 모질게 대했습니다. 정말 죄송합니다."

자그마한 몸이 더 작아져 있었다. 카야는 안타까워서 가슴이 꽉 죄어들었다.

"아니에요, 그러셔도 돼요. 레이코 씨는 저를 원망할 이유가 있어요. 저는 제가 이번 일로『너는 잘못 없다』라는 말을 들을 만한 존재가 아니라는 걸 확실히 알고 있어요.”

“하지만…….”

“……저는 확실히 어린애지만, 동시에 야마토의 신이기도 해요. 제 모습에 실망하셨겠지만, 지금부터 만회하게 해주세요. 저는 지금 제가 할 수 있는 일을 최대한 할 거예요. 아뇨, 하게 해주세요.”

“……카야 님.”

“아무 잘못도 없는 건, 레이코 씨예요.”

카야가 반론을 허락하지 않고 잘라 말했을 때, 소리가 났다. 잠시 후 외벽을 오르는 수상한 인물의 모습이 보였다. 한 명이 가뿐하게 땅에 착지했고, 그 후 다른 누군가에게 어린아이를 건네받았다.

그런 다음 남녀 몇 명이 이어서 외벽을 내려왔다.

“카야 님, 저건…….”

“제가 말을 걸어볼게요. 레이코 씨는 여기 계세요.”

카야는 조심조심 사람들에게 다가갔다. 저쪽도 카야를 알아차린 것 같았다. 한 손을 드는 게 보였고, 그게 인사임을 곧 이해했다.

“아자미 님……?”

카야가 묻자, 그 인물은 어린아이를 품에 안은 채 다가왔다.

“새벽의 사수님이십니까?”

뒷문의 옥외등 불빛을 받아 가을의 대행자 호위관 아자미 린도우의 모습이 보였다. 그리고 그의 품속에서 조금 졸린 모습으로 있는 야마토의 가을도 함께 있었다. 가까이서 보니 두 사람의 얼굴도 확실하게 확인할 수 있었다.

“네, 후게키 카야라고 합니다. 저, 처음 뵙겠습니다. 여기까지 오시느라 고생을…….”

카야는 조금 어색하게 행동하고 말았다.

—이분들이 야마토의 『가을』.

회의하면서 얼굴은 봤지만, 실제로 만나니 역시 압도되었다.

따로 놓고 봐도 눈이 번쩍 뜨이는 모습인데, 같이 있으니 신성한 분위기를 풍겼다. 둘만의 세계가 있다는 느낌이 들기 때문일지도 모른다.

“가을의 대행자님…… 이런 늦은 시간에 죄송합니다. 정말로 와주셔서 감사합니다.”

카야는 고개를 숙이며 죄책감을 느꼈다. 자신은 새벽의 사수이니 괜찮지만, 이런 소녀를 심야에 일하게 하는 것은 매우 깊은 죄라는 느낌이 들었다. 가을의 신은 너무 어렸다.

나데시코는 나데시코대로 카야의 모습을 보고서 슬픈 표정을 지었다. 애처로운 모습을 직접 보고, 카야가 어떤 마음으로 자신에게 부탁했는지 이해했을 것이다.

카야에게 고개를 들어 달라고 말한 뒤, 눈을 보고서 방긋 미소 지었다.

“안녕하세요, 카야 님. 이와이즈키 나데시코예요. 당치도 않아요. 제가 사수님을 도울 수 있어서 영광이에요.”

어리지만 어른스러운 배려였다. 그리고서 뭔가 떠올렸는지 작은 손을 입가에 댔다.

“아…… 틀렸다.”

그때까지 신다운 모습을 보이던 나데시코가 갑자기 어린아이의 얼굴을 했다.

"저녁 인사를 해야 했는데. ……어라? 하지만 지금은 이제 아침일까……? 카야 님, 죄송해요. 잠시만요……. 린도우, 어느 쪽이야?"

종자에게 판단을 묻고 싶었는지 나데시코가 린도우를 보았다. 린도우는 빙그레 웃고서 말했다.

"저녁 인사면 될 것 같습니다."

"죄송해요, 다시 할게요. 괜찮을까요? 카야 님."

"앗, 네!"

"좋은 밤이에요. 이와이즈키 나데시코입니다. 이쪽은 제 호위관, 린도우예요."

"가을의 대행자 호위관 아자미 린도우입니다."

"아, 안녕하세요. 그럼 저도 다시 인사를. 새벽의 사수 일을 하고 있는 후게키 카야입니다. 그리고 뒤에 계신 분은 치료해주실 후게키 유즈루의 어머니, 후게키 레이코 씨예요. 레이코 씨……."

뒤에 있던 레이코도 소개를 받고 허둥지둥 다가와 고개를 숙였다. 아침의 신과 가을의 신 사이에 낀 레이코는 긴장한 것 같았다. 반대로 카야는 일련의 대화로 조금 긴장이 풀렸다. 작은 아이는 그 자리에 있어 주기만 해도 안정이 됐다.

"카야 님, 그럼 바로…… 유즈루 님에게 안내해 주시겠어요?"

그러나 평온하게 있을 수만도 없었다. 카야는 그 말에 고개를 끄덕였다.

일행은 레이코와 함께 최대한 발소리를 죽여 살금살금 병실로 갔다.

레이코가 앞장선 덕분인지, 병동의 간호사와 스쳐 지나가는 일이 있어도 환자의 임종을 지키러 온 친척이라고 여겨서 섣불리 말을 거는 사람도 없었다.

병실 앞에 있던 소우시는 카야와 나데시코, 린도우의 모습을 보고 깊이 고개를 숙였다. 1인실의 문을 열자, 안에는 유즈루의 형인 것 같은 남성이 두 명 있었다. 둘 다 완전히 초췌해진 모습이었다.

"카야⋯⋯."

카야의 엄마인 슈리도 방의 벽 쪽에 조용히 있었다.

카야는 눈을 마주치고 고개를 끄덕였다.

그리고 이 소동의 중심인물인 유즈루는 많은 튜브를 꽂은 채 병실 침대에 누워있었다.

구출했을 때보다는 얼굴이 깔끔해졌지만, 이제 목숨이 다하길 기다리는 사람의 모습이었다. 생기가 없었다. 자고 있는 것과도 달랐다. 혼이 스러져 간다는 것이 가장 들어맞는 표현일 것이다. 그런 유즈루를 보고 카야는 불안해지고 말았다.

정말로 살아날 수 있을까. 카야가 두려워하는 한편, 나데시코와 린도우는 시간과의 승부라며 인사도 간단히 마치고 상황을 이끌기 시작했다.

"숨도 쉬고 있습니다. 문제없을 것 같군요. 어떤가요?"

"응, 나도 그렇게 생각해."

"나데시코, 영맥은."

"문제없을 것 같아. 분지는 영맥을 파악하기 아주 쉽네. 그래서 마을도 산들에 둘러싸여 있는 거였어."

"역시 저의 가을입니다. 미리 해열진통제를 먹어두죠. 입 벌리고…… 네, 물 마시세요. 잘했어요. 또 해줘야 할 일이 있나요?"

"눈에 보이는 곳에 린도우가 있어준다면 그걸로 좋아."

두 사람의 모습은 카야가 산기슭에서 본 구급대원들과 조금 비슷했다. 유즈루를 보고 놀라지도 않고, 자신들이 해야할 일을 담담히 하고자 했다.

카야는 유즈루를 보면 속수무책으로 눈물이 났지만, 나데시코와 린도우를 본받아 참았다. 지금은 약해져 있을 때가 아니라고 자신을 타일렀다.

어느 정도 상황을 확인하고 준비를 끝냈는지, 나데시코는 모두를 둘러보고 말했다.

"그럼 바로 시작할게요."

이제부터는 어린아이인 그녀가 아니다. 신인 그녀의 시간이다.

"남성분들, 도와주세요. 유즈루 님의 몸을 침대 가장자리로 옮겨주시겠어요? 카야 님은 그 옆에 누워주세요."

지시받은 유즈루의 형들이 황급히 움직였다. 카야는 침대의 빈 곳을 보고 물었다.

"눕는 건가요?"

나데시코는 고개를 끄덕였다. 기절해서 쓰러지는 걸 방지하기 위함인 것 같았다. 생명 부패로 생명력을 흡수당한 사람은 기절하거나, 그대로 눈을 못 뜨게 되거나 둘 중 하나라고 했다.

그 말을 듣고, 얌전히 구석에 있던 슈리의 얼굴이 조금 굳었다. 딸을 걱정했으리라.

"괜찮아, 엄마."

카야는 슈리를 안심시키듯 말하고서, 신발을 벗고 유즈루의 옆에 누웠다.

"강제적으로 잘 흘러가도록, 손을 묶어도 될까요?"

"상관없어요. 뭐든 나데시코 님이 시키는 대로 할게요."

묶을 것을 찾았지만 당장 보이진 않아서, 린도우가 겨울의 호위진으로부터 넥타이를 빌려 카야와 유즈루의 손목을 같이 묶었다.

"너무 꽉 조이진 않습니까?"

린도우가 걱정스레 물었다.

"아뇨, 떨어지지 않게 더 꽉 묶어주세요."

자신이 어떤 상태가 될지 알 수 없다. 만약 마구 버둥거리더라도 자신의 생명력이 유즈루에게 흘러가도록 온몸을 묶어줬으면 했다.

"카야 님, 아마 크게 어지러워지거나 졸려진다 싶으면 바로 의식을 잃을 겁니다. 아프지는 않을 테니 걱정하지 마시길."

"네……."

"치료에 걸리는 시간 자체는 짧지만, 카야 님에게서만 생기를 흡수한다는 걸 고려하면 통상보다는 오래 걸릴 겁니다. 저와 나데시코가 맥박을 확인하면서 진행하려는데, 손을 만지는 걸 허락해주시겠습니까?"

린도우는 누워있는 카야가 두려워하지 않도록, 지금부터 할 일을 제대로 설명해줬다.

카야는 크게 고개를 끄덕였다.

"잘 부탁드려요. 유즈루가 살 수 있다면 얼마든지 써 주세요."

"걱정하시는 일은 안 일어날 겁니다."

"……유즈루와 함께 힘내고 싶어요……. 저는 유즈루의 주인이니까요."

그 말을 듣고 린도우는 눈을 깜빡인 후, 아까보다 더 상냥한 음성으로 말했다.

"……잠들어 있는 유즈루 님도 방금 그 말씀을 들었다면 분명 힘이 나셨을 겁니다. 종자로서 더없이 감사한 말입니다."

린도우는 같은 종자로서 카야의 말에 감명을 받았을 뿐 독려할 생각은 없었겠지만, 카야는 그 말에 한층 더 투지가 샘솟았다.

―해내겠어. 유즈루, 기다리고 있어.

가을의 대행자에게 전부 맡길 수밖에 없다고는 하지만, 나약한 마음까지 유즈루에게 흘러가는 건 곤란했다.

그리고 나데시코가 이 청년을 아주 신뢰하는 것에 공감했다.

"나데시코, 카야 님의 준비는 끝났습니다."

"응. 카야 님, 괜찮아요. 그럼 시작할게요. 린도우, 부탁해."

"네, 나데시코."

부탁받은 린도우는 나데시코를 카야와 유즈루 사이에 앉혔다.

그리 크지 않은 침대였다. 나데시코의 몸이 작아서 어떻게든 들어가 있었다.

"죄송해요. 살짝 다리가 닿네요."

"괜찮아요. 나데시코 님이 편하신 대로."

어째서 그 위치에 있어야만 하느냐면, 나데시코가 생명력을 순환시키려면 대상과 접촉해야 하기 때문이다.

나데시코의 손바닥에는 가을의 대행자임을 증명하는 성흔이 있었다.

성흔이 있는 손을 카야에게, 반대쪽 손을 유즈루의 몸에 얹었다.

"지금부터 저를 매개로 카야 님의 생명력을 유즈루 님에게 보낼게요. 무슨 일이 있어도 저를 방해하면……."

거기서 나데시코의 말이 멈췄다.

병실에 노크 소리가 울렸기 때문이다. 말이 끝나기도 전에 방해받았다.

그것도 임종을 지키러 온 가족을 배려하는 노크가 아니라 조금 난폭한 노크였다.

『후게키 소우시 씨 계십니까?』

밖에서 들려온 건 남성의 목소리였다.

『낮에 인사드렸던, 본산에서 온 파견원입니다. 조금 묻고 싶은 것이 있어서…… 카야 님 일로…….』

감이 안 좋은 사람이어도 이게 무슨 상황인지는 바로 눈치챌 것이다.

카야의 탈주를 알아차린 자들이 그녀를 어딘가에 숨기지 않았나 찾고 있는 것이다. 카야뿐만 아니라 병실에 있는 모두가 숨을 삼켰다.

어떻게 하느냐고, 다들 무언의 대화를 나눴다.

"제가."

소우시가 움직이려고 했다.

하지만 슈리가 한 발짝 앞으로 나와 소우시에게 고개를 저었다. 당신은 아버지니까 여기 있으라면서.

"아뇨, 제가 대응하겠어요. 제가 나가면 문을 닫고 잠그세요."

슈리가 작은 목소리로 그렇게 말하자 유즈루의 형들이 문 앞으로 이동했다. 슈리는 심호흡을 한 번 하고서 문을 벌컥 열고 밖으로 뛰쳐나갔다.

"당신! 여기가 어떤 곳인지 몰라?!"

슈리가 손을 뒤로 돌려 문을 움직였다. 유즈루의 형들이 허둥지둥 문을 닫고 잠갔다.

문을 닫고 나서도 슈리의 날카로운 목소리가 시끄럽게 울렸다.

『비상식도 유분수지! 이런 때 병실에 오는 게 말이 돼?』

『저기…….』

『지금은 가족과 책임자인 저 말고는 못 들어가요! 무슨 생각으로 온 거예요? 이런 때에도 가족에게 본산의 일을 시키려는 건가요?!』

병실에서 나온 여성의 기세가 험악하여, 본산에서 온 파견원은 깜짝 놀라 쩔쩔맸다. 연기라는 걸 아는 사람들도 부르르 떨게 되는 음성이긴 했다.

『아뇨…… 그, 당신은…….』

『후게키 카야의 엄마, 후게키 슈리입니다!』

『……아아, 실례했습니다.』

아무래도 카야의 엄마는 어느 정도 이름이 알려져 있는 것 같았다. 남편인 에이센에게 규중처녀라고 불리는 부잣집 아가씨. 중진의 딸. 이번 대 새벽의 사수를 낳은 부모. 본산에서 온 자라면 이름을 듣고 어떤 지위에 있는 사람인지 알았을 것이다.

후게키 슈리는 원래 집안의 권력을 행사하는 사람이 아니지만, 오늘만큼은 그러기로 했다.

남자의 목소리에 확연하게 낭패라는 기색이 서렸다.

『그, 오해하지 않으셨으면 하는데, 저희는 카야 님을…….』

『카야는 저택에 있잖아요! 남편에게 맡겼어요! 여기엔 없어요!』

『그것이, 아무래도 방에서 도망치신 것 같아서요. 에이센 님도 깜짝 놀라셔서…… 지금 저택 주변을 수색하고 있습니다.』

에이센은 에이센대로 잘 연기하고 있는 것 같았다.

『……어머, 그럼 그렇다고 빨리 말씀하시지. 애초에 말이에요, 아무리 수색을 위해서라지만 슬픔에 잠겨있는 병실을 그렇게 크게 노크할 필요가 있었어요?』

그렇게 말하니 상대도 대답이 궁해졌다.

『미안하지만 저쪽 가족은 가만히 내버려둬요. 카야가 실종됐다면 우리 쪽 문제죠. 가뜩이나 고통받고 있는데, 마지막 시간을 이 이상 방해하고 싶지 않아요. 당신도 그렇게까지 비정하진 않죠? 다른 입원 환자들에게도 민폐야. 얼마나 비상식적인지. 이동하죠, 어서.』

슈리는 매서운 표정으로 남자를 노려보았다.

어쩌면 슈리의 인생에서 이런 발언을 하는 인간이 샘플로 존재했던 걸지도 모른다. 격앙했다가 가라앉고 상대를 유도하는 것은 물 흐르듯 능숙했다. 본산에서 온 파견원은 꼼짝없이 당해 무의식적으로 걸음을 물리고 있었다.

『가족의 시간을 방해하지 말라는 건 확실히 맞는 말씀입니다.』

『그렇죠? 불경해요. 그리고 카야 말인데…… 그 아이, 혼자 산을 오른 거 아닐까? 유즈루가 저렇게 됐는데 오늘도 산에 올라야 하잖아. 당신들한테 이런 말 저런 말을 들으면서 오르기 싫었겠지.』

『그럴 가능성도 있지만…… 위험합니다. 바로 어제 산사태가 일어났고.』

『그건 그러네. 남편과 합류해서 카야를 찾겠어요. 데려가줘요.』

이윽고 슈리와 본산에서 온 파견원의 목소리가 멀어졌다.

병실에 남은 자들은 한껏 숨죽이고 있다가 다들 안도의 숨을 내쉬었다.

"……마음을 다잡고, 시작할게요."

나데시코가 의젓하게 중얼거렸다. 카야는 눈으로『부탁드립니다』라고 전했다.

가을의 신은 눈을 감고, 깊은 곳으로 의식을 떨어뜨렸다.

"기라성, 성광, 혜성, 하늘 높이 빛나라, 가을 하늘에."

지금, 나데시코는 모든 것을『하늘』에서 내려다보고 있었다.

몸은 시라누이의 병원에 있지만, 땅에 흐르는 영맥을 따라 시라누이다케로.

영맥을 포착하여 이번에는 그것을 끌어당기는 것을 상상해 병원으로 가져갔다.

"별밤에 나는 것은 가을의 여신."

땅속에 흐르는 빛의 길, 영맥은 지금 나데시코의 심상 풍경에서 병실로 이어져 있었다.

흘러온 힘을 몸 전체에 순환시켰다.

『하늘』에서 내려다보고 있는 나데시코는 카야를 보았다.

그 몸속에 빛이 보였다. 영맥과 비슷한 성질의 빛이었다.

"즐겁게 유유히 노래하라, 춤추어라."

―정말 멋진 것을 가지고 계시네.

나데시코는 멍하니 그렇게 생각했다. 카야의 몸속 빛을 살짝 유즈루에게 흘려 보았다.

집어든 빛은 처음부터 그래야 했다는 것처럼 유즈루의 몸에 녹아들었다.

"가을바람에 날려 춤추다 보면 언젠가는 달에도 다다르리."

―유즈루 님도, 이걸 기다리고 있어.

그걸 알자 나데시코는 의식적으로 좁혀뒀던 사잇문을 넓히기로 했다.

카야에게서 나데시코에게. 나데시코에게서 유즈루에게. 흘러가는 생명력은 그야말로 무한하여 안락했다.

이번에는 죽은 자가 아니기에 이름을 부를 필요는 없었다. 필요한 것은 나데시코의 기술과 집중력뿐이었다.

그리고 신뢰하는 종자가 옆에 있으면 된다.

그때 이미 카야의 의식은 끊어졌지만, 지켜보던 자들은 유즈루의 얼굴에 생겼던 멍과 열상이 순식간에 고쳐지는 것을 확인할 수 있었다.

그리고 반대로 카야의 안색은 파리한 것을 넘어 새하얘졌다.

소우시가 걱정하여 다가가자 린도우가 제지했다.

"괜찮습니다. 숨은 쉬고 있습니다. 맥박도 있습니다. 나데시코, 카야 님은 어떤가요?"

"훌륭해."

신에 가까워진 그녀의 말은 추상적이었다. 린도우는 이해하기 쉽게 풀어서 전했다.

"카야 님이 말씀하셨던 대로, 체내에 끝없는 생명력이 있는 것 같습니다. 이대로 계속 흘려 보내겠습니다."

"유즈루는……."

"나데시코, 지금 몇 퍼센트인가요?"

"60퍼센트."

린도우는 소우시를 향해 미소 지었다.

"안심하시길. 후유증은 치유 후에 검사해봐야겠지만, 틀림없이 회복됩니다. 치료도, 시간이 걸리더라도 앞으로 몇 분이면 끝납니다."

소우시는 무심코 아내인 레이코의 얼굴을 보았다. 아연해하던 레이코의 두 눈에 눈물이 차올랐고, 그녀는 손에 얼굴을 묻고서 울었다.

"감사합니다, 감사합니다, 가을의 대행자님……."

소우시가 깊이 머리를 숙였다.

말하고 나서 역시 정보가 적다고 생각했는지, 나데시코가 린도우의 말에 설명을 보탰다.

"카야 님의 원기는 아주 많지만, 수도꼭지를 너무 틀어버리면 부담이 커요. 상태가 안정되었기에 수도꼭지를 거의 잠갔어요. 나머지는 천천히 할 거예요……."

말하면서도 시술할 수 있는 것은 대단한 성장이었다. 신참 신은 봄부터 줄곧 열심히 수행했다.

유즈루의 형들도 감동한 얼굴로 나데시코가 벌이는 신의 조화를 바라보았다.

소우시는 멍하니 말했다.

"정말로 순식간이군요……."

린도우는 고개를 가로저었다.

"조건이 맞았을 뿐입니다. 이곳이 신이 살기 적합한 곳…… 즉, 영맥이 있는 곳이고, 카야 님의 몸이 특수했기에 이루어진 것이죠."

"……네."

"남은 문제는 카야 님과 아침의 의식입니다. 제가 본 바에 따르면, 나데시코에게 생명력을 흡수당한 사람이 일어나려면 빨라도 반나절, 안 좋으면 며칠이 걸립니다. 후유증이라고 할 만한 것으로는 면역력 저하가 있겠네요. 조금 독한 감기에 걸린 것처럼 몸이 나른해진다고 생각하시면 됩니다. 카야 님은 수면이 회복으로 이어진다고 하셨으니, 몇 시간이라도 수면 시간을 확보한다면 내일 있을 의식은 치르실 수 있을 겁니다."

말하면서 린도우는 재킷 주머니에서 휴대전화를 꺼냈다.

그 화면에는 착신 알림이 표시되어 있었다.

온 것은 문자인 듯했다. 내용을 읽고 린도우의 얼굴이 풀어졌다.

불안하게 카야를 보고 있는 소우시에게 휴대전화를 내밀었다.

"죄송합니다. 맥박을 재고 있는지라, 받아서 확인해 주세요."

"이건……."

깜짝 놀라는 소우시를 향해 린도우는 미소 지었다.

"에니시에 황혼의 사수님이 강림하셨습니다."

화면에는 이렇게 적혀 있었다.

『연락이 늦어졌습니다. 겨울의 호위진과 합류했어. 지금은 차로 이동 중이야. 그쪽은 어때? 나는 처음 보는 에니시의 풍경에 살짝 감동하고 있어.』

그의 성품과 여정(旅情)이 담긴 문자를 본 전 사수지기는 파안대소했고, 그리고 어쩐지 눈물이 나고 말았다.

제 8 장
새벽에서 황혼으로

시간은 조금 전으로 거슬러 올라가, 에니시의 공항에서 카구야와 에켄을 기다리고 있던 것은 건장한 남성 두 명이다.

"안심하시길. 기절하시더라도 저희가 카구야 님을 업겠습니다."
"바벨과 비교하면 가볍죠."

에켄이 자신의 팔뚝과 그들의 팔뚝을 비교하고서 어떻게 된 거냐며 곤혹스러워하고 절망할 정도로는 우람한 자들이었다.
카구야가 쓰러지고 나서 신속히 철수하는 것은 이미 결정된 사항이기에, 그들만큼 믿음직한 자들이 필요하겠다고 이테쵸가 판단했을 것이다.
특별히 주문한 방탄차의 차내는 널찍할 텐데, 그들이 착석하자 차 안이 비좁아 보이니 신기한 일이었다.
"……뭘 먹으면 그렇게 될 수 있나요?"
에켄이 질문하자, 넉살 좋은 두 사람은 효과적인 근력 운동과 추천하는 단백질 보충제를 알려줬다. 에켄이 건장한 남자들에게 질투하면서도 매료되어 있는 사이에, 카구야는 차창 밖 풍경을 바라보고 있었다. 자신이 가져온 밤 때문에 세계는 어두웠으나, 류구와 비교해도 확연하게 다른 에니시의 모습이 신선했다. 늘어선 가로수와 건물, 넓은 도로. 전부 흥미로웠다.
엄밀히 말하면 이국은 아니지만, 이국에 온 기분이 들었다.
"바깥세상은 정말로 있구나……."
무심코 감탄하는 목소리가 나왔다.

카구야는 류구에서 태어나지 않았다. 어릴 적에 그 땅에 끌려갔다.

어린 시절의 기억은 이미 희미했다. 너무 오래 류구에 있었기에, 자연스럽게 그런 생각이 들게 되었을 것이다.

창문에 얼굴을 가까이 붙이고서 밖을 구경하는 카구야를 보고 무슨 생각이 들었는지, 겨울의 호위진 두 명이 말했다.

"카구야 님, 돌아가시는 길도 저희가 함께하고 류구다케에도 동행하라는 지시를 받았습니다."

"어? 그렇습니까?"

"하루에 두 번이나 의식을 치르신다고 들었습니다. 야마토의 백성으로서 저희도 할 수 있는 일은 모두 하고 싶습니다."

"감사합니다……. 뭔가 미안하네……."

저자세인 신의 태도에 겨울의 호위진도 『아닙니다』라며 송구스러워했다.

"비행기도 에켄 님에게 받은 내용에 가까운 형태로 준비해뒀습니다. 시라누이에서는 바로 탈출. 에니시 공항에는 일찌감치 도착하겠지만, 대신 공항 내에서 푹 쉴 수 있는 일정입니다. 문제는 얼마나 기절하시고 깨어나실지인데……. 최악에는 주무시는 카구야 님을 둘러업고서 비행기에 태우겠습니다."

"……나도 시라누이에 가봐야 알 수 있지만…… 류구와 공기는 달라도 산들에 둘러싸여 있다는 점이나 자연이 풍부하다는 공통점이 있으니, 영맥의 질에 따라서는 몇 시간이면 깨지 않을까 하는 생각은 드네요. 걸으려면 누군가의 부축이 필요할지도 모르지만……."

"제가 부축할게요!"

에켄이 주먹을 움켜쥐고서 말했다.

"며칠간은 저희도 류구에 체재하니 돕겠습니다."

하지만 즉각 겨울의 호위진도 부축하겠다고 나섰다.

"제가 있는데……."

"아, 아뇨…… 에켄 님의 일을 뺏으려는 게 아니라, 평범하게 생각해서 에켄 님이 카구야 님을 부축하면 등산용 배낭 등은 무리해서 들 수밖에 없지 않습니까. 에켄 님이 조금 젊어지고서 하산하셨다고 들었는데, 힘들지 않으셨습니까?"

질문을 받고 에켄은 작게 말했다.

"……네. 배낭 하나는 성역에 두고 와버렸어요……."

"그런 부분을 도와주라고 칸게츠에게 분부받았습니다. 저희의 주인이신 칸츠바키 님도, 같이 가서 모습을 살피라고 말씀하셨고요."

그렇게 말하니 에켄도 얌전해졌다. 겨울의 주종의 명령이라면 어쩔 수 없었다.

겨울의 호위진은 그런 에켄을 보고 싱긋 웃었다.

어른들인 호위진이 보기에, 주인에게 보탬이 되고 싶어서 노력하는 소년은 귀여웠다.

카구야는 이 알뜰살뜰 극진한 대우에 그저 황송해했다.

"돌아가시는 길에 드시고 싶으신 게 있다면 미리 말씀해 주십시오. 에니시의 명물은 웬만해선 다 공항에 있으니 예약하겠습니다."

겨울의 호위진의 배려는 한없이 세세했다.

"아, 아닙니다. 괘념치 마시길."

카구야는 어른이므로, 식사에 대한 배려는 웃으며 사양했지만.

"에니시의 공항에는 온천도 있습니다. 괜찮으시다면 돌아가시는 길에 거기서 여독을 푸시고 류구로 가시지요."

"엇, 가고 싶어요."

온천이 있다는 말에는 솔직하게 기뻐하고 말았다.

황혼의 주종은 본래 보낼 예정이었던 막막한 여행길이 아니라 우수한 동행인에게 안내받으며 시라누이로 향했다.

그리고 차내에서 린도우에게 연락.

린도우에게서도 순조롭다는 답장을 받고 안도했다.

가을의 대행자가 유즈루를 치료해주고 있다면, 이제 남은 건 카구야가 힘내는 것뿐이다.

문제는 카야가 실종 중이라 시라누이다케 주변에서 수색이 이루어지고 있다는 점이었다.

국가 치안 기구도 동원되었다고 했다. 사태는 대사건으로 발전해 있었다.

앞으로 30분이면 시라누이에 도착하는 시점에, 이번에는 린도우가 카구야에게 전화했다.

"아자미 님이야? 이쪽은 문제없이 시라누이다케 기슭에 도착할 예정인데…… 유즈루 군이랑 카야의 용태는 어때?"

『유즈루 님은 이미 완쾌되었습니다. 카야 님의 생명력이 상당히 강인했기에 예상보다 몇 배 빨리 안정되었습니다.』

"오오, 그건 훌륭하네……. 역시 나데시코 님이야."

『이제 의사에게 검사받고 수혈받으면 됩니다. 저와 나데시코, 그리고 함께 온 마을 사람은 병원을 벗어나 겨울 별궁에 실례할 예정입니다. 도망치는 것 같아서 부끄럽지만, 사정 청취를 받게되면 곤란해서…….』

"아아, 기적의 힘에 관해 의사에게 꼬치꼬치 질문받아도 곤란할 테고……."

『네……. 가을의 마을 의사조차 그랬으니, 대행자의 권능을 잘 모르는 사람이라면 더더욱 그럴 겁니다…….』

"완쾌된 이유는 뭐라고 둘러댈 거야?"

『유즈루 님의 신분과 문병을 오셨던 카야 님의 신분은 병원의 윗사람에게 알려져 있으니, 아침의 신에 의한 기적이 일어났다는 형태로.』

"너무 억지스럽지 않아……?"

『저도 그렇게 생각하지만, 그렇다고 성실하게 설명하기에는……비밀 사항이고, 민간인을 이쪽 세계에 끌어들여 발설하지 않겠다고 맹세시켜야 하는데 그건 그것대로 평생의 족쇄를 채우는 일이니까요……. 억지스러운 기적이 그나마 나을 것 같아서……. 문제는 카야 님입니다.』

"카야, 몸 상태가 안 좋아?"

『예, 상당히……. 일어났다가 기절하시고 다시 일어나기를 몇 번 반복하셨는데……. 그러면서도 산에 가겠다고 고집을 부리셔서……. 다 같이 말리고 있습니다.』

"산……? 내가 있는데, 무슨 생각으로 그런 행동을……."

『장막을 찢는 건 카구야 님에게 맡기고, 카야 님은 산속 어딘가에 쓰러지시겠다더군요. 기절한 자신의 모습이 발견되면 지금 수색 중인 사람들은 카야 님이 남몰래 장막을 찢었다고 생각할 테니, 카구야 님 쪽은 완전 범죄가 가능할 거라면서…….」

"……."

「…….」

"왜 그런 말을 하는지는 알겠어. 나한테 허물이 생기지 않게 도와주려는 거겠지만, 애초에 나는 어제저녁에 설정 시각을 어기고서 섬을 탈출했으니 무슨 짓을 했는지 나중에 반드시 들킬 거야. 그거, 의미 없는 짓이야."

「그렇죠……. 저도 그렇게 생각하지만…….」

카구야는 소녀의 발악에 쓴웃음을 지으며 말했다.

"아자미 님, 카야는 지금 전화 받을 수 있을 것 같아? 바꿀 수 있으면 바꿔줘."

린도우는 바로 대응해줬다. 아마 일어나려다가 결국 주저앉았을 병실의 카야에게 목소리를 전했다.

"카야."

「……카구야, 오빠…….」

너무나도 생기 없는 목소리를 듣고, 카구야는 내심 『이건 무리겠네』라고 판단했다.

평소의 카야와는 확연히 달랐다. 그래도 힘내려고 하는 카야를 상상하고 다시 쓴웃음을 지었다.

"카야, 잘 들어. 치료 후에도 유즈루 군 곁에 있는 게 좋다고 나데시코 님도 말씀하셨잖아. 안정됐다고 해도 너는 곁을 떠나면 안 돼.

아직 수혈 시작 안 됐지? 뭣 때문에 내가 왔는데.”

『……하지만…… 하지만…….』

“카야. 나는 도망치지 않을 거고, 이 여행을 후회하지 않아. 굉장한 일 아니야? 네가 용기를 냈기에 많은 사람이 도와줬어. 우리 무의 사수는…… 아주 부자유하고 고독하게 사는 것 같은데, 꼭 그렇지도 않다는 생각이 들었어.”

『……모두에게, 폐를…… 조금이라도…… 가볍게…….』

“그렇다면 먼저 건강해져. 나도 조금 있으면 산에 도착하고, 기슭에서 영맥을 더듬어 화살을 쏜 다음 기절하고 돌아갈 거니까. 모두를 위해서 뭔가 하고 싶다면…… 하늘에 새벽이 밝으면 부모님에게 전화해서 이제 거짓말 안 해도 된다고 해. 산을 수색 중인 사람들도 불쌍하잖아. 왜 이런 일을 했는지 슬슬 설명해야지. 내가 하늘을 아침으로 바꾸는 데 성공하면 에켄이 본산에 전화해서 설명하기로 했지만, 현장 대응은 역시 카야가 하게 될 테니까. ……어때? 할 수 있겠어?”

카구야의 물음은 현실적이고 엄격했지만, 구원이 되기도 했다.

카야는 유즈루를 살린 다음엔 자신이 죄를 뒤집어쓸 거라고 뜻을 굳히고 있었다.

“카야, 충분히 애썼어. 잘했어.”

신이지만, 아직 아이다. 구멍이 있는 부분은 어른이 어떻게든 해줘야 했다.

“나도 말이지, 카야 덕분에 처음으로 여행을 할 수 있었어. 나쁜 일만 있는 건 아니야. 안 그래? 에니시는 좋은 곳이네. 평생의 추억이 됐어.”

휴대전화 너머에서 카야의 오열이 들렸다.

"나머지는『카구야 오빠』한테 맡겨."

카구야는 그렇게 말하고 전화를 끊었다. 분명 이거면 괜찮을 거라면서.

이윽고 시라누이다케의 기슭에서 황혼의 사수가 하늘에 화살을 쐈다.

신기하게도 카구야는『안 될 것 같다』라는 생각이 전혀 들지 않아서, 시라누이다케에 가까워질수록『나, 아마 괜찮을 거야』라고 중얼거렸다.
시라누이라는 분지 밑에 흐르는 영맥을 은연중에 느꼈기 때문이리라.
설정 시각도 에켄이 계산해낸 에니시의 일출 시각과 똑같았다. 하늘의 장막이 찢어지며 밤은 천천히 달의 베일을 벗었고, 대신 태양을 입었다.
주인이 화살을 쏘는 모습을 지켜본 새끼 늑대는 자신의 신은 어디 있어도 아름답다고 새삼 생각했다.
정사필중(正射必中)[1]. 장소는 문제되지 않는다. 숙련된 사수만 있다면 이 세계는 제대로 돌아간다.

#1 정사필중(正射必中) 일본 궁도 용어. 바른 동작을 거쳐 화살을 쏘면 반드시 명중한다는 뜻

똑같이 시라누이다케에서 하늘의 색이 바뀌기 시작한 것을 알아차린 후게키 에이센은 아내의 어깨를 두드리고 하늘을 가리켰다.

그녀가 천진난만하게 웃는 것을 보자 문득 손을 잡고 싶어져서, 오랜만에 아내의 손을 잡았다.

슈리는 깜짝 놀라서 말이 나오지 않았다.

그녀도 그의 손을 맞잡으려고 했을 때, 휴대전화가 울렸다.

부부는 허둥지둥 손을 놓았다.

전화를 걸어온 사람은 사랑하는 딸이었다. 후게키 유즈루의 용태는 호전됐다고. 전부 성공했다고. 이제 단죄해 줬으면 한다는 슬픈 전화였다.

슈리도 에이센도 말문이 막혔지만, 딸에게 해줄 말은 딱 하나였다.

잘했어. 정말 애썼어.

두 사람의 격려는 병실에서 유즈루의 옆에 누운 카야의 귀에 전해졌고, 그녀는 몸을 떨며 하얀 시트에 눈물 자국을 남겼다.

고마워. 정말 미안해.

몇 번이나 부모에게 감사를 표했다.

앞으로 어떤 벌이 기다리고 있을지 알 수 없다.

그래도 자신은 해냈다. 사람을 구했다. 그것도, 자신이 사랑하는 사람을.

부모에게 칭찬받으니 마침내 그렇게 생각할 수 있었다.

좋은 날이다. 오늘은 분명 좋은 날이다.

좋은 날이다. 오늘은 분명 좋은 날이다.

“카야 님…….”

가장 사랑하는 사람의 목소리가 들려서,
카야는 정말로 오늘은 좋은 날이라며 미소 지었다.

종 장
천사만전(千射万箭)

레이메이 20년, 12월 31일. 동지와 소한 사이.

입동쯤에 일어났던 새벽과 황혼의 대사건으로부터 정신없이 세월이 흘러, 야마토는 새로운 해를 맞이하려고 했다.

오늘은 1년의 마지막 날. 이런 날에도 무의 사수는 하늘에 화살을 쏴야한다.

후게키 카야는 조용히 저택에서 깨어나 침대에서 일어났다.

―카구야 오빠. 밤을 줘서 고마워.

창밖의 밤을 확인하고 카야는 크게 기지개를 켰다.

그리고서 스스로 몸단장을 하고 아래층으로 향했다.

저택은 아주 조용했다. 카야 말고는 인기척이 없었다.

그도 그럴 것이. 카야는 현재 혼자 이 저택에 살고 있다.

카야는 익숙하게 저택을 돌아다니며 불을 켰다.

그리고 예전 같았으면 누군가가 해줬을 식사 준비와 등산 준비를 묵묵히 혼자서 소화했다.

―밥, 냉동실에서 꺼내서 해동해야겠다.

무모하게도 다른 현인신을 꼬드겨 사리사욕에 이용한 벌로 부모와는 따로 살게 되었다. 직책을 내려놓을 수 없는 사수에게 내리는 제재는 고독으로 몰아넣는 것.

그게 제일이었다. 저택에 통근해주던 도우미조차 없어졌다.

―잘 일어났다고 엄마랑 경비문에 문자 보내고.

새벽의 사수의 하루는 입동 때와 크게 달라졌다.

지금은 겨울 방학 기간이지만, 학교는 휴학하게 되었다.

사수지기도, 보충 인원을 찾지 못하여 본산에서 파견된 팀이 시라누이에 임시로 살며 매일 다른 사람이 대응하고 있었다.

—밖은 추우니까 난방 켜두고 나가자.

여러 가지가 바뀌어 버렸다.

짐을 확인하고 있으니 휴대전화가 착신을 알렸다. 출발 전이긴 했지만, 카야는 전화를 받았다.

"네, 카야입니다."

『카야 님, 소우시입니다. 괜찮으십니까?』

카야는 웃었다.

"잘 일어나고 있어. 매일 전화 안 해도 되는데……. 소우시도 문자 리스트에 넣는 게 좋을까?"

『아닙니다. 저는 매일 전화할 생각이라서요.』

"안 해도 돼. 잘 해내고 있잖아?"

소우시는 사수의 체제가 구체재로 돌아가버린 것에 무척 마음 아파하며, 멀리서 이렇게 카야를 걱정해 주고 있었다.

『일단 보고드릴 것도 있습니다. 카야 님의 현재 생활에 대해 재결의가 이루어져서…… 내년에는 그 처벌도 해제됩니다. 오늘…… 마침내 항의에 성공했습니다. 1월 1일, 즉 내일부터 가족과 함께 사실 수 있습니다. 고등학교도 다시 다니셔도 됩니다. 카구야 님도 포기하지 않고 몇 번이나 중진에게 탄원서를 내주셨습니다.』

"어? 그래? 딱히 안 그래도 되는데……."

카야가 태평하게 말해서 소우시는 맥이 빠진 것 같았다.

『안 그래도 되는 건 아니죠. 카야 님은 지금 혼자입니다.』

"응……. 하지만 아직 두 달도 안 됐잖아. 제대로 벌이 됐으려나……."

『고등학생이 혼자 생활하고 있다고요…… 카야 님.』

그리고 화가 나 있었다. 아들의 목숨을 구하기 위해 움직여준 신이 이런 취급을 받고 있으니 그야 화도 날 것이다. 아무래도 얘기가 길어질 것 같아서, 카야는 짐 정리를 포기하고 소파에 앉았다. 예전에는 옆에 앉는 사람이 있었지만, 지금은 없기에 다리도 마음대로 뻗을 수 있었다.

"하지만 어떻게든 지내고 있어. 나 말고도 세상에는 고독한 고등학생이 있지 않을까? 나만 고독한 건 아니야."

『있을지도 모르지만, 카야 님은 후손을 위해서도 환경을 개선해야 하는 입장입니다.』

"……그 말을 들으니까 괴롭네. 소우시와 카구야 오빠가 열심히 노력해서 바꿔준 제도가 나 때문에 되돌아 가버렸잖아……. 미안해……. 카구야 오빠한테도 정말 면목 없어……."

『사과하지 마세요. 카야 님만 이런 고통을 받고……. 카구야 님은 입동 때부터 줄곧 분노하셨으니, 이로써 오늘은 안심하고 새해를 맞이하실 수 있을 겁니다. 사계 측에도 통달했습니다. 카야 님 쪽에서도 사건 후 보고로 말씀해 주세요.』

"알았어. 새해 인사를 할 생각이었으니까 같이 보고할게. 고마워. 하지만 소우시…… 정말 마음 쓰지 않아도 돼. 나는 결과에 만족하고 있어."

카야는 화내는 남자를 달래듯 속삭였다.

"우리 쪽에 불화는 없지만, 사계청과 후게키 일족은 여름의 사건
이 있고 나서 응어리가 생겼다고 들었어. 근데 내가 저지른 일 때문
에 양쪽 다 피해자가 됐잖아. ……전부 내 잘못인 게 되면서 그쪽
문제도 싹 해소됐어. 역시 공통의 적은 필요한 거구나 싶더라."

『……..』

사건을 거치며 묘하게 어른스러워져 버린 카야에게 소우시는 뭔
가 말하고 싶은 것 같았다.

"나머지는 높으신 분들끼리 잘 해결하겠지. 사계와 후게키는 일
몰과 일출을 계절마다 맞춘다는 관계성이 확실하게 있으니까."

『카야 님은 일 처리를 위해 자신이 희생됐다는 걸 알고서 말씀하
시는 거군요…….』

슬픈 목소리를 듣고 카야는 눈썹을 내렸다.

"희생된 건 아니라고 생각해. 내가 사건의 주모자니까. 고립이 제
재라니, 너무 물렁하지 않나……?"

『카야 님은 사람을 살리고 제재를 받았습니다……. 그것도…… 제
아들을…….』

"맞아. 그래서 조금도 슬프지 않아. 소우시와 유즈루를 위해서라
면 기쁜 마음이 더 커."

무슨 말을 해도 카야가 요리조리 피해버리니 소우시는 답답해했다.

―나야말로 걱정돼.

본산에서의 그의 입장도 위태로워졌을 텐데, 그런 말은 하지 않고

그저 카야를 걱정해줬다. 카야는 이 다정한 전 사수지기가 역시 좋았다.

『……부모님을 뵙고 싶지 않으십니까?』

아픈 구석을 찔렀다고 생각했겠지만, 카야는 이 말에도 태연했다.

"으음~ 하지만 결국 근처에 살고 있잖아? 벌로서 부모님과 같이 살 수 없게 됐지만, 같이 안 살면 되는 거 아니냐며 시라누이에 집을 빌려서……. 오늘도 왔고, 내일도 내가 의식을 끝내면 집에 올 예정이야."

에이센과 슈리는 카야와 똑같이 처벌을 받아들이면서도 조용히 반항하는 자세를 보이고 있었다. 딸을 고독하게 만들지 않겠다는 의지가 보였다. 이 새로운 생활이 시작되고 나서 카야는 힘들 때도 있었지만, 지금은 잔잔하게 진정된 시기에 돌입해 있었다. 이유도 제대로 있었다.

"그리고 말이지. 나 눈치채 버렸어……."

『뭘 말입니까?』

"우리 부모님, 나랑 같이 살 때보다 둘이서 사는 게 더…… 뭔가…… 잘 풀리는 것 같아……."

『잘 풀린다니요?』

"부부 사이가."

『……세상에나.』

소우시도 동거할 때 에이센과 슈리의 부부 싸움을 수두룩하게 봤다.

그것이 해소되고 있다는 말을 들으니 『세상에나』라는 말도 하고 싶어졌다.

"요즘 손을 잡으시더라고. 내 앞에서는 쑥스러운지 놓아버리지만."

『그건 굉장하군요. 엄청난 진보입니다.』

"맞아. 하지만 조금 마음이 복잡하기도 해……. 보통은 부부 사이가 안 좋아도 자식이 있어서 살잖아?"

『그렇죠…….』

"하지만 우리 집은 그런 게 아니라, 아빠는 엄마한테 관심받고 싶어 하고, 엄마도 사건을 통해 아빠를 여러모로 다시 보게된 모양이라, 자식이 없는 편이 더 러브러브한 것 같아."

『러브러브한가요…….』

카야는 소우시가 자신의 말을 반추하여 중얼거린 것이 재미있어서 키득키득 웃었다.

"응. 떨어져 지내면서 알게된 것도 있어서……. 내가 어른이 되기 위해서도, 부부 관계를 재구축하기 위해서도 이 생활은 나쁘지 않다는 걸 깨달았어. 그러니까 소우시…… 나 때문에 그렇게 죄책감 느끼지 마."

『…….』

"소우시는 아무런 잘못도 없으니까."

『카야 님…….』

"너희 부부 사이는 괜찮아? 레이코 씨는 잘 지내? 저번에 보내준 잼, 맛있었다고 전해줘."

『저희야 예전부터 부부 사이는 나쁘지 않아서……. 잼은 뭐가 맛있으셨나요?』

"사과."

『알겠습니다. 또 만들어 달라고 하겠습니다. 카야 님, 편하다고 빵만 드시면 안 됩니다.』

"응."

『음료도, 주스만 마시지 마시고요.』

"응."

『……새해에 레이코와 함께 찾아뵐 생각인데, 만나 주시겠습니까?』

"응."

『카야 님을 고독하게 만들어서 죄송합니다…….』

"바보. 그만 말해. 그리고 에니시는 겨울이면 눈 때문에 비행기가 수시로 안 뜨게 되니까 조심해."

『……네, 카야 님. 한 해의 마지막 날에도 아침을 주셔서 감사합니다.』

카야는 아직 하늘에 화살 안 쐈다고 말하며 살짝 웃었다.

소우시와 서로 한 해 마무리 잘하라고 인사하고 통화는 끝났다.

그 후 카야는 등산 준비를 재개했다.

─겨울의 대행자님에게도 새해 인사를 해야지.

사건 후, 딱 한 번 볼 수 있었던 겨울의 신은 조금 퉁명스러운 청년이었다.

이번 사건으로 혼자 살게 되었다고 하자 화난 모습으로 혀를 찼다.

겨울의 대행자 호위관인 연상의 미남도 무척 마음이 아팠는지, 곤란한 일이 생기면 뭐든 현지의 겨울 별궁에 말해달라며 연락처를 가르쳐줬다.

실제로 겨울 별궁의 관리인들이 가끔 와서 먹을 것을 주고 가는 걸 보면 지켜봐 주고 있는 것 같았다.

—나쁜 일만 있는 건 아니야.

정말로 그랬다.

비호를 잃고 나서 생기는 감사함은 확실히 존재했다.

—축복 받은 환경이야.

분명 이 겨울 하늘 아래에는 비슷하게 혼자 사는 자가 있다.

더 큰 외로움을 안고 있는 자도 있을 것이다.

—힘내자.

카야는 누구에게랄 것도 없이 그렇게 염원했다.

세상 어딘가에 있을 고독한 누군가에게 말해주고 싶었다. 위로와는 다르다. 동정도 아니다.

그저 서로 힘내자고 말해주고 싶었다.

왜냐하면 오늘은 한 해의 마지막 날이니까.

어떤 사람에게나, 멋진 한 해를 맞이하라고 인사하는 날이니까.

입동보다 더 일출 시각이 늦어진 이 시기는, 밖에 나오면 어둠의 깊음과 눈의 차가움에 매번 신선하게 놀란다. 시라누이에도 겨울의 대행자가 다녀간 뒤라서 완전히 은빛 세계가 됐다.

경비문 근처로 가니 자동차가 이미 대기하고 있었다.

눈이 많이 와서 제설 속도가 쫓아오지 못하고 있는 것 같다. 길은 좁지만, 어떻게든 차는 지날 수 있을 것 같아서 안도했다. 카야는 머리와 어깨에 쌓인 눈을 손으로 털고 차에 올라탔다.

이 시점에 이미 해가 바뀌고 오전 두 시를 지난 상태였다.

"새해 복 많이 받으세요. 이런 날에 미안."

"새해 복 많이 받으십시오. 아닙니다, 카야 님이야말로 고생하시죠. 그리고 오늘 일하는 사람은 의외로 많습니다."

운전해주는 경비 담당자가 그렇게 말해서 카야는 고개를 끄덕였다.

어떤 날이든 쉬지 않는 사람은 있다. 그러한 사람들 덕분에 세상은 굴러가고 있었다.

그리고 카야는 모든 사람에게 아침을 줘야 했다.

그것도 세상을 굴러가게 한다는 점에서는 똑같은 행위였다.

"오늘 누가 동행해 주는지 알아?"

"근무표, 경비 초소에 있는데요. 전화해서 확인할까요?"

"아냐, 그럼 됐어. 어차피 현지에서 기다리고 있을 테니까."

카야가 고독을 맛보게 해라. 하지만 사수의 일은 감시해야 한다.

높으신 분들의 상반된 지령 때문에, 사수지기를 대신하는 동행자는 사수와 현지에서 만나야 했다. 비효율적이라면 비효율적인 방식이었다.

"솔직히 저는 이 시스템 바보 같다고 생각합니다. 현장을 전혀 생각하지 않아요."

투덜거리는 운전사에게 카야는 말했다.

"아, 하지만…… 새해부터 이것저것 벌이 해제된다고 하니까, 운전은 이제 다른 사람이 할 거야. 아마도……. 지금까지 신세졌어."

"네? 괜찮은 건가요? 이상한 사람에게 카야 님을 맡길 바에야 경비문에서 하는 게 낫죠. 윗분들은 진짜 얘기를 안 듣는다니까요. 싫은 짓만 하고…….”

가족처럼 생각해 주기에 화를 내는 것이어서 카야는 쓴웃음을 지었다.

시라누이다케의 기슭에 도착하자 운전사의 하품과 함께 차가 멈췄다.

카야는 고맙다고 인사하고 밖으로 나갔다.

차에서 비밀 등산로 입구까지 조금 걸어야 했다. 산사태 때문에 등산 코스가 바뀐 탓이었다. 동행자와는 항상 등산로 입구에서 만나고 있었다.

“괜찮으시겠습니까? 전조등으로 한동안 길을 비추겠습니다.”

“고마워.”

“의식이 끝나면 기별을 보내달라고 동행자에게 쓴소리 좀 부탁드립니다. 가끔 잊어버리는 사람이 있거든요. 그럼 참 곤란해요. 이쪽도 대기하면서 걱정하니까……. 우리 아가씨를 맡기고 있는데 책임감이 전혀 없어요.”

경비문 사람은 카야가 열 살이었을 때부터 인원이 그대로라 한 식구 의식이 강했다.

“응. 그럼 다녀오겠습니다.”

카야는 다정한 운전사에게 웃으며 손을 흔들었다.

손전등을 들면서도, 자동차의 전조등을 의지하여 걸었다. 이윽고 전조등 빛도 약해질 무렵에 사람의 모습이 보였다.

“수고 많아요.”

카야는 목소리를 키워 그렇게 말했다.

눈보라라고 할 정도는 아니지만, 바람이 불고 있어서 그럴 수밖에 없었다.

주위는 심해처럼 어두웠다. 게다가 눈이 시야를 방해했다.

카야는 대답이 없는 사람 근처로 손전등을 비추며 다가갔다.

"수고 많아요."

한 번 더 말했다. 상대도 대답해 줬다.

"……카야 님."

돌아온 말은 그저 이름을 부르는 소리였을 뿐이지만, 그것만으로도 충분하다면 충분했다.

카야는 무심코 뒤를 돌아보았다. 자동차의 전조등이 깜빡깜빡 꺼졌다가 켜졌다. 마치, 박수 치듯이.

―아아, 거짓말.

카야는 언제나 늦게 알아차린다.

여러 가지 징후가 있었을 텐데, 일이 벌어지기 전에는 모른다.

시야가 좁다고도 할 수 있다. 좋게 말하자면 하나에 집중하는 편이다.

소우시는 1월 1일부터 벌이 해제될 거라고 했다. 지금은 이제 새해다.

카야는 손을 뻗어 상대방의 목도리를 잡았다.

그리고 얼굴을 들여다보았다.

"유즈루."

카야에게 내린 가장 큰 벌은, 사랑하는 인간과 떨어지게 된 것이었다.

치료한 날부터 일절 연락하지 않았다. 소우시를 경유하여 연락하는 것도 허락되지 않았다. 유즈루는 상처가 회복된 뒤 본산의 지시로 전파도 닿지 않는 테이슈의 산골 신사에 보내졌다. 본산도 어떻게 취급할지 곤란했을 것이다.

벌로서 카야와 떨어뜨려 놓았지만, 사계의 대행자가 일부러 생존시킨 인물을 함부로 대하면 저쪽 현인신이 항의한다. 아마 처음부터 언젠가는 돌려보낼 생각이긴 했을 것이다.

완전히 골칫거리가 된 카야의 사수지기가 되고 싶어 하는 자는 거의 없었다. 파견된 자들은 단기 임무라서 담담히 소화하고 있지만, 앞으로 평생 에니시의 산골에서 지내라고 하면 불만이 나온다. 그러니 이건 당연하다면 당연한 조치였다.

수행이라는 명목으로 보내진 신사에서 유즈루가 무엇을 배웠는지 카야는 모른다.

"유즈루, 잘 왔어."

일단 카야는 그렇게 말했다. 입술이 떨렸다. 추워서 그렇기도 했지만, 꿰뚫을 듯한 그의 강한 시선이 자신에게 꽂혀있어서 떨렸다.

"……."

유즈루는 말하지 않았다. 오랜만에 재회했는데 거리를 너무 좁힌 걸지도 모른다.

무심코 잡았던 목도리를 놓고, 카야는 한 걸음 뒤로 물러났다.

"유즈루, 잘 왔어."

한 번 더 말했다.

"잘 왔어, 유즈루. 잘 왔어."

몇 번이나 말했다.

"잘 왔……."

그렇게 몇 번을 말했을 때, 유즈루가 카야 쪽으로 손을 뻗어서 말을 멈추고 말았다. 장갑을 끼긴 했지만, 입술에 손이 닿아 카야는 주춤했다. 너무 말이 많았을까.

시끄럽다는 의미일까. 유즈루가 말해주질 않으니 아무것도 알 수 없었다.

"……유즈루, 내가…… 싫어, 졌어?"

장갑 너머로 작게 물어보았다.

그가 의무감으로 이곳에 있는 것인지, 아니면 아직 정이 남아서 돌아와준 것인지는 직접 들어야 알 수 있었다. 카야는 이 사람이라면 분명 후자일 거라고 생각했지만, 아닐 가능성은 있었다. 유즈루는 카야의 질문을 듣고, 그때까지 포커페이스를 유지하고 있었으면서, 곧장 얼굴을 구기며 말했다.

"당연히 좋아합니다!!"

호통치듯 애정을 전해서 카야는 눈을 끔뻑이고 말았다.

"……왜 그렇게 평범하게 잘 왔다고 하시는 겁니까……."

유즈루는 당장에라도 울음을 터뜨릴 것 같았다.

“무슨 염치로 왔냐고, 하시면 될 텐데…….”

그가 카야와 만나기까지 얼마나 죄책감을 품고 있었는지 전해졌다.

“왜, 그렇게, 기쁜 듯이……. 저를 살린 탓에…….”

자신 때문에 카야의 평판도 땅에 떨어졌다. 그리고 그녀를 외톨이로 만들었다.

그 모든 것을 어떻게도 하지 못한 자신이 한심해서 괴로운 것이다.

“……유즈루.”

카야는 유즈루의 손을 두드려 입에서 떼게 했다. 그리고 말했다.

“그치만 기쁜 건 기뻐…….”

미안하게 여기면서도, 솔직하고 싶었다.

“나도 유즈루를 위해 할 수 있는 일이 있었으니까.”

“……카야 님.”

“유즈루, 구해줘서 고마워. 너와 또 만나고 싶었어.”

“……저는.”

“완전히 온 건, 아닌가……. 바로 돌아가는 거야?”

유즈루는 이 말에는 크게 고개를 가로저었다.

“……돌아갈 리가 없잖습니까.”

“그런가……. 정말로?”

“……안 돌아가요. 돌아가지 않습니다.”

“소우시도 짓궂네. 네가 기다리고 있다고 말해줬으면…… 여러 가지로…… 나도…….”

“제가 아버지에게 사정사정해서…… 억지로 밀어붙인 겁니다……. 당신을 보고 싶어서…….”

“……그랬구나. 있잖아, 새해 복 많이 받아.”

“…….”

“새해 복 많이 받아요, 유즈루.”

“……진짜로, 평범하게 말하지 말아주세요……. 왜 그렇게 태연하신 겁니까.”

카야는 웃었다.

“태연하지 않아…….”

웃으니 묘하게 가슴이 죄어들었다. 목이 짭조름했다.

“너랑 재회하게 됐을 때를 몇 번이나 머릿속에 그렸었어……. 네가 너무너무 보고 싶었어……. 참다 보면 언젠가 만날 수 있을지도 모른다고 생각하며 보냈어…….”

평생의 눈물을 다 쏟았을 텐데, 이런 일이 일어나니 역시 눈물은 흘렀다. 말하는 카야의 눈에서 커다란 눈물방울이 뚝 떨어졌다. 눈송이와 함께 그것들은 어딘가로 녹았다.

우는 얼굴을 보이고 싶지 않다는 마음은 그의 얼굴을 보니 사라졌다.

유즈루도 똑같이 눈물을 흘리고 있었다.

“카야 님…….”

그저 이름을 불렀을 뿐이지만, 그 음성에는 많은 감정이 담겨 있었다.

카야와 마찬가지로 『고마워』, 『미안해』, 『보고 싶었어』, 『외로웠어』, 『좋아해』라는 마음이 넘쳐흐르고 있었다.

“유즈루.”

두 사람은 이 산골에서 누군가에게 감사받지도 못하며 살아왔다.

"그때, 구해줘서 고마워."

분명 앞으로도 그럴 것이다.

"무서운 일을 겪게 해서 미안해."

그런 역할이기에 이어질 수 있었다.

"……난 못난 주인이야. 역시 너는 사수지기를 그만두는 게 좋아."

만날 수 있었다.

"하지만 나…… 네가 없으면 정말 외로워서."

누군가를 좋아하는 마음을, 난생처음으로 이해할 수 있었다.

"괴로워서, 무리야."

이것이 사랑인지 아닌지는 문제 되지 않는다.

이루어지느냐 마느냐도 몰라도 된다.

"……돌아와줘."

그저 그대가 건강했으면 좋겠다.

하지만 멀리서는 싫다. 곁에서 그대가 살아있는 모습을 보고 싶다.

이기적이라고 하더라도, 그것만큼은 양보하고 싶지 않다.

"너를 원해. 곁에 있어줘, 유즈루."

떨어지지 말아 달라는 카야의 바람은 유즈루의 포옹으로 이루어졌다.

"……저는 처음부터 평생 곁에서 모실 작정이었습니다."

북쪽 에니시에는 아침을 가져오는 신이 살고 있다.

신의 이름은 새벽의 사수.

빛의 활과 화살을 만들어 하늘의 장막을 찢는 무녀.

그녀의 장래에 전망은 없으니.

영산으로 여겨지는 산에서 벗어날 수 없다.

아마 일생 대부분을 산을 오르며 보내리라.

그녀의 이름은 『카야』라고 한다.

이 세상 어딘가에 있는 『당신』과 마찬가지인,
열심히 살아가는 평범한 사람이다.

안녕하세요, 오랜만입니다. 지금 이 순간을 적어두고 싶어서 그대로 당신에게 편지를 씁니다. 시간은 어둑새벽에 먼동이 터 하늘이 밝아오는 때입니다.

카야도 산 위에서 오늘이 좋은 하루가 되기를 바라고 있겠죠.

저 자신이 그렇지만, 문득 누군가의 행복을 기도하는 것은 여유가 있어야 가능한 일입니다. 그래서 이렇게 사수가 한차례 일을 끝낸 뒤처럼, 당신에게 보내는 이야기를 다 썼을 때야말로 올바르게 기도할 수 있습니다.

잘 지내고 계신가요? 저는 추운 지역에 있습니다. 지금 어떻게 보내고 계신가요?

저는 당신이 건강하고, 작은 행복을 음미할 수 있고, 내일도 그렇게 살아있기를 바라고 있습니다.

춘하추동 대행자는 야마토에서 시작된 이야기지만, 이 세계에도 외국이 있고, 그리고 이 책도 제가 가본 적 없는 나라의 분들이 읽게 되었습니다.

멋진 번역가분이 이곳도 번역해 주시면 좋을 텐데요.

이 이야기는 정도의 차이는 있겠으나 어디에나 있는 개념을 다루고 있습니다.

사계절이 없는 곳에 사시는 분도 있겠죠.

하지만 당신의 지역도 분명 이 세계에서 다른 이름으로 존재할 거고, 그곳에도 현인신은 있을 거라고 생각합니다. 저희는 이야기로 이어져 있으니 외롭지 않습니다.

아침과 밤이 모호한 곳에 사시는 분도 있겠죠.

어쩌면 사수도 고생하고 있을지도 모릅니다. 하지만 지쳤을 때 올려다보는 하늘은 아름답고, 당신은 그 아름다움에 위로받는 일도 있을 겁니다. 우리는 그런 점에서 서로 공감할 수 있습니다.

야마토에 사시는 분도 있겠죠.

바깥세상의 변천을 꼭 즐겨 주세요. 당신은 이 작품을 탁월하게 만끽할 수 있는 분입니다.

만약 이국에 친구가 있고, 이 작품으로 이어질 일이 있다면, 부디 저 대신 안부를 전해주세요. 저는 좁은 세계에서 조용히 살고 있는지라, 여러분의 힘을 빌려야만 전할 수 있는 것이 너무 많습니다. 아무튼 당신이 어디에 있든 건강하기를 기도하는 사람이 세상에 한 명은 있다는 것을 잊지 마세요. 당신도 문득 그렇게 누군가의 건강을 소원해 주신다면 아주 멋질 것 같습니다. 아무쪼록 염두에 두시길.

슬슬 이야기의 막을 내릴 때네요. 이 책을 만드는 과정에 관여해 주신 모든 분에게 감사드립니다. 서점, 출판사, 장정가님, 담당자님. 꿈처럼 아름답게 이야기를 꾸며주신 삽화가 스오우 님. 이번에도 정말 신세 졌습니다.

그리고 지금 이때까지 곁에 있어주신 당신. 건강하세요. 또 뵙고 싶습니다.

책을 덮은 당신의 오늘이, 내일이, 아뇨, 모레도.
꼭 좋은 날이 되기를.

춘하추동 대행자
새벽의 사수

초판 1쇄 발행 2024년 9월 20일

지은이_ Kana Akatsuki
일러스트_ Suoh
옮긴이_ 송재희

발행인_ 최원영
본부장_ 장혜경
편집장_ 김승신
편집진행_ 권세라 · 최혁수 · 김경민 · 최정민
편집디자인_ 양우연
국제업무_ 박진해 · 조은지 · 남궁명일
관리 · 영업_ 김민원 · 조은걸

펴낸곳_ (주)디앤씨미디어
등록_ 2002년 4월 25일 제20-260호
주소_ 서울시 구로구 디지털로 32길 30, 코오롱디지털타워빌란트 1301-1308호
전화_ 02-333-2513(대표)
팩시밀리_ 02-333-2514
이메일_ lnovellove@naver.com
L노벨 공식 카페_ http://cafe.naver.com/lnovel11

SHUNKASHUTO DAIKOSHA AKATSUKI NO SHASYU
©Kana Akatsuki 2023
Edited by 전격 문고
First published in Japan in 2023 by KADOKAWA CORPORATION, Tokyo.
Korean translation rights arranged with KADOKAWA CORPORATION, Tokyo.

ISBN 979-11-278-7756-9 04830
ISBN 979-11-278-6811-6 (세트)

값 11,000원

©Takemachi, Tomari 2023
KADOKAWA CORPORATION

스파이 교실 1~9권, 단편집 1~4권

타케마치 지음 | 토마리 일러스트 | 송재희 옮김

아지랑이 팰리스 공동생활 규칙.
하나, 일곱 명이 협력하여 생활할 것.
하나, 외출 시에는 진심으로 놀 것.
하나, **온갖 수단으로 나를 쓰러뜨릴 것.**

—각국이 스파이로 그림자 전쟁을 벌이는 세계.
임무 성공률 100%, 그러나 성격에 난점이 있는 뛰어난 스파이, 클라우스는
사망률 90%를 넘는 「불가능 임무」 전문 기관 「등불」을 창설한다.
하지만 선출된 멤버는 실전 경험이 없는 소녀 일곱 명.
독살, 함정, 미인계— 임무를 달성하기 위해 소녀들에게 남은 유일한 수단은
클라우스를 속여 이기는 것이다!

1대7 스파이 심리전! 통쾌한 스파이 판타지!!

©Kana Akatsuki 2021
Illustration: Suoh
KADOKAWA CORPORATION

춘하추동 대행자 봄의 춤 上, 下권

아카츠키 카나 지음 | 스오우 일러스트 | 송재희 옮김

세상에 계절은 겨울밖에 없었고,
겨울은 고독을 견디다 못해 자신의 생명을 깎아 봄을 만들었다.
그리고 대지의 소원으로
여름과 가을이 탄생하여 사계절이 완성되었다.

세상에 계절을 불러오는 자,
「사계의 대행자」.

사계의 신으로부터 받은 계절은 「봄」.
어머니에게 받은 이름은 「히나기쿠」.

그녀의 마음속에는,
신화와 같이 겨울을 향한 연모가 있었다.

©Kana Akatsuki 2022
Illustration: Suoh
KADOKAWA CORPORATION

춘하추동 대행자 여름의 춤 上, 下권

아카츠키 카나 지음 | 스오우 일러스트 | 송재희 옮김

세상에 계절은 겨울밖에 없었고,
겨울은 고독을 견디다 못해 자신의 생명을 깎아 봄을 만들었다.
그리고 대지의 소원으로
여름과 가을이 탄생하여 사계절이 완성되었다.

세상에 계절을 불러오는 자,
「사계의 대행자」.

사계의 신으로부터 받은 계절은 『봄』.
어머니에게 받은 이름은 「히나기쿠」.

그녀의 마음속에는,
신화와 같이 겨울을 향한 연모가 있었다.

©Okina Baba, Tsukasa Kiryu 2023
KADOKAWA CORPORATION

거미입니다만, 문제라도? 1~16, EX 1~2권

바바 오키나 지음 | 키류 츠카사 일러스트 | 김성래 옮김

분명히 여고생이었을 텐데 정신을 차리고 보니
「나」는 본 적도 없는 곳에서 《거미》라는 괴물로 전생해버렸다?!
어미 거미의 동족 포식을 피해 도망쳤지만 방황 끝에 도착한 곳은 괴물들의 소굴.
독개구리, 왕뱀, 거대 늑대, 심지어 용까지 설치고 다니는 최악의 던전.
힘없는 조그만 거미인 「나」는 이곳에서 무사히 살아갈 수 있을 것인가……?
으악, 되도 않는 소리는 작작 하란 말이야!
나를 이런 상황으로 몰아넣은 놈 누구야! 당장 튀어나와!!

**수많은 인터넷 독자들이 응원하는
거미양의 서바이벌 생활, 당당히 개막!**